KSC

Figuren und Handlung
dieses Romans sind frei erfunden.

Herausgegeben von
Thomas Lindemann

Bibliografische Information der Deutschen Nationalbibliothek
Die Deutsche Nationalbibliothek verzeichnet diese Publikation in der Deutschen Nationalbibliografie; detaillierte bibliografische Daten sind im Internet über http://dnb.d-nb.de abrufbar.

Lindemanns Bibliothek
Literatur und Kunst im Info Verlag, Band 110
Info Verlag GmbH · Käppelestraße 10
76131 Karlsruhe · Germany
www.infoverlag.de

ISBN 978-3-88190-599-2

Johannes Hucke
Holger Nicklas

Totland

KSC-Krimi Nr. 2

Lindemanns Bibliothek

HOGER NICKLAS, 1971 in Innsbruck geboren. Nach Wien, Rom, Berlin seit 2003 in Karlsruhe. Leitet eine Buchhandlung in Baden-Baden. Nach dem Überraschungserfolg „Strafraum“ liegt mit „Totland“ nun sein zweiter Krimi vor.

JOHANNES HUCKE, Jahrgang 1966, hat im Info Verlag / Lindemanns Bibliothek neben seinen drei Weinlesebüchern aus dem Kraichgau, von der Bergstraße und aus der Südpfalz den Kraichgauer Wein-Krimi „Rotstich“ und den Mundart-Roman „Frankfurter Stückchen“ veröffentlicht.

Vorwort

Was wäre der Fußball ohne die dazugehörigen Stadien? Egal ob Berlin, München oder Karlsruhe. Jeder Verein hat seine eigene, unverkennbare Wirkungsstätte, sein kleines nicht eintauschbares Stückchen Heimat. Was wäre Barcelona ohne das Nou Camp? Man stelle sich vor, Madrid würde das Bernabeu-Stadion genommen! Nicht auszudenken, wie viel Geschichte und Geschichten damit verschwinden würden, einer ganzen Kultur würde der Garaus gemacht werden. Doch haben auch neue Stadien durchaus ihre Berechtigung, sind sie doch Symbole des Aufbruchs, der Versuch, Traditionen in die Zukunft zu retten und ihnen dadurch neue Bedeutung zu verleihen. Wer sagte noch, dass Fußballstadien die Kultstätten des modernen Menschen seien?

Überboten sich Architekten und Ingenieure in früheren Zeiten darin, überwältigende Kirchen zu errichten, versuchen sie heute in neue Dimensionen der Baukunst vorzustoßen, deren Farben, Formen und Materialien noch vor wenigen Jahren undenkbar gewesen wären und dazu dienen, die Spielkunst auf dem Rasen durch einen würdigen Rahmen zu erhöhen.

Ob alt oder neu, groß oder überschaubar, modern oder doch lieber althergebracht – seit Jahren wogt die Diskussion in Karlsruhe darüber hin und her. Wer nun meint, in unserem Buch ein Plädoyer für das eine oder andere zu finden, täuscht sich. Diese Auseinandersetzung ist ein gesellschaftliches Thema, die mit allem Für und Wider von der Politik, dem Verein und nicht zuletzt den Fans geführt werden muss und an deren Ende womöglich ein für alle Beteiligten unvorhergesehenes Ergebnis steht.

Wir möchten auch an dieser Stelle nochmals betonen, dass alle Figuren und Handlungen in diesem Roman frei erfunden sind und sich nicht an lebenden Vorbildern orientieren. Jede Übereinstimmung mit lebenden Personen ist unbeabsichtigt und rein zufällig. In einem der unendlich vielen denkbaren Paralleluniversen jedoch könnte sich diese Geschichte genauso zugetragen haben ...

6. August nachts

Von Osten kommend, sickert milchiges Dämmerlicht durch die Dunstdecke des frühen Morgens, tröpfelt langsam zu Boden, sich in kleinen trüben Seen sammelnd, mehrend, höher steigend, um sich als kleines Rinnsal durch die Straßen westwärts zu tasten. Langsam fließt es durch die Häuserschluchten, sickert seitwärts in trübe Gassen, kriecht in dunkle Hinterhöfe, lugt vorsichtig in die hintersten Ecken, beleuchtet längst in Vergessenheit geratenen, irgendwann einmal hier in müder Hoffnung auf eine zukünftige Wiederverwertbarkeit gelagerten Zivilisationsschrott: Tische mit gewellten Platten, Stühle ohne Polsterung, Fahrräder stehen dort, ihrer endgültigen Bestimmung entgegen welkend.

Es lohnt nicht, noch mehr Helligkeit hineinzuschicken ... und so wartet dieses Eck im Zwielicht auf die Nacht, die mit ihrem Dunkel Erlösung spenden wird. Draußen allerdings strömt das erste Morgenlicht nun kräftiger; mehr und immer mehr kleckert, schwappt, drängt es aus dem großen Bassin im fernen Morgenland heraus, ein Sturzbach, der nun schnell zu einem mächtigen, alle Düsternis mit sich reißenden Strom anschwillt. Den Schmutz der Nacht schwemmt er aus den letzten noch fahlen Hauseingängen hinaus in den heraufziehenden Tag. Dieser findet ihn durch die Straßen taumelnd, seine ungeschützte Hässlichkeit wenigen, zufälligen Blicken preisgegeben.

Nahe dem Durlacher Tor lehnt Mike Storbitzki vornübergebeugt an einer Hauswand. Die Erhebungen des Spritzverputzes drücken schmerzhafte Vertiefungen in seine Stirn, doch sein nur von einem Flaum kurzgeschorener Haare bedeckter Kopf ist zu schwer vom vielen Bier der vergangenen Nacht, um ihn von der kühlen Mauer zu heben. Helles Lachen flirrt in der Luft. Verschwommen kann er anmutige junge Frauen tanzen sehen. Fast unbekleidet drehen sie sich in ihrem Reigen, scheinen ihn mit ihren aufreizenden Bewegungen näher heran zu locken, ihn einzuladen mitzukommen, um alle unausgesprochenen Versprechen endlich einzulösen und Frieden in seinem dröhnend lauten Inneren zu schaffen. Er nimmt all seine Kraft zusammen und stößt seinen massigen Körper von der Hauswand ab. Auf der Suche nach mehr Stabilität streckt er beide Arme schwankend von sich. Wo sind die Grazien nur hinverschwunden? Blinzelnd sieht er sich um. Da vorne! Ein heller Schemen kommt ihm entgegen.

„Halt!“ will er rufen.

„Bleibt stehen!“, doch seinem Mund entweichen nur ein paar gurgelnde Laute. In dem Bemühen, die schöne Elfe deutlicher zu sehen, schüttelt er so heftig seinen Kopf, als wollte er Wasser aus den Haaren schleudern. Stolpernd setzt er sich in Bewegung, bei jedem Schritt seinen Rücken aufrechter durchdrückend. Imponieren will er den frivolen Tänzerinnen mit seiner Kraft und seinem durchtrainierten Körper. Die sollen nur sehen, was für ein Supertyp er ist! Als er sie endlich erreicht hat, huscht ein Lächeln über sein Gesicht. Blitzschnell greifen seine Hände nach vorne, um das Gegenüber an sich zu ziehen – und endlich den ersehnten Duft nach exotischen Blüten aufzusaugen.

„Hey, was soll'n das? Bist du irre?“

Mike wird nach hinten gestoßen, die Tänzerin zerfließt vor seinen Augen und durch den ihn umgebenden Nebel kann er einen jungen Mann erkennen. Schlagartig schießt Wut in ihm hoch, klärt sich sein Blick ...

Wenige Minuten früher, ein paar Häuserblocks entfernt in der Gottesauer Straße, hätten heimkehrende Nachteulen folgende Szene beobachten können:

Die Tür schwingt auf und ein Schwall aus Stimmen und Musik ergießt sich in die ruhige Seitenstraße. Ein junger Mann tritt aus der Studentenkneipe, übersieht die erste der drei Stufen unter der Schwelle, strauchelt, knickt mit dem rechten Bein ein, rudert mit den Armen, drückt, in dem Versuch der Schwerkraft entgegenzuarbeiten, gleichzeitig den Rücken durch, stolpert ein paar Schritte nach vorne, fängt sich wieder und kommt aufrecht stehend auf dem Gehweg zum Stillstand.

Lächelnd dreht sich Jeremias „Joschi" Elflein um und blickt kopfschüttelnd, so als hätte er sie noch nie gesehen, auf die Treppe, die zu seiner Stammkneipe hochführt. Einem schnellen Schatten gleich, huscht Verwunderung über sein Gesicht, wird jedoch sofort von einem breiten Grinsen verdrängt. Ein schöner Sieg war das, gestern Abend! 3:0 bezwang der KSC auswärts den Tabellenfünften nach einem 30 Minuten dauernden Sturmlauf in der zweiten Hälfte, währenddem die Hausherren kaum je die Mittellinie überschritten. Zufrieden rückt Joschi seine blau-weiße Kappe zurecht und marschiert los, bereit, den kurzen Weg zu seiner Bude am Waldhornplatz schnellstmöglich zurückzulegen, sich auf seine Matratze zu werfen und die Decke über den Kopf zu zerren.

Was Jeremias Elflein zu diesem Zeitpunkt noch nicht ahnt: Er wird später am Tag nicht in seiner Wohnung erwachen, er wird sie nicht einmal erreichen.

Langsam schlendernd, setzt er seinen Weg fort. Überwältigend schön ist die Morgendämmerung, achtlos an ihr vorbeizuhetzen unmöglich. Seine Blicke wandern über alte Fassaden, über Erker, haften kurz an schmiedeeisernen Balkonen, bevor sie in Richtung Dach weiterklettern. Hoch oben, weit jenseits des Giebelgrates ergießt sich sanftes Rosa in die dünne Schlierenbewölkung. Seine Lunge saugt gierig die kühlfeuchte Morgenluft an – ein zum Scheitern verurteilter Versuch, das Gehirn aufzuklaren, wenn doch Joschi glücklich beseelt und berauscht durch die ihm zu Füßen liegende Welt schreitet! Das ist der Geruch von Freiheit, wie er ihn liebt: kühler Morgen, in den Häuserwinkeln feuchter Mörtel, taufrisches Gras. So hört sich Freiheit an: überschnappendes Vogelgezwitscher, das dumpfe Patschen seiner eigenen Schritte auf dem Pflaster, der Hall einer zuschlagenden Haustüre zwischen den Fassaden.

Kein Mensch weit und breit. Nur er und die so erhebende wie niederschmetternde Schönheit eines eben geborenen Tages. Eine unbändige Gefühlsflut bricht aus ihm heraus, spült den Staub des letzten Tages aus seinen Augen und reißt die Mauern der Mittelmäßigkeit nieder. Kurz muss er innehalten, nach Luft schnappen. Er könnte brüllen, toben, sich die Haare raufen, gegen die Wände schlagen, herumspringen und in höchsten Tönen jauchzen: Nimm dir alles, mein Leben! Die Welt gehört mir, mein ist die Welt!

Das war ja nicht immer so: Jeremias Elflein ist ein Kind der Gelegenheitsliebe einer katholischen Jungscharführerin und eines ehemaligen Ministranten. Aufgewachsen in der mitteldeutschen Provinz, im Niemandsland zwischen Kassel und Erfurt, dort wo die Welt endete und der Sinn des Lebens nur in Gott zu finden war. Die Sonntage im Familienkreis haben ihn geprägt: Gottesdienst noch vor dem Frühstück. Das wilde Grummeln im Magen und das fast schon gierige Verschlingen der Hostie, um dem Hunger und der Übelkeit zu entgehen. Anschließend erst gab's Frühstück und dann: Nichts als Langeweile. Kein Treffen mit Freunden, kein Besuch erlaubt. Endlos lange Sonntagnachmittage, vor allem im Sommer, wenn der Abend nie näher zu kommen schien.

Einmal hatte er es gewagt, einen Freund am Sonntag einzuladen. Der Vater öffnete die Tür, blickte erst überrascht, dann konsterniert auf den unerwarteten Besuch. Noch immer verfolgt ihn der missbilligende Tonfall, in dem der Vater seinen Freund belehrte, dass man sonntags nicht bei fremden Leuten klingeln könne. Verwirrt zog sich der Freund zurück, nur um ihn und seine Familie in der Schule zum Gespött zu machen. Welche Schmach! Das kann er dem Vater immer noch nicht verzeihen.

Im Laufe der Jahre nahm diese Enge ihm fast den Atem. Nach dem Abitur ergriff er die erste Chance zur Flucht: Fort, nur fort! Nach Süden, wo der Sommer im Frühling Einzug hält, wo man schon im Februar seinen Capuccino im Straßencafé trinkt. Die Musikhochschule in Karlsruhe fiel ihm ein. Ein Studium der Natur- oder Rechtswissenschaften wäre ihnen nicht in Frage gekommen, aber Musik konnte er seinen Eltern schmackhaft machen. Schon in der Grundschule bekam er Gitarrenunterricht, alsbald spielte er in den Gottesdiensten – ist doch die Musik ein probates Mittel, die Verbindung zu Gott herzustellen ... Seine Eltern waren begeistert, als er ihnen von seinem Wunsch nach Karlsruhe zu gehen berichtete. Wenn die wüssten! Hier ist er der Joschi. Den Jeremias hat er bei seinen Eltern an die Garderobe gehängt. Dort wartet er im stillen Eck wie ein alter, etwas eingelaufener Pullover, der nicht mehr richtig sitzt – und wenn er zu Besuch kommt, zwängt Joschi sich widerwillig hinein. Aber nur für ein paar Stunden.

Im Zug zurück nach Karlsruhe kann er befreit durchatmen. Hier kann er kommen und gehen wann er will. Auch sonntags! Mit seinen Freunden und Bandmitgliedern trifft er sich gerne am frühen Nachmittag zu einem ausgiebigen Brunch, anschließend wird gejamt. Sooft er an sein erstes Vorspiel im Proberaum der Band denkt, überläuft ihn Gänsehaut. Er war ja so aufgeregt! All seinen Mut musste er zusammennehmen, um die anderen zu fragen, ob sie denn noch einen Gitarristen brauchen könnten. Sie luden ihn ein, am Nachmittag mal sein Können zu zeigen, aber aus ihren Blicken konnte er lesen, dass sie sich an seinem Scheitern weiden wollten. Als er, akkurat geschnittene braune Haare, John Lennon-Brille auf der Nase, im dunklen Cordanzug den Keller betrat, in dem sie sich zu treffen pflegten, deuteten sie nur geringschätzig auf seine akustische Gitarre.

„Mit so 'ner verstaubten Klampfe brauchste erst gar nicht anzufangen. Nimm mal das Instrument da im Eck und leg 'n paar ordentliche Riffs hin! Wie du das Ding einstöpselst weißt du ja hoffentlich."

Dann wendeten sie sich wieder ihrem Gespräch zu und ließen ihn dort im Eck stehen. Joschi hatte bis zu diesem Moment noch nie eine E-Gitarre gespielt, aber die Buchsen fürs Kabel in der Rückseite des Verstärkers fand er zum Glück sofort. Vorsichtig zupfte er einen Akkord an – die Schallwellen trafen ihn wie eine Explosion. Erschreckt und fasziniert zugleich, machte Joschi weiter, begann, zögerlich erst, dann immer frecher ein paar Läufe zu spielen, wurde mutiger und ließ sich zu einem seiner Lieblingssongs von den *Toten Hosen* hinreißen. Das Gespräch verstummte. Die drei anderen brachten ihre Münder nicht mehr zu vor Staunen.

An diesem Nachmittag änderte sich Joschis Leben grundlegend. Er war nun offizielles Mitglied der *Backyard-Garbage*, ließ sich die Haare länger wachsen. Seinen Anzug zieht er nur noch für Prüfungen an der Hochschule und den seltenen Besuchen zu Hause an. Jede freie Minute hängt er nun mit seinen Freunden zusammen und tüftelt an neuen Songs. Besonders stolz ist Joschi auf sein neuestes Projekt, von dem er seinen Freunden morgen Nachmittag erzählen will. Seit Wochen arbeitet er an einer neuen KSC-Hymne, die die ganze Leidenschaft des Fußballs mit seiner Liebe zu dieser Stadt verbinden soll. Beim Gedanken daran durchflutet ihn erneut eine warme Welle Glück. Wenn er ...

Eine Stimme reißt Joschi aus seinen Gedanken. Er kann gerade noch erkennen, dass er am Beginn der Zähringer Straße steht, an der Ecke Am Künstlerhaus, als ihn kräftige Arme umschlingen und ihn fest gepackt halten. Der Geruch von Hochprozentigem sticht in seine Nase, unverständliches Gelalle erreicht sein Ohr. Das rundliche Gesicht eines jungen Mannes taucht vor Joschi auf. Instinktiv reißt er die Arme nach vorne, stößt den Unbekannten von sich fort.

„He! Was soll'n das? Bist du irre?"

Joschi geht vorsichtig ein paar Schritte zurück, dreht sich um und setzt seinen Weg nach Hause fort. Plötzlich hört er ein lautes Krachen an seinem linken Ohr. Hell gleißt es vor seinen Augen, heißer Schmerz durchfährt seinen Kopf. Seine Hand schießt nach oben, drückt gegen die schmerzende Stelle. Etwas Warmes rinnt an der Innenseite des Armes nach unten. Er fährt herum, doch in halber Drehung verharrt sein Körper, krümmt sich ungesund zur Seite. Stechende Schmerzen in der Nierengegend und gleich darauf ein dumpfes Krachen an der Wirbelsäule.

Joschi strauchelt, ein greller Blitz nimmt ihm die Sicht. Das Geräusch brechender Wangenknochen hallt in seinem Kopf wie das Echo großer Kirchturmglocken. Der Lärm raubt ihm fast die Sinne. Ein Ausfallschritt nach vorn misslingt, er kippt zur Seite, schlägt hart mit der Schulter auf den Asphalt. Lautes Brüllen will aus seiner Kehle brechen, doch mit gnadenloser Wucht bohrt sich eine Schuhspitze in seinen Bauch und nimmt ihm die Luft zum Atmen. Der Schmerz wütet in seinem Körper. Er tobt von einem Ende zum anderen – zurück bleibt ein verwüstetes, unüberschaubares Schlachtfeld.

„Oh Gott! Mach dass es aufhört!", fleht Joschi, während in irgendeiner entfernten Region seines Körpers erneut die Schmerzen blitzen. Die Welt um ihn beginnt zu flackern, verwischt an den Rändern und gleitet nach oben weg. Joschi fühlt noch, wie er ins Bodenlose fällt, dann wird es still und dunkel.

Mike Storbitzki stützt sich mit seinen Händen auf den Oberschenkeln ab. Er atmet schwer. „Stopp! He! Ruhig. Komm runter, Storbe. Einer langt ..." versucht er sich zu beruhigen. Langsam richtet er sich auf. Blickt sich um. Niemand zu sehen. Außer der reglosen Gestalt zu seinen Füßen. „He! Aufwachen! Steh auf!"

Vorsichtig gibt er der Gestalt auf dem Boden mit seinem Fuß einen Stups. Nichts regt sich. „'S war doch gar net so schlimm."

Der Angesprochene reagiert nicht. Still und unbeweglich liegt er da.

„Ha was! Der hält ja gar keinen Anklopfer aus. Ein paar Schubser und schon bleibt er liegen. Was muss der Kerl auch die Weiber verscheuchen?"

Fassungslos blickt Storbitzki auf das Häufchen Elend nieder. So schnell es sein Zustand erlaubt, verschwindet der junge Schläger um die nächste Ecke.

Mittlerweile hat der Morgen das Szepter übernommen. Aus vollen Kannen gießt er glitzernde Helligkeit über die Stadt. Seine Lichtbotschaft umfließt den unnatürlich verkrümmt am Boden liegenden Körper. Derweil hat das Böse den Rückzug angetreten. Es verkriecht sich in dämmrige Höhlen, wartet auf die schützende Nacht. Es weiß: Seine Zeit wird kommen ...

*

Es wird immer wieder behauptet, der Mensch, da es ihm nicht gelang, sein ursprüngliches Projekt zu verwirklichen: den Himmel auf Erden zu schaffen, habe sich auf das Gegenteil verlegt. Emsig zeige er sich darin bemüht die Hölle nachzuzeichnen, wo auch immer ihm Gelegenheit dazu gegeben wird. Und nicht nur eine! Ziel gewaltiger geschichtlicher Abläufe, aber auch minimaler, privatester Tätigkeiten sei immer wieder die Konstruktion verblüffend stilsicherer Höllen. Darin erweise er sich als Virtuose; auf anderen Gebieten mit vergleichsweise wenig Tatkraft und Phantasie ausgestattet, übertreffe sich der homo sapiens von Mal zu Mal in der Erfüllung seiner finstersten Aufgaben. Scheußlichkeiten von aberwitziger Form und Dimension finden sich in Zeit und Raum die Menge; sie erscheinen wie perfide Racheakte, die er an sich selbst verübt, unversöhnlich, zerfallen mit sich, da ihm sein hehres Streben nach Glück und Frieden so vollständig misslang.

Selbst harmlose, ihrer ursprünglichen Funktion nach sogar angenehme, Freude spendende Siedeleien wie das alte Residenzstädtchen Karlsruhe kennen – und kannten – stets ihre Unorte, ihre Strafstätten, ihre verfluchten Plätze, von denen ein Raunen geht, das von Generation zu Generation mal deutlich, mal okkult weitergegeben wird. In den ausgedehnten Schraffuren des Gleiskörpers zwischen Hauptbahnhof und Bahnhof Durlach existieren so manche Nebenwege, tote Geleise, abgekoppelte Bahnsteige, die Reisenden wie Einheimischen niemals auffallen würden. Geschützt durch inkohärente Baumaßnahmen, die über Jahrzehnte einen Riegel geschaffen haben, gammeln dort einstmals für schwungvollen Güterverkehr geschaffene Anlagen vor sich hin.

Pflanzenforscher würden hier die absonderlichsten Lebensformen entdecken. Zwischen vermoderten Bahnschwellen, Bauschutt, herausgerissenen Dämmstoffen, Plastiktüten, deren Inhalt längst zu einem Konglomerat geworden ist, halb ausgelaufenen Farbeimern, Sperrmüll, Restmüll, Sondermüll, wuchern diese Pflänzchen, bilden zaghafte Blüten aus, verstreuen bescheiden, doch wirksam ihre Samen. Aus gähnenden Waschmaschinen ragen Stechginsterbüsche, junge Birken wurzeln zwischen aufgeplatzten Autobatterien, Giersch und Vogelmiere besiedeln seit einem halben Jahrhundert aus dem Gebrauch gezogene Sideboards und Küchenschränke, deren Unterseite, von Schimmelpilzen zersetzt, längst mit dem splissigen Erdreich verbacken ist.

Doch auch der Mensch kommt hier vor, weil er überall vorkommt, da ihm kein Ort zu kalt, zu dunkel, zu unwirtlich ist, um nicht irgendeiner Tätigkeit nachzugehen – und sei es der ewigen Flucht vor sich selber und seinesgleichen. Hinter den Gleisanlagen ragen sie auf, amorphe Gebilde, geschaffen aus Schrott, umgeben von Schrott, Schrott beinhaltend.

Die Konstrukteure jener heiklen Behausungen, die einmal Holzhütten, Buden begonnener Schrebergärten gewesen sein mochten, haben sich zurückbesonnen auf das, was der Mensch einst war: ein Sammler, ein Resteverwerter, Aasfresser und listenreicher Räuber. Schutzwälle gegen die feindliche, jederzeit zu Übergriffen bereite Außenwelt, ragen Bauzaunverstrebungen, Eisenpfähle, Stücke von irgendwo herausgerissenen Jägerzäunen, umwickelt mit Natodraht, aus dem wuchernden Müll. Und im Hintergrund, versehen mit Vorbauten aus Altglas, Styropor, Matratzen, Holzpaletten, hängt mehr als dass sie stünde, die Höhle, das Rückzugsörtchen, die selbstgebastelte Burg.

Mit riesigen Nägeln aufgespießte Latten, Autobahnplanken, roh behauene Baumstümpfe umfrieden den Raum, hie und da lugt ein rostiges Werbeschild für Kodak oder Delial oder Dasch aus dem Wust, Elektrokabel baumeln von der rissigen Decke, die an einigen Stellen mit Plastikplanen, Teichfolie, Lidltüten notdürftig gegen Schnee und Regen versehen wurde. Der ärgste natürliche Feind dieser Hüttchen aber ist der Wind; er findet immer etwas, woran er sich zu schaffen machen kann. So lange zerrt er an den Dachrinnen, reißt am Wellblech, dreht an der Satellitenschüssel, winkt mit unvertäuten Fetzen, bis nach und nach, wenn dem Sammler die Kräfte schwinden, das mühsam Errichtete instabil wird und endlich in sich zusammensinkt.

Witterungseinbruch. Ein Tag Herbst mitten im Sommer. Walter Gerbig, gescheiterter Holzhändler, erfolgloser Hundezüchter, Freund alter Schusswaffen, Eigentümer eines versteckten Areals im Gleisdreieck unweit Durlach, ist mit seinem Schäferhund unterwegs. Seine Schildmütze in Tarnoptik so tief wie möglich in die Stirn gezogen, die Schultern hochgereckt, die Hände in den weiten Taschen seines Overalls, schreitet er mächtig aus. Die schweren Militärstiefel zermalmen alles, was sich ihm in den Weg stellt. Leere Joghurtbecher, aufgedunsene Kastanien, schüchtern blühende Kräutchen tritt er in den Grund. Den tiefen, rötlich braunen Pfützen, worin Zeitungspapierfetzen, Coladosen, aufgedunsene Nacktschnecken treiben, weichen die Stiefel nicht aus. Gerbig weiß, dass er nur immer geradeaus gehen muss – dann wird sich ihm schon niemand in den Weg stellen. Und wenn doch einmal, dann wird er sich zu wehren wissen, aber mit Sicherheit! Eine alte Militärpistole (von der er eigentlich nicht so recht weiß, ob sie noch geht, aber sie passt so gut in die Jackentasche) hat er immer dabei, ebenso einen Dolch mit gut geschärfter Klinge und Horngriff, außerdem allerlei Werkzeug, Schrauben, Schlüssel, die ihm als Wurfgeschosse dienen könnten.

„Dieter, her!"

Kläffend und winselnd rast der klitschnasse, langhaarige Schäferhund auf ihn zu. Bleibt dicht an seiner Seite, den Schwanz eingeklemmt, hektisch hechelnd. Das hat er gelernt: sofort gehorchen, schnell sein! Die geringste Abweichung zöge unvermeidlich Schläge nach sich. Mit der Faust. Mit dem Zollstock. Mit der zusammengerollten Bildzeitung.

„Was hast du'n da wieder? Sollst nicht jeden Dreck ausgraben, Drecksau!"

Gerbig schubbst den Hund mit seinem Knie, das macht er immer so, dann hört der wenigstens. An einer saftig rieselnden Hecke entlang, schiebt sich Gerbig eine kleine Erhebung hoch. Kopfsteinpflaster, lückenhaft, zusammengehalten von mehreren Schichten Asphalt aus unterschiedlichen Jahrzehnten, gibt ihm hier sicheren Tritt. Er ist unterwegs zu Ladurner, seinem ... Freund wäre zu viel gesagt. Wo soll er auch sonst hin? Ladurner hört immerhin zu, zumindest scheint es so. Außerdem, er ist sein wichtigster Tauschpartner, wenn es um Ersatzteile geht – wofür auch immer.

Es scheint, jene Nieten und Nägel und Adapter und Flanschen haben sich verselbständigt, von den Geräten emanzipiert, denen sie einst zugeordnet sein mochten: denn die Körper, woran sie Teile waren, haben sich lange schon aufgelöst oder sind viel zu kostbar, als dass sie hier herum etwas zu suchen hätten. Ladurner hat alle Ersatzteile vorrätig, und er handelt miserabel. Jedesmal gelingt es Gerbig, seinen Preis, seine Forderung durchzusetzen. Für die Waschmaschinentrommel war er nur bereit sieben Euro zu bezahlen, obwohl Ladurner fünfzehn wollte; er bekam sie. Bei der Kassette voller verstaubter Orden allerdings, die Ladurner auf dem Flohmarkt in der Nordstadt erworben hat, blieb er hart.

„Bleibst du hier! Dieter! Ich schlag dir ..."

Doch diesmal kommt Walter Gerbig nicht dazu seinen Schäferhund zu verprügeln. Das Tier bellt aufgeregt, umtanzt fiepend etwas Dunkles, Langes, das direkt vor Norbert Ladurners Hütte im strömenden Regen liegt.

„Ah was ..."

Gerbig muss innehalten. Ein gewaltiger Brechreiz steigt in ihm auf. So etwas hat er lange nicht gesehen. Sehr lange. Der alte Kämpe wendet sich ab.

„Dieter, aus!"

Der Hund schnüffelt jaulend an dem, was einmal Norbert Ladurners Kopf gewesen ist. Gerbig hat nur ganz kurz hingeschaut – und doch erkennen müssen, dass im Bereich über der Stirn, wo einmal der Hinterkopf begann, so gut wie nichts mehr vorhanden ist. Immer wieder, noch Wochen später, wird er mit Daumen und Zeigefinger die Flachheit des zermatschten Schädels zeigen: „Auf so wenig haben sie den zusammengequetscht!"

Norbert Ladurners Mund steht offen, die Augen sind nicht mehr zu erkennen. Blut und Regen und Haare haben das Gesicht so sehr verändert, dass Gerbig zwischenzeitlich zweifelt, ob es sich wirklich um seinen Spezi handelt. Doch der alte, vollgesogene Lodenmantel gibt ihm Gewissheit.

Plötzlich fängt er an zu zittern. Wacklig wie ein Betrunkener, verlässt Walter Gerbig Ladurners Müllgarten, passiert den Zaun, der den Unglückseligen nicht zu schützen vermochte; tappt den Hügel hinunter, die Hand vor dem Mund, wimmernd. Dann dreht er sich noch einmal um und kreischt in größtmöglicher Lautstärke: „Dieter! Wenn du nicht gleich kommst, ich schlag dich tot ..."

*

„Oh nein, nicht die Littmann!"

Daniela Kämmerer geht ein Grinsen über das Gesicht, als sie die Züge ihres sonst so tapferen Kollegen Uwe Steiner entgleisen sieht. Abrupt bringt der Kriminalhauptkommissar den Dienstwagen zum Stehen. Durch den Regenschleier gewahren sie das übliche Gehusche der Gerichtsmediziner. Wächter und Mönning sind auch dabei, winken bereits wichtig.

„Ausgerechnet die! Warum immer ich?"

„Aber Uwe, sie meint es doch so gut mit Dir."

„Das ist ja das Schlimme."

Niemand vermag es sich so recht zu erklären, aber Frau Dr. Carla Theresa Littmann, früher Littmannowskaja, gebürtige Russland-Deutsche, unerschrockene Fachfrau an vorderster Front, sonst niemals auffällig geworden durch Gefühlsduselei, hat ganz offensichtlich eine Schwäche für Steiner. Die aber ist einseitig. Uwe Steiner täte viel, sehr viel, wenn er ihr nicht mehr begegnen müsste. Nie mehr. Doch getreulich bei fast jedem Mordfall – aber auch sonst, im Gerichtsgebäude, auf dem Gang im Polizeipräsidium, im Schlosspark, überall – tritt sie ihm entgegen, mit ihren freudig aufgerissenen Augen, mit ihrer schmachtenden dunklen Stimme: „Herr Steiner!" klingt es jedesmal von Grund auf überrascht, so, als träfen sie irgendwo in der sibirischen Tundra zufällig aufeinander ... und nicht mitten in Karlsruhe, wo sie der Dienst ohnehin permanent zueinander führt.

„Wenn sie gleich wieder „Herr Steiner!“ flötet, dann nehm ich Reißaus, ehrlich!“

„Aber Uwe ...“

„Sag nicht dauernd ‚aber Uwe‘ ...“

„Aber Uwe, schau doch mal, sie hat doch sonst niemanden.“

„Kein Wunder.“

Ärgerlich pustet sich Steiner eine Wimper aus dem Auge, öffnet die Autotür und stellt sich seinem Schicksal. Daniela Kämmerer muss arg mit sich kämpfen; einzig und allein die Ursache ihres gemeinsamen Besuchs im Gleisdreieck verhindert einen mittelschweren Lachanfall. – Schweigend stapft Steiner durch das unwirtliche Gelände, streift mit dem Ärmel an einer nassen Hecke entlang; im Eilschritt nimmt er den Hügel.

„Du kannst's ja kaum noch erwarten ...“

„Bist du jetzt ruhig!“

„Uwe, ich komm kaum mit.“

„Ist ja widerlich, hier.“ Uwe bleibt im Eingangsbereich von Ladurners Territorium stehen, neben einer Mischung aus Misthaufen und Elektromüllkippe. Daniela bemerkt einen älteren Mann in Pseudouniform, der auf seinen Schäferhund einschimpft.

„Stimmt. Hast Recht.“

„Herr Steiner!“

Da ist es wieder, da taucht es unerbittlich dicht vor ihm auf, dieses vor naiver Überraschungsfreude geweitete Antlitz der Carla Theresa Littmann. Ganz nahe tritt sie an Uwe Steiner heran, gibt ihm ihre heiße, dünne Hand – und lässt so bald nicht wieder los.

„Herr Steiner ...“

„Na, was ham wir denn hier?“

Uwe könnte gar nicht in Worte fassen, wie unangenehm ihm das alles ist – vor allem vor Daniela. Von ihr scheint die Gerichtsmedizinerin überhaupt keine Notiz zu nehmen.

„Dass wir schon wieder aufeinander treffen, also ich glaub es ja nicht ...“

„Naja, das bleibt halt nicht aus. Hab dieses Jahr keinen Urlaub mehr.“ Mit äußerster Anstrengung versucht Uwe keinerlei Vertraulichkeiten aufkommen zu lassen.

„Guten Tag, Frau Dr. Littmann“, startet Daniela eine Solidaritätsaktion.

„Ach, sind Sie immer noch gemeinsam im Dienst?“ Fast so schlimm wie ihr permanentes Erstauntsein, auf Uwe Steiner zu treffen, ist Carla Littmanns Verwunderung über die prekäre Unauflöslichkeit des Gespanns Kämmerer / Steiner. – Immerhin, durch ihr Opfer hat es Daniela vermocht, Uwe aus der Umklammerung durch die Gerichtsmedizinerin zu befreien. Der Hauptkommissar wendet sich der Leiche zu.

„Selbstmord oder Unfall ausgeschlossen?“

Statt einer Antwort zieht die Ärztin die Folie zurück. Uwe und Daniela beschauen kurz die tödliche Verwundung. Holen beide Luft. Uwe sinniert: „Also das können wir dann ja wohl ausschließen.“

Carla Theresa Littmann scheint geneigt, nunmehr bei sachlichen Themen zu verweilen. So ausführlich wie es die bisherigen Untersuchungen gestatten, erteilt sie Auskunft über den Kenntnisstand. Ein stumpfer Gegenstand, der noch nicht gefunden sei, vermutlich ein Stein oder ein Eisenteil, habe den Schädel des als Norbert Ladurner identifizierten Toten zertrümmert. Carla geht ins Detail: „Es waren vermutlich mindestens zwölf bis fünfzehn Schläge, sonst kriegt man die Schädelknochen gar nicht so klein. Schaun sie her, das ist ein einziger Brei. Wir untersuchen das ja noch genau.“

Vor allem, um dieser Medizinerin endlich zu entfliehen, greift sich Uwe Steiner den vorübereilenden Mönning: „Ey, wer is’n der Kasper da hinten in seiner Spielzeuguniform?“

Mönning macht prompt Halt: „Walter Gerbig heißt der. Sagt, er wohnt hier in der Nähe.“

„Na, das wird ja ein Traumhotel sein ... Daniela, Du magst doch Hunde."

„Schon unterwegs."

Perfekt eingeübt, aufs Präziseste abgestimmt, teilen sich Daniela und Uwe die umfangreiche Arbeit. Zahllose Informationen gilt es zusammenzutragen. Akribische Inaugenscheinnahme. Abstimmungen über den weiteren Verlauf der Ermittlungen. Lautstark erteilt Uwe Steiner Befehle, rudert mit den Armen, deutet in verschiedene Richtungen gleichzeitig. Er ist der unangefochtene Dirigent mit dem Gespür für die richtigen Tempi, indessen Daniela die undankbare Aufgabe zufällt, diesen Gerbig näher unter die Lupe zu nehmen. Schnell lobt sie noch den Kollegen Wächter für seine Vorarbeit – der braucht das – , dabei fühlt sie sich gestört von dem ständigen Gekeife Walter Gerbigs.

„Hörst du jetzt auf, bleib da, du Sauhund, du Verbrecher ..."

„Was hat Ihr Hund denn verbrochen, dass sie dauernd wie irre auf ihn einschreien?"

„Der hört nicht."

„Bei der Lautstärke ist er vielleicht schon ertaubt. Was machen Sie hier?"

„Hab ich dem da schon g'sagt."

„Der da hat einen Namen: Wachtmeister Wächter. Ich nehme an, er hat sich Ihnen vorgestellt."

„Haja, was weiß ich? Ich wollt den besuchen, den Norbert. Da hat ihn mein Hund gefunden."

„Wäre doch mal ein Grund, den Hund zu loben." Daniela ist genervt bis zum Anschlag von diesem Vollidioten in Uniform. „Was treiben Sie beruflich?"

„Ich bin Hundezüchter."

„Um Gottes Willen. Die armen Viecher ..." Letzteres flüstert Daniela nur vor sich hin. Dann schaut sie dem Zeugen direkt ins Gesicht. „Wachtmeister Wächter hat ihre Personalien ja aufgenommen. Wir werden das ganz exakt überprüfen, ob ihr Unternehmen die Tierschutzbestimmungen erfüllt."

„Haja, machen Sie des nur. Ich hab ja kaum noch Hunde …"

„Kann ich mir denken. Die sterben wahrscheinlich lieber."

Daniela Kämmerer ist erfahren genug, dass sie sich nicht zu der gequälten Kreatur herunterbeugt, sie weiß genau, wie gestört solche Hunde zu reagieren pflegen. Doch dieser Hund scheint noch nicht ganz so kaputt zu sein wie sie befürchtet hat; fiepend reckt er seine Schnauze ihr entgegen. Will an Danielas Hand schnuppern.

„Dieter! Was hab ich g'sagt! Da sehn Sie's! Dieter!"

„Lassen Sie ihn doch. Vielleicht freut er sich, dass mal jemand nicht mit ihm rumschreit."

Behutsam nähert sich Daniela dem Tier, kniet nieder. Dankbar, beständig winselnd, schleckt ihr der Hund sämtliche Finger ab.

„Ja, du bist ein ganz ein Guter …"

„Daniela, bitte jetzt nicht mit Hunden spielen."

Erbost fährt Daniela Kämmerer herum. Im Augenwinkel erkennt sie Uwe, wie er hinter Mönning zu ihr herüberfeixt. Nun gut, das war die Retourkutsche für ihren Kommentar wegen der Littmann. Bittersüß grient sie zu Uwe hinüber. Dann setzt sie die Befragung des Gerbig fort.

Nachdem Dutzende Beweisstücke gesammelt, Hunderte Fakten zusammengetragen, der gesamte feststellbare Besitz des Verstorbenen inventarisiert und erste Vermutungen ausgetauscht worden sind, begeben sich Daniela und Uwe zum Auto zurück. Stunden sind vergangen. Bald wird es dämmern. Für heute bleibt die Wolkendecke geschlossen.

Ein Moment des Stilleschweigens, und dann beginnt das gewohnte Spiel nach derartigen Veranstaltungen. Meist ist es Uwe, der einen launigen Kommentar loslässt – ein erster Schritt, das Belastende irgendwie zu verarbeiten. Diesmal ist es Daniela. „Komisch, diese Fundorte, gell? In den Nachrichten heißt's dann immer: In einem nahe gelegenen Waldstück. Oder: In einer Industriebrache unweit der Haltestelle XY ..."

„Naja ..." Uwe durchwühlt mal wieder seine Taschen nach Zigaretten. „In letzter Zeit hab ich mich mehr auf Wohnungen spezialisiert. Wo den Nachbarn seit Monaten nicht aufgefallen ist, dass einer fehlt."

„Stimmt. Ich weiß. Aber in den Nachrichten ..."

„Stimmt. In einem nahe gelegenen Waldstück ... Was machst Du heut Abend?"

„Manuel ist hoffentlich schon zu Hause. Werd uns ein paar Nudeln in die Pfanne hauen. Hab noch Haschee. Von gestern."

„Haschee. Gute Idee. Wär mir heute nicht so nach."

„Danke, Uwe. Freu mich immer wieder, wie zartfühlend Du sein kannst."

„Siehst Du."

Als sie einsteigen, kommt Daniela doch noch einmal auf den Mordfall zurück.

„Was meinst Du? 'Ne Rachegeschichte?"

„Gut möglich. Vielleicht aber auch irgend so'n Langeweiler, der zur Freizeitgestaltung Leute zu Brei haut."

„Gibst Du mir auch eine?"

„Hä? Fang nur nicht wieder an."

„Quatsch."

Das ist allerdings selten geworden, dass Daniela den Hauptkommissar um eine Zigarette anschnorrt. Während der Fahrt von Durlach an Mann Mobilia, am Verwaltungspalast der EnBW vorbei Richtung Innenstadt, rauchen die beiden und sagen nichts. Erst kurz bevor Uwe Daniela zu Hause absetzt, fragt er sie, beinahe väterlich: „Soll ich Dich morgen früh abholen? Du hast doch das Auto noch auf'm Parkplatz."

„Echt? Du, das wär lieb." Daniela Kämmerer nickt schmunzelnd. „Dass du dich immer so rührend um mich kümmerst."

„Pures Eigeninteresse."

„Wieso?“

„Wenn Du schlechte Laune hast, lässt du sie doch immer an mir aus.“

„Gut Nacht, Uwe.“

„Schlaf gut. Und guten Appetit.“

Im Aussteigen fummelt Daniela Kämmerer den Hausschlüssel aus der Handtasche. Uwe Steiner blickt seiner langjährigen Lieblingskollegin kurz hinterher. Dann schaltet er das Radio an. Gleich neun. Mal hören, ob schon was kommt. Von wegen nahe gelegenen Waldstücken und so.

6. August nachts

Im Strahl der Taschenlampe flattert rot-weißes Absperrband im Wind. Das schnalzende Geräusch, das es dabei erzeugt, klingt unheimlich in dieser einsamen Dunkelheit. Es gemahnt an schmatzende Kiefer unbeschreiblicher, bösartiger Monster, die im Düstern darauf lauern, dass ein unvorsichtiger, ein übermütiger Städter der Gegenwart, der natürlich längst allem Übersinnlichen abgeschworen hat, in ihre Nähe kommt. Dann packen sie zu. Unbarmherzig. Und noch während dieser Mensch der Moderne seine aufgeklärte Weltanschauung, seinen Hochmut allem Mystischen gegenüber verflucht, fällt er in bodenloses Dunkel, um dort auf ewig seinen schlimmsten Albträumen schutzlos ausgeliefert zu sein.

Solche Gedanken sind ihm fremd. Er hat Schlimmeres erlebt als die meisten anderen Menschen – seine Albträume begleiten ihn schon seit vielen Jahren wie ein Freund. Er drückt das Absperrband hinunter und steigt darüber. Kiesel knirschen unter seinen Füßen, während er sich auf die schäbige Behausung am oberen Ende des Hügels zubewegt. Vorsichtig setzt er einen Fuß vor den anderen, um nicht über einen der vielen Gegenstände zu stolpern, die gleichmäßig am Boden verstreut liegen. Die Tür der Hütte steht offen. Warum sollte sich die Polizei auch die Mühe machen sie zuzusperren, wo doch sowieso nur wertloser Müll darinnen lagert? Doch er weiß es besser. Inmitten dieses Materie gewordenen Chaos' liegt ein Schatz verborgen. Sichtbar nur für den Eingeweihten.

Unruhig tastet der Lichtstrahl die Wände ab. Offene Regale, wohin man schaut. Becher, Krüge, Gläser, Teller auf der einen Seite, Bilder, Boxen mit Karten, gerollte Papiere auf der anderen. Neben dem Eingang diverse Bretter, auf denen Dosen stehen, bis zum Rand gefüllt mit Schrauben und Nägeln. Das, was er sucht, kann er nirgends entdecken. Er versucht sich zu erinnern. Wohin hatte der Ladurner die Schatulle bloß geräumt, nachdem er ihm den Inhalt gezeigt hatte? Sie tranken Tee. Eigentlich trank nur Ladurner. Er hatte sich angewöhnt nur so zu tun als ob, um nicht aus einer dieser dreckigen Tassen trinken zu müssen. Sie standen am Spülbecken, als Ladurner ... ja, das war's! Er verstaute die Teedose im Oberschrank und stellte die Metallbox daneben.

Langsam schiebt er die Türe des Schränkchens aus den fünfziger Jahren zur Seite und leuchtet hinein. Dort! Auf dem oberen Boden. Vorsichtig holt er die Metallschatulle herunter, stellt sie auf den Rand der Spüle. Die Taschenlampe klemmt er sich zwischen die Zähne, damit er mit beiden Händen den klemmenden Deckel öffnen kann. Als er den Inhalt sieht, schleicht sich ein Lächeln in seine Augenwinkel. Schnell schließt er die Schatulle wieder, klemmt sie sich unter den linken Arm und wendet sich zum Gehen.

Da der Mond hinter den Wolken hervorgekommen ist, schaltet er die Taschenlampe aus. In der Türe bleibt er noch einmal kurz stehen, sieht sich um. Nur zur Sicherheit, falls die Polizei doch noch Streifen vorbeischickt, um am Tatort nach dem Rechten zu sehen. Da er niemanden entdecken kann, schlüpft er aus der Hütte, bewegt sich lautlos den Abhang hinunter, steigt über das Absperrband und verschmilzt mit der Dunkelheit. Der im Gebüsch lauernde gefräßige Schatten verhält sich ruhig, wartet auf ein würdigeres Opfer.

Juni

Einige Wochen zuvor, das toprenovierte Stadion im Frankfurter Stadtwald war nur zu zwei Dritteln gefüllt, standen sich zwei Mannschaften gegenüber, deren Auftreten – zumindest in der ersten Halbzeit – nicht gerade von Selbstbewusstsein geprägt war. Früh schon suchte der KSC sein Heil in der Defensive. Rückpässe, Querpässe. Die spärlichen Versuche, nach vorne etwas zu bewegen, wirkten wie Alibiaktionen. Verwunderlich, eigentlich. Denn die Eintracht, noch so einer dieser Vereine mit altehrwürdiger Geschichte und schwanker Gegenwart, schoss auch nicht gerade den Vogel ab. Fast schon erbärmlich zu nennen, die ersten zehn Minuten der Heimmannschaft. Wäre der KSC da nur ein wenig mutiger aufgetreten, die Hessen hätten bald zurückgelegen. Stattdessen kamen sie durch einen Querschläger in der fünfunddreißigsten Minute zu ihrer ersten reellen Torchance. Aus knapp zwölf Metern zog der griechische Mittelstürmer ab – doch der Ball rauschte gut zwanzig Zentimeter über die Latte. Immerhin, jetzt wurden die Frankfurter wacher; einige Spieler klatschten in die Hände: „Auf geht's, lasst euch nicht so hängen!" Auch das Publikum wurde allmählich lebendiger; bis dahin hatten die mitgereisten Karlsruher Fans der Übermacht verbissen getrotzt. Jetzt aber schallte ein zigtausendstimmiges „Eintracht, Eintracht!" durch das weite Rund.

Alexander Geraldi entschied sich für Gänsestopfleber. Das herumgereichte Finger-Food in der VIP-Lounge der Bank stammte von einem neuen Caterer. Anfangs geben die sich ja immer Mühe, bis sich irgendwann der Trott einschleift. Dann wiederholt sich das und man muss schnellstens wechseln. Dieses Tartelett mit Kalbsbries und Litschiconfit sah auch nicht schlecht aus; aber Gänsestopfleber, garniert mit Gewürztraminergelee, auf luftigem Brandteigplätzchen, nein, das hatte er schon länger nicht mehr gehabt. Der Muscadet eines französischen Nobelweinguts harmonierte prächtig. Geraldi beorderte die blondbezopfte Hostess sogleich zurück: „Ey, komm grad noch mal her!“ Als ihm die schmale Schöne ohne Anzeichen von Freundlichkeit erneut das Tablett reichte, setzte der Fonds-Manager sein süßestes Schmunzeln auf (manche sagen, dann ähnle er Hugh Grant): „Das ist einfach zu lecker. Verstehst du?“

Na also, funktionierte doch immer. Als Antwort schenkte sie ihm das verdiente Lächeln. Beinahe vollführte sie so etwas wie einen Knicks. Und zog verlegen weiter. Alexander Geraldi verfolgte sie mit den Augen, genauer, er nahm ihren von einem schwarzen Röckchen überspannten Hintern in der Bewegung in Augenschein. Wiewohl sie nun ausgesucht höflich mit einem älteren Herrn von der Marketing-Abteilung konversierte, vermeinte Geraldi doch eine gewisse Unsicherheit in ihrer Mimik zu verspüren. Mal sehen, vielleicht nach Spielschluss noch mal nachlegen ... Zumindest ihren Namen erfragen, das musste schon sein. Wahrscheinlich Natascha oder so was. Studentin vermutlich. BWL. Oder Sport.

Den Torjubel im Stadion begutachtete der junge Mann, als er dem zweiten Stopfleber-Häppchen nachschmeckte. Ein abgefälschter Schuss, der sonst meilenweit vorbeigegangen wäre, landete plötzlich im KSC-Gehäuse. Geraldi ballte nur kurz die Faust, sah dann gleich zu seinen Kollegen hinüber. Die meisten unterhielten sich einfach weiter. Ein paar Unentwegte fielen sich in die Arme. Lächerlich.

Im G-Block drüben wurden mal wieder Feuerwerkskörper gezündet. Idioten. Sollen die doch zufrieden sein, wenn die

Mannschaft, der sie ihre armselige Existenz widmen, ein Tor schießt. Geraldi sah sich um. Tja – da war es wieder, das alte Problem. Obzwar ihm jedermann mit Respekt begegnete, seit er vor gut vier Jahren, direkt von der Uni weg verpflichtet, in der Abteilung eingelaufen war, hatte er doch keinerlei nähere, freundschaftliche Kontakte zu knüpfen vermocht. Auch jetzt, als er dem Peters, diesem Windhund, an dem er nicht vorbeikam, in die Seite knuffte, reagierte dieser äußerst reserviert.

„Mensch, so geht's doch!", heuchelte Geraldi Fußballbegeisterung.

„Reiner Zufall. Grässliches Spiel", hielt Peters Abstand.

„Naja."

Gar zu gerne hätte Geraldi den Typen stehen lassen, um sich einem Hierarchiehöheren zuzuwenden. Doch da war keiner. Sein Blick wanderte durch die mordsteure Lounge. Fast alle standen in Klübchen beisammen. Nein, einfach hatten sie's ihm von Anfang an nicht gerade gemacht. Sehr genau hatten sie ihn taxiert – und all das, weil er weder Verbindungsmitglied war noch sonst einer außerbetrieblichen Seilschaft angehörte.

Doch sie würden um seine Gunst noch buhlen, da war er sich sicher. Ein paar Abschlüsse hatte er schon getätigt, die ihm Anerkennung von ganz oben beschert hatten; aber so ein richtig fettes Ding hatte er noch nicht an Land gezogen.

2:0. Kurz vor der Pause, die Verteidiger des Karlsruher Sport Clubs waren gedanklich wohl schon bei den Erfrischungsgetränken, da hatte der Sechser aus dem Halbfeld geflankt – eigentlich harmlos. Doch Torwart und Innenverteidigung hatten sich gegenseitig behindert ... und der zweite griechische Angreifer hatte aus kürzester Distanz vollstreckt. Damit war das Ding wohl gelaufen. Geraldi schaute auf das schwarz-weiß-rote Gewirre und Gewurrle der Fans. Die freuten sich auch über kleine Sachen. Über unfreiwillige Geschenke sogar. Mit Fußball, wie ihn Geraldi sich wünschte, hatte das alles wenig zu tun. Halbzeit.

Während die Eintracht-Ultras eine ihrer aberwitzigen Choreographien abzogen, besorgte sich Geraldi ein neues Glas Muscadet. Schade, die blonde Dünne war nirgendwo zu sehen. Langsam durchschritt Geraldi die Lounge. Ein paar Kollegen nickten ihm zu, manche lächelten.

In kurzen Abständen erzitterte das Stadion unter dem Dröhnen der Jets, die vom nahen Flughafen kamen oder dorthin unterwegs waren. Geraldi blieb bei drei Direktoren stehen, von deren Gunst er sich einiges versprach.

„Na, wie beurteilen Sie die erste Halbzeit", wandte sich ihm nach einigen Minuten, während derer er nickend zugehört hatte, der Senior der Runde zu.

„Tja, berauschend war das nicht. Ehrlich gesagt, ich finde, dass die Eintracht seit Jahren Provinzfußball spielt ..."

„Kommen Sie, etwas mehr Lokalpatriotismus!" Der grauhaarige Vorgesetzte vollführte einen weiten Bogen mit dem Champagnerglas. „Sie müssen bedenken, wie lange wir mal in der zweiten Liga waren. Das wird schon wieder. Nur kein Pessimismus." Soeben wollte Geraldi seine Skepsis begründen, da gesellte sich einer der Gäste von außerhalb dazu. Nun gehörte die Aufmerksamkeit dem Neuankömmling – und Alexander trollte sich zum nächsten Grüppchen. Doch auch dort verweilte er nicht lange; noch drei, vier Mal wechselte er in dieser Pause die Gesprächspartner, bevor er pünktlich zum Anpfiff wieder auf seinem Stammplatz eintraf – wiewohl ihm der Fortgang des Spieles so ziemlich schnuppe war.

„Na, du weißt auch nicht, wo du dein Ei hinlegen sollst ..."

„Hm?" Geraldi fuhr herum. Um Gottes Willen: Jan-Erik Polzin. Hastig durchsuchte Alexander den Informationsbestand. Richtig – Mitschüler in der Oberstufe, ziemlich überheblich schon damals. Ein Sieger, eine echte Nummer eins. Das Letzte, was er von ihm gehört hat: irgendwo in Süddeutschland sei er bei einem Energieriesen in leitender Stellung tätig.

„Mensch, was machst du denn hier?", entfuhr es Geraldi ungewollt leutselig und banal. Sein Gegenüber grinste ihn breit an: „Ich hab dich beobachtet. Bist ziellos im Raum herumgetigert. Mach mir nix vor: Du hast kein gutes Standing hier." Polzin lachte.

„Sag mal, was schwätzt du denn da? Hast du 'ne Ahnung! Ich hab hier in vier Jahren mehr aufgebaut als du in deiner ganzen Karriere zusammenmurksen wirst." In Geraldis Stimme mischten sich Ärger und Unsicherheit. Aus Polzins Miene wich das Grinsen keinen Deut. Hatte Geraldi eben noch viel zu anbiedernd reagiert, war diese Replik entschieden zu scharf. Zuallererst fiel Alexanders Blick auf das sonderangefertigte Schuhwerk, den Maßanzug mit dem offen stehenden vierten Ärmelknopf seines Gegenübers; dagegen fiel er selber mit seinem Armani und seinen Boss-Tretern deutlich ab ...

Wie unangenehm: Musste dieser Jan-Erik ausgerechnet während dieser bescheuerten Halbzeitpause auftauchen? Hätte das nicht anlässlich irgendeiner Power-Point-Präsentation geschehen können? Da war Alexander absolut fit, Deutsch wie Englisch; dann hätte der ihn bestimmt nicht so blöd von der Seite angemacht. Was hatte der denn für ein Recht, Kommentare abzusondern? Kein gutes Standing ... Dreckskerl! Ganz wie früher: Nur das Negative herausfischen. Sich auf die Krümel stürzen ...

„Wie sieht's eigentlich bei dir aus? Tief in der Provinz gelandet, wie ich höre?" Das saß. Der Einfall war zwar nicht gerade originell, aber immerhin – besser als gar keiner.

„Nö. Bin in Karlsruhe. Du warst bestimmt noch nicht da. Da tut sich was. Ihr in Frankfurt seid doch nur abhängig von dem, was euch London oder Tokio diktieren. Weißt du was: Wir entwickeln eigene Ideen. Wir machen unser Ding."

Dieses penetrante Lächeln von Jan-Erik Polzin brachte Geraldi aus der Fassung.

„Oh, Wahnsinn. Eigene Ideen. Und da bist du dabei?"

So unersprießlich ging das Gespräch noch eine Weile hin und her. Auf dem Rasen hatte inzwischen der KSC die Oberhand gewonnen. Träge und arrogant versuchten die Eintracht-Spieler sich den Ball zuzuschieben. Ein neu eingekaufter Brasilianer verstricke sich in sinnfreie Übersteiger. Doch da spritzte der Karlsruher Linksaußen dazwischen – und zischte ab über seine Lieblingsseite. Die Eintracht-Abwehr kam nicht hinterher. Scharfe Hereingabe ... nur knapp verfehlte der Mittelstürmer die Kugel.

„Na, auf einmal ganz schön munter, meine Provinzhasen!" freute sich Polzin.

„Deine? Das grenzt ja an Vaterlandsverräterei."

Auf einmal fühlte Alexander Geraldi, wie ihm der Klassenkamerad von früher die Hand auf die Schulter legte: „Komm, wir wollen uns nicht die ganze Zeit kabbeln. Ich freu mich echt, dich mal wieder zu sehen. Tut mir leid, wollt dich vorher nicht runtermachen, echt nicht."

„Schon o.k."

Ungern gestand es sich Alexander ein, aber Jan-Eriks Worte taten ihm gut. Wiewohl er genau das von seinem Ex-Klassenkameraden kannte: diese plötzlichen Stimmungswechsel. Erst brachte er einen gegen sich auf. Dann machte er die Kehrtwende, wurde auf einmal furchtbar nett – und man fand sich plötzlich selber in der Rolle des Aggressors wieder. Auf jeden Fall, in welcher Richtung auch immer: Jan-Erik behielt das Ruder in der Hand.

Jetzt sprach er in warmem Ton, geradezu vertrauensvoll: „Nee, echt, 'ne schicke Schüssel habt Ihr hier. Rechtzeitig investiert. Super. Kriegen wir in Karlsruhe einfach nicht hin. Noch nicht."

„Wieso denn?"

„Zu viele einander widerstrebende Interessen, wie man so sagt. Zu wenig Entschlusskraft bei einigen Leuten. Dabei, das wäre *das* Projekt!"

„Kann ich mir vorstellen“, äußerte Alexander ein wenig gönnerhaft. „Wenn sich ein Verein mit so was nicht total verschuldet, kann das der entscheidende ...“

Polzin unterbrach ihn: „Du bist doch in der Immobilien-Abteilung?“

„Klar.“

„Soll ich dir mal'n Tipp geben?“

„Wenn du das kannst?“ Alexander Geraldi blieb vorsichtig. Jeden Augenblick konnte Polzin wieder umschwenken.

Doch der Neu-Karlsruher, mit seinem gebräunten Teint und seinen schwarzen Locken schon immer eine – zumal die Mädchen – beeindruckende, selbstsichere Erscheinung, ließ sich nicht aus der Spur bringen. Während er das Spiel verfolgte, unterrichtete er Geraldi über einige Interna, die im Südwesten so zu beachten waren. Geraldi bemerkte, dass sich Polzin voll zum KSC bekannte. Die Anstecknadel am Revers war offensichtlich nicht nur Show. Denn jedesmal, wenn die Blauweißen vor das Eintracht-Gehäuse kamen – und das taten sie nun fast im Minutentakt – riss es den Frankfurt-Auswanderer richtig vom Sitz. Schmunzelnd stellte Geraldi sogar eine leichte Dialekt-Einfärbung bei Polzin fest. Fast jeden zweiten Satz schloss er mit einem „waisch?“ ab. Doch Alexander unterließ es, hierüber eine ironische Bemerkung zu machen; denn die Berichte aus der Karlsruher Geschäftswelt begannen ihn immer stärker zu interessieren.

„Im Sommer, ich sag's dir, spätestens dann wird die Sache wieder heiß. Zwei Jahre ist jetzt fast nix gelaufen, waisch, aber da bin ich mir ganz sicher: In der Sommerpause gehen die's an, da fangen die an ein neues Stadion zu bauen.“

„Was ist denn das Haupthindernis?“

„Die Örtlichkeit. Karlsruhe kann sich nicht so einfach irgendwohin ausdehnen.“

„Haben die keinen Stadtwald oder so?“

„Doch. So was Ähnliches. Aber da steht schon der Wildpark drin. Und den umbauen ... Ich sag Dir was ..." Jetzt blickte Jan-Erik seinem alten Mitschüler direkt ins Gesicht. „Ich weiß ganz genau, wo die's machen könnten. Und weißt du noch mehr? Ich verrat dir's auch! Der Tipp des Jahres."

Noch bevor dem erstaunten Alexander Geraldi die kostbarsten Informationen zuwuchsen, erzielte der KSC den Anschlusstreffer. Fabrizio Fontanella, ein Eigengewächs, aufgewachsen als Sohn eines hochbegabten Eisverkäufers in Liedolsheim, zog zwanzig Meter vor dem Tor ansatzlos ab. Der Ball war weder exakt gezielt noch besonders hart geschossen; aber dem Eintracht-Keeper wurde die Sicht versperrt. Zwei Frankfurter flogen dem Ball hinterher ins Netz. Ein kollektives „O Nein!" erstickte zuerst den Torjubel der mitgereisten Karlsruher Fans. Dann beherrschten sie für Minuten das alte Waldstadion im neuen Gewande mit frenetischen Anfeuerungsrufen. Mit Verzögerung besannen sich auch die Einheimischen wieder auf ihre Aufgabe: Statt der vereinzelten Pfiffe, die Teilen des Frankfurter Publikums schon immer besonders flott über die Lippen gehen, war schon bald das aufpeitschende „Wir wolln euch kämpfen sehn!" zu hören, gefolgt von einem – zu diesem Zeitpunkt vielleicht übertriebenen „Steht auf, wenn ihr Adler seid!"

Allein, die Fangesänge nützen nicht viel. Der KSC hatte Blut geleckt. Mehr als das. Die verunsicherten Frankfurter wirkten immer schlafmütziger, verloren den Ball meist schon an der Mittellinie. Und man merkte plötzlich, was für eine junge, flinke Mannschaft die Karlsruher da hatten! Die Außenstürmer nahmen den Abwehr-Hühnerhaufen in die Zange. Nur am Vollstrecker fehlte es. Noch.

Indem Jan-Erik Polzin, die Augen unverwandt auf den Rasen geheftet, das Spiel mit einem permanenten Schmunzeln in den Mundwinkeln verfolgte, schilderte er – unterbrochen von manchem „Ou!" oder „Ah!" – dem gänzlich verstummten

Geraldi die bislang vergebliche Suche der KSC-Oberen nach einem geeigneten Bauplatz für ein dem Traditionsclub angemessenes Fußballstadion. Dabei, es wäre doch ganz leicht! Zwischen Durlach und Hauptbahnhof, am Kilometer breiten Gleisfeld, gäbe es so ein ungeordnetes Areal, das alle nur wünschbaren Voraussetzungen erfülle. Sogar die Frage der Anbindung ans Verkehrsnetz sei eo ipso geklärt. Man müsse nur ein paar Bahnsteige aufbauen, Schilder aufstellen: Karlsruhe – Neues Stadion – fertig! Kaum fünfhundert Meter entfernt: der Autobahnzubringer. Noch Fragen?

„Ja." Geraldi stellte fest, dass seine Stimme heiser war. „Warum zum Kuckuck ist da noch keiner drauf gekommen?"

„Tja", lachte Polzin laut auf, „um das zu verstehen, müsstest du ein paar Jährchen in Karlsruhe gelebt haben. In der Zeit, wo wir planen, baut ihr so ein Ding zweimal auf und reißt es dreimal wieder ab. Vielleicht eine Mentalitätsfrage. Ich find das aber faszinierend: Kuck, wie da unten, der KSC hat nicht mal den halben Etat ... und dost eure überall zusammengekaufte Schlappekicker-Mannschaft gerade ein. Tor!"

In der Tat: In der fünfundsiebzigsten Minute fiel der Ausgleich. Ein Lupfer in die Mitte, Mijo Nujic, der kroatische Wuselstürmer, nahm den Ball an, drehte sich einmal um die eigene Achse, passte zu Klotzke, der aus dem Hintergrund herangestürmt kam – und 0,175 Sekunden später beulte die übel zusammengeknäulte Hulla das Tornetz aus.

Wer nun aber dachte, die Karlsruher setzten nach, um den Auswärtssieg klar zu machen, sah sich getäuscht. Vom Anstoß der Eintracht an schoben die beiden Ensembles die Kugel nur noch ängstlich hin und her; es schien, keiner wollte den mühsam erkämpften Punkt noch verlieren. Minutenlang ergab sich keine einzige Torchance mehr. Die KSC-Fans feierten zwar noch ein bisschen – ansonsten verhielt sich das Publikum merkwürdig passiv. Auch Jan-Erik Polzin hatte seine Fallschilderung offenbar abgeschlossen. Auf nervöse Nachfragen seines alten Schulkameraden reagierte er einsilbig. Schließlich wies er ihn zurecht: „Ist mal gut jetzt. Ich weiß gar nicht, warum ich dir das alles erzählt hab. Jetzt lass mich das Spiel in Ruhe zu Ende gucken."

Geraldi hörte das nur noch wie von weitem. Er hatte sich bereits weggeträumt in eine nahe Zukunft, wo es ihm gelänge, mit einem Mega-Deal die Aufmerksamkeit, die Hochachtung aller Kollegen zu erringen. Oder ... sollte er vielleicht ... Hm, auch das war eine Überlegung wert: Warum den fetten Kuchen (wenn es denn einer war) an so viele hungrige Mäuler verteilen? Warum nicht ganz alleine aufessen? Ruhig, ruhig, Alexander. Erst mal prüfen. Erst mal sondieren. Erst mal den Nachmittag hinter sich bringen ...

Kurz vor Schluss auf einmal ein infernalischer Torschrei. Was war passiert? Verwirrt blickten die KSC-Fans aufs Spielfeld. Dort bemühte sich Mario Loos an der Seitenauslinie um das Spielgerät, welches ihm von einem Balljungen mit provozierender Langsamkeit ausgehändigt wurde. Vielleicht eine Nachricht aus dem Radio? Hatten die Bayern verloren? Das wäre prima, aber muss man da so brüllen? Sich in den Armen liegen? Auf dem Boden rumrollen?

Aber nein. Es handelte sich um eine jener skurrilen Aktionen der Eintracht-Fans, wofür sie in den letzten Jahren berüchtigt waren. Man feierte einfach den Siegtreffer, obwohl er gar nicht gefallen war. Alexander Geraldi schüttelte den Kopf. Jan-Erik Polzin, als er die Sache kapiert hatte, lachte sich kaputt.

Direkt nach dem Abpfiff – die Partie endete schließlich 2:2 – brachen auch in der VIP-Lounge viele Gäste auf. Es entstand ein Durcheinander, in dem Geraldi den unverhofften Zuträger der vielleicht heißesten Information des Jahres aus den Augen verlor. Eine komische Type, dieser Polzin. Hatte er ihn am Ende verarscht? Warum sollte er! War ein Haken an der Sache? Möglich. Dann musste man ihn herausdrehen.

„Un, was maanste? Zufridde kammer net sei, oddä?“

Ausgerechnet dem Mittelsdörfer, Außendienstmitarbeiter, also berufsmäßigem Labersack, musste Geraldi in die Finger laufen. Wer lädt so einen in die VIP-Lounge ein? Nicht zu fassen. Naturgemäß gelang es dem Fondsmanager nicht so schnell, sich den Fängen des redseligen Untergebenen zu entwinden. Während dieser auf ihn einschwafelte, vermeinte Alexander Geraldi im Hintergrund noch einmal Jan-Erik wahrzunehmen, wie er die Veranstaltung verließ, in seiner Begleitung – war das möglich? – die Süße mit dem blonden Zopf. Geraldi hoffte stark, es habe nur eine flüchtige Ähnlichkeit vorgelegen.

Juli

Kaum zweieinhalb Wochen später entstieg Alexander Geraldi einem Taxi vor dem Frankfurter Hauptbahnhof. Den Fuß schon auf dem Asphalt, knäulte er dem Fahrer schnell noch einen Zwanzig-Euro-Schein in die Hand – die Bahnhofsuhr zeigte Punkt zehn ... und heute ging es um andere Summen. Mochte sich der fröhliche Pakistani, der die ganze Fahrt von Niederrad hier rüber Unverständliches auf ihn eingequakt hatte, ruhig mal einen schönen Abend machen ...

Am Morgen bereits das Briefing in der Ebenholzetage der Bank, dann die eher unerfreuliche Unterweisung eines Kundenbetreuers, der sich ein bisschen viel herausgenommen hatte, schließlich zwölf bis fünfzehn lange Telefonate in alle Welt. Dann der Termin bei den Amis auf der anderen Mainseite. Es blieb Alexander Geraldi nichts anderes übrig: Die Arbeit, das Kerngeschäft, musste im Zug erledigt werden.

„Verdammte Hacke!" Hätte er sich doch lieber mit der Dienstlimousine nach Karlsruhe bringen lassen. Aber da schaukelt der Laptop noch viel schlimmer als in diesem scheiß ICE. Die Nord-Süd-Route wartet grundsätzlich mit Verspätungen auf. Egal wo. Zum Kotzen.

„Die voraussichtliche Ankunftszeit verzögert sich um fünf Minuten ..."

Geraldi tobte auf dem Bahnsteig herum: „Loser! Flaschen! Können die denn gar nix auf die Reihe kriegen?"

Ein langhaariger Softi, Töchterchen an der einen, Aktentäschchen in der anderen Hand, meinte sich unqualifiziert einmischen zu müssen: „Fünf Minütchen ... das ist doch nicht viel."

„Ja, für Sie ..." zischte Geraldi, ohne die bedauernswerte Type anzublicken. Und machte sich auf zum Bahnsteigabschnitt, wo die Erste Klasse gemeinhin erwartet wird. – In diesem Moment kurvte die weiße Riesenschlange bereits quietschend in die Bahnhofshalle. Huch, doch schon da. Geraldi warf noch einen kurzen Blick nach oben, wo sich die Sonne im Gestrüpp der ziselierten Stahlträger verfing. Warten. Immer dieses Warten. Da eilte sich keiner mit dem Aussteigen. Zum Kotzen! Endlich, endlich war der letzte Fahrgast herausgequollen. Der polyphon gemischte Chor des Frankfurter Hauptbahnhofs verstummte hinter ihm, als der Fondsmanager durch die Luke in den Schnellzug schlüpfte.

Mit einer Verspätung von nicht einmal zwei Minuten huschte der Zug aus der gewölbten Halle Richtung Süden. Geraldi hat immer ein komisches Gefühl, wenn er sich aus Frankfurt weg begibt. Es sei denn im Flieger. Nach New York. Dubai. Kuala Lumpur. Das ist was anderes. Aber Karlsruhe? Musste das sein? Musste es solche Örtchen wirklich geben? Naja. Gehetzt klappte er seinen Laptop auf. Konnte der nicht schneller hochfahren? Kaum, dass die Datei angeklickt war, legte Geraldi los.

Nur einmal, aus der Arbeitstrance gerissen von plötzlicher Helligkeit, schaute er auf. Sein Blick streifte die eigene Wohnung! Von schräg oben links – na sowas. Dort unten, am glitzernden Main, da hatte er vor zwei Jahren Quartier bezogen. „Wohnen am Fluss", warum nicht – war ja eh kaum zu Hause. Und bei den Tussis, die er manchmal mitbrachte, machte das immer Effekt: „Wow, Du hast ja echt voll den Superblick!"

„Wer denn sonst, Süße ..."

Als der ICE im Frankfurter Stadtwald verschwand, befand sich Alexander Geraldi längst wieder im Schriftverkehr mit Hongkong. Wenigstens der HotSpot funktionierte einigermaßen. Doch ein paar wesentliche Informationen fehlten mal wieder; wozu hatte er den Kießling heute Morgen eigentlich zur Sau gemacht? Er zerrte das Handy aus dem Futteral.

„Äh ... hello? Mister Takahashi? ... Yeah ... Sorry to disturb you in the morning so early ..."

Irgendwo zwischen Frankfurt und Mannheim kam Geraldi nicht mehr weiter. Ohne den Rückruf von Graham Bone, seinem wichtigsten Partner in Atlanta, konnte er unmöglich weitermachen. Scheiß Zeitzonen! Wie oft war er selber schon zu den unglaublichsten Zeiten geweckt worden ... Mit den Fingern auf dem Laptop-Rücken trillernd wie ein Klaviervirtuose bei den Goldberg-Variationen, versuchte er die Wartezeit irgendwie zu überbrücken. Nicht zu fassen, er schuftete sich einen ab ... und die andern gingen frühstücken.

Von einer DB-Service-Mitarbeiterin ließ er sich einen Kaffee bringen. Sehr jung. Goldbraune Augen, klasse. Schön schmal, so hatte er's gern. Rauchige Stimme, leider sächsisch eingefärbt. Wäre aber immerhin möglich. Naja.

Geraldi zuckte kurz, als ein riesenhafter Schlot direkt vor seinem Fenster vorbeischoss. Eine scheiß Gegend war das hier! Völlig amorph. Öde sich hinziehende Neubausiedlungen, zusammengehalten von Gewerbeparks, alles geplant von drittklassigen Architekten ... oder wahrscheinlich nicht einmal das. Retortensiedlungen. Dann die Müllverbrennungsanlage. Die Heizkraftanlage. Das Reifenlager. Der Autofriedhof. Meine Güte, wo war die Copacabana? Wie lange hatte er dort keinen Urlaub mehr gemacht! Wann war er zum letzten Mal auf Mallorca, in diesem Fischerdörfchen auf der Rückseite des Touristenstroms? Wer war damals noch mal dabei? Wie hieß die noch?

„Mister Bone? ... O thank you, glad to hear you ... Yeah, indeed ... No, not at all ... You've been saving me, believe me ... no, not at all, unfortunately ... it's a threadning landscape outside, horrible, you know ..."

Mannheim. Noch so'n Kaff. Die Katastrophe da drüben, das war wohl die BASF. Immerhin – vierzehn Kilometer Industrieanlagen, muss man erst mal hinbekommen ... Alexander Geraldi rieb sich die Augen. Mechanisch fuhr er den Laptop runter. Endlich konnte er sich dem Studium der Akten widmen, die er über das Karlsruher Projekt zusammengetragen hatte. Es war nicht viel. Nicht sehr konkret. Und noch immer war er sich nicht schlüssig, ob er die Sache privatissime abwickeln könnte. Bis die andern dahinter kämen, hätte er schon ein paar Milliönchen verdient.

Naja, erst mal abwarten, was dieser Kappes so bringt. Kappes-Immobilien – Nordbaden – Südpfalz – Kurpfalz. Kurpfalz, so ein Schwachsinn! Gab's doch schon lange nicht mehr. Klang alles nicht gerade erfrischend. Aber es war schließlich ein Tipp vom Jan-Erik. Am Montag nach dem furchtbaren Liga-Spiel hatte sich Geraldi doch noch einmal aufgerafft, den Ehemaligen in der Firma anzurufen. Natürlich war der zuerst eisig. Dann kooperativ, beinahe liebenswürdig. Schließlich genervt. Auf die dritte Nachfrage hin hatte er sich endlich erbarmt und diesen Namen abgesondert. Wilhelm Kappes.

„Irgendwas über den bekannt?"

„Zuverlässiger Mann." Sonst nichts. Naja, mal kucken.

Zu Alexander Geraldis Erstaunen unterschied sich die Landschaft zwischen Mannheim und Karlsruhe in nichts von der zwischen Frankfurt und Mannheim. Bewusst hatte er sich dieses Elend noch nie angeschaut. Jetzt blieb ihm nichts anderes übrig. Denn schon bei der Ausfahrt aus diesem unfassbar grauen Mannheim hatte er die Aktenlage internalisiert. Dieselben weißrötlich vor sich hin dösenden Neubausiedlungen, derselbe Industrieschrott aus Jahrzehnten tumber Geschäftigkeit vor Einführung der EDV. Geraldi bekam zu viel. Wahrscheinlich hatte Tanja Recht, die sich vor kurzem nach London abgesetzt hatte: „Alex, du verkommst in Deutschland. Deutschland ist tot. Warum bleibst du da? Keiner bleibt in Deutschland. Das ist verbrannte Erde."

Leider war ihm kein Gegenargument eingefallen, damals. Er beneidete Tanja. Immer schon. Jetzt noch viel mehr.

Aber vielleicht war ja Karlsruhe die Chance! Ausgerechnet Karlsruhe ... Wenn er das prima über die Bühne bekam, wenn er diesem Vereinchen für teures Geld die Chance verschaffte, ein Luxusstadion mit Bahnanschluss in die Pampa zu zaubern – dann würde er sich auch nach London absetzen. Ja, London wäre gut. Ein kleiner Landsitz in Devon vielleicht oder in Kent ... Und eine supergeile Stadtwohnung in Nottinghill. Oder am Hafen, in diesem neuen Stadtteil da ...

Als Geraldi die Rolltreppe im Karlsruher Hauptbahnhof herunterrumpelte, war er doch einigermaßen überrascht. Jede Menge Leute waren ausgestiegen. Unten angekommen, versackte er erst einmal in einem mächtigen Trubel. Sogar eine moderne italienische Espressobar hatten die hier! Alle Achtung, die Haupthalle des Bahnhofs war hochgewölbt. Heller Sandstein. Beachtlich. Angesichts der gelbroten Straßenbähnchen – die Farbwahl vermutlich Ausdruck eines finsteren Lokalpatriotismus' – musste er lächeln. Doch der weite Platz, bestanden mit Hotels, Bäumen, Cafés, Säulenreihen, alles in nettestem Jugendstil, das beeindruckte ihn doch unvermuteter Weise.

Ah, da war es ja schon, das Palasthotel, in das ihn dieser Kappes gebeten hatte. Raschen Schritts überquerte Alexander Geraldi den Bahnhofsvorplatz, warf einen kurzen Blick auf den Stadtgarten ... und verschwand unter dem Baldachin des Hotels.

Merkwürdig, dieser Kappes, schätzungsweise Mitte fünfzig, mittelteurer Trenchcoat über graukariertem Anzug; er hatte ihn in die Hotelbar bestellt. War doch noch lange nicht Abend. Naja, immerhin waren sie die einzigen Gäste hier, konnten in Ruhe reden. Und Ruhe brauchten sie jetzt. Wilhelm Kappes erzählte ihm irgendwas von Renovierung seiner Büro-Räumlichkeiten – wahrscheinlich schämte er sich nur, dass er dem Manager aus Frankfurt nichts Ansehnliches darbieten konnte. ... Nun gut, die Dokumente, die er zusammengestellt hatte, waren tadellos.

„Saubere Arbeit, Herr Kappes."

„Man tut, was man kann. Meine Firma ist ja schon lange genug hier ansässig."

„Das ist gut. Das ist genau das, was wir brauchen."

Mit professionellem Gespür hatte Geraldi sofort erkannt, dass Jan-Erik Polzin nicht geflunkert hatte. Als er die Gewinnmargen überschlug, wurde es ihm einen Moment lang heiß. Geraldi nahm einen Schluck Kaffee, fixierte Kappes, wie er das immer mit Geschäftspartnern tat – und überraschte diesen mit einer konkreten Zahl: „Wenn das alles so klappt, also wie gesagt: *wenn* ... Dann ist für Sie eine Beteiligung von 500.000 Euro drin."

Kappes, der eben die Kaffeetasse angesetzt hatte, konnte von Glück sagen, dass noch kein Schluck über seine Lippen gekommen war. Sonst hätte er sich böse verschluckt. „Das ..." stotterte er und log dabei schlecht, „das hatten wir auch so ungefähr überschlagen."

„Ach ja?" Geraldi lächelte dünn. „Dann wären wir uns darüber ja schon mal so weit einig."

Die nächste Stunde war erfüllt von Planungsgesprächen über die weitere Vorgehensweise. Kappes nervte ein wenig mit seinem ständigen „da müssen wir aber vorsichtig sein" – als wäre Karlsruhe ein kolumbianisches Dorf, wo sich Rebellen und Regierungssoldaten unablässig Gefechte lieferten! Aber Geraldi verzichtete darauf, seinen Kontaktmann zu maßregeln, wie er das sonst zu tun pflegte. Stattdessen jointe er ihn ein ums andere Mal: „Ich bin überzeugt, Herr Kappes, Sie machen das schon. Da hab ich gar keine Sorge."

Die detailreichen Ausführungen zu den örtlichen Gegebenheiten verfolgte Alexander Geraldi nur noch mit halbem Ohr. War ihm doch egal, was dort vor dem Krieg oder während des

Krieges war, ob sich an der fraglichen Stelle Kleingärten befanden oder verstreutes Kleingewerbe. Alle, komplett alle Eigentümer mussten von Kappes abgefunden werden – sogar gut abgefunden, damit da keine Prozesse die Sache hinauszögerten. Dann erst würde man dem KSC das Angebot unterbreiten.

„Sie haben jetzt erst mal ganz ordentlich zu tun. Wir bleiben in Kontakt. Sie haben meine Handynummer. Ich sag Ihnen: Wir kriegen das hin. Das tut Ihnen gut und mir sowieso."

Geraldi konnte nicht wissen, wie richtig er mit seiner Vermutung, der Job komme Wilhelm Kappes gerade zupass, gelegen hatte. Als der Makler wieder in seinen Trenchcoat kroch, hatte es den Anschein, er zittre vor Erregung.

Vor dem Palasthotel verabschiedeten sich die beiden beinahe grußlos. Kappes schnürte um die Ecke, wo er seinen Wagen geparkt hatte.

„Aha, ein Volvo. War zu erwarten", schmunzelte Geraldi in sich hinein. Auf dem Rückweg in die Bahnhofshalle fielen Geraldi die vielen jungen Frauen auf, deren honigblonde Haare im Sonnenwind wehten. Meine Güte, so eine zarte Karlsruherin jetzt, das wär auch nicht schlecht ... Aber keine Zeit. Leider! Geraldi wandte sich noch einmal um: Ein weiches Schimmern lag über den Fassaden, irgendwo dudelte eine Flöte. Es war ja nicht das letzte Mal, dass er seinen Fuß auf nordbadischen Boden setzte. Mochte dieser Kappes ruhig einmal wirken und werken. Er schien fleißig, dienstbeflissen, dabei anspruchslos. Eine Ameise. Solche Leute brauchte man. – In der Bahnhofshalle fiel Geraldis Blick zuerst auf die Anzeigetafel. 12.45 Uhr. Kaum zwei Stunden hatten die Verhandlungen gedauert. Sehr gut. Effektiv. Um 12.51 Uhr fuhr sein Zug. Aber was stand da hinter der Abfahrtszeit?

„In der Ankunft voraussichtlich 5 Minuten verspätet."

„Verdammte Hacke!" Obwohl er nun noch etwas Zeit hatte, eilte Alexander Geraldi aggressiv die Rolltreppe hinauf. Er wollte weit vor auf dem Bahnsteig. Zum Speisewagen. Irgend so ein Geschnetzeltes musste er sich jetzt unbedingt reinpfeifen. Die Konferenz in Frankfurt begann erst um halb vier. Perfekt geplant. Kein schlechter Tag heute.

*

Kaum sprang die Ampel auf Grün, schoss der blaue BMW, der eben noch neben ihm gestanden hatte, nach vorne und beschleunigte irrwitzig in die leergefegte Durlacher Allee. Wilhelm Kappes schüttelte den Kopf. So ein Wahnsinniger! Gemächlich ließ er die Kupplung seines tannengrünen Volvos kommen, fuhr ohne zu ruckeln an und bog, nein glitt um die Ecke. Fahrer und Auto harmonierten, kein Wunder, waren sie doch schon seit Jahren ein Team, bestens aufeinander eingespielt. Kappes liebte es, wenn die Bewegungen fließend waren, wenn sie Ruhe und Souveränität ausstrahlten. Hektik und Stress dagegen waren ihm zuwider. Er war stolz auf seinen Fahrstil, auf die heute selten gewordene Eleganz, mit der er sein Gefährt durch die Straßen manövrierte. Aus den Lautsprechern erscholl Vivaldi, die vier Jahreszeiten natürlich, in der Einspielung von Karajan und Anne Sophie Mutter. Bisweilen auch Auszüge aus den Flötenkonzerten und – ganz selten, wenn er in äußerst aufgeräumter Stimmung war – Frank Sinatras The Lady is a tramp.

An diesem Tag war es Vivaldi, soeben kündeten wildgewordene Violinen von einem nahenden Gewitter. Ein angenehmer Schauer durchlief Kappes, obwohl oder vielleicht gerade weil außerhalb des Wagens Karlsruhe in einem milden sommerlichen Morgenlicht badete. Die Ruhe am Samstagmorgen entsprach dem Idealzustand seines Gemüts und war außerdem der beste Zeitpunkt, um vom Verkehr recht unbehelligt durch die Stadt zu kommen. So macht Autofahren auch im 21. Jahrhundert Freude! Zusätzlich musste er sich keine Sorgen machen, von nervösen Dränglern sowie notorischen Schnellfahrern Beschädigungen an seinem Volvo zu erleiden. Wilhelm Kappes war stolz auf seinen Wagen und pflegte ihn dementsprechend. Zweimal die Woche in die Waschstraße, freitags plus saugen des Innenraumes, was er immer für ein kleines Trinkgeld von dem freundlichen Bangladeshi erledigen lässt – und einmal pro Monat Wachspolitur zum Erhalt des tiefen Tannengrüns.

Das Äußere war Kappes wichtig, in seinem Beruf allemal: „First impressions go a long way"; mindestens ein Dutzend weitere Zitate hatte er in seinem Wortschatz zur Rechtfertigung dieses bei ihm sehr ausgeprägten Charakterzugs bereit. Er achtete akribisch auf seine akkurat geschnittenen Haare, sah in seinen ergrauten Schläfen kein Zeichen des Verfalls, sondern ein Signum der Würde, hegte und pflegte seinen mächtigen Schnurrbart und sorgte jeden Morgen für einen guten Duft.

Gleich rechts nach der Tankstelle liegt das Gelände der ESG Frankonia. Kurz überlegte er den Blinker zu setzen, abzubiegen und sich dort mal kurz umzusehen, entschied sich dann aber dagegen und fuhr geradeaus weiter Richtung Durlach. Um die Sache hier konnte er sich später noch kümmern, dachte er. Zuerst musste er auf der anderen Seite der Schienen alles klar machen. Sein Auftrag war unmissverständlich: So schnell wie möglich – und Zeit spielt hier wirklich eine Rolle! – sollte er das gesamte Gebiet östlich der Bahnstrecke nach Bruchsal am so genannten Gleisdreieck aufkaufen. Je schneller und je unauffälliger, desto besser.

Sooft er an das Gespräch vor einigen Tagen dachte, überfiel ihn ein beunruhigendes Gefühl. Er konnte diesen Geraldi nicht so recht einschätzen. War der mit einem unerschütterlichen Selbstbewusstsein gesegnet oder nur ein typischer Vertreter einer neuen Generation? War dieses schroffe Auftreten, diese unbedingte Zielgerichtetheit eine positive Errungenschaft auf dem Weg der Menschheit zu nachhaltigerem beruflichen wie auch persönlichen Erfolg oder waren diese Jungspunde auf geradem Weg ins Verderben? Kappes tendierte zur negativen Variante. Die werden schon noch sehen, wo sie mit dieser Art des Umgangs landen! Gegen seine langjährige Erfahrung im Business und die gute alte Schule kommen die auf Dauer nicht an. Allerdings: Geraldis detaillierte Planung sowie dessen Unerbittlichkeit in der Durchführung hatten ihn sehr beeindruckt.

Geraldi hatte ihm eigentlich keinen Verhandlungsspielraum gelassen: Entweder er machte diesen Job so wie Geraldi ihm, Kappes, das vorgab – oder er ließ alles bleiben. Wenn er Erfolg haben sollte – was nicht zur Debatte stand –, würde das anständig belohnt werden, falls nicht ... Nun, Geraldi hatte ihm nachdrücklich geraten nicht zu versagen, denn die Konsequenzen davon ... Genaueres hatte Geraldi nicht gesagt, aber Kappes war sofort klar, dass das erhebliche Auswirkungen auf seine Zukunft haben würde. Kurzzeitig wurde ihm richtig mulmig, aber dieses Gefühl wich schnell einer großen Euphorie, als Geraldi die Summe nannte, die Kappes bei erfolgreicher Erledigung des Aufkaufes einstreichen würde: 500.000 Euro! Damit wären alle seine Probleme, die durch die „kleine Verspekulierung" bei diesem verflixten Gebäudekomplex in der Nordstadt entstanden sind, gelöst. So ein Pech auch, dass die Stadt ausgerechnet jetzt, nach jahrelangem Hickhack, den Beschluss zum Bau der Nordtangente gefasst hatte. Die Immobilie war von einem Tag zum anderen quasi wertlos!

Kappes verließ das Durlacher Wohngebiet und bog auf den Mastweidenweg ein. Langsam rollte er Richtung Schrebergärten. An der Zufahrt stand ein verwittertes Schild, auf dem in verschnörkelten Buchstaben *Wohlgemut e.V.* eingebrannt war. Seine trüben Gedanken wurden von seiner Selbstsicherheit verdrängt. Ja, er hatte allen Grund stolz auf sich zu sein. Innerhalb weniger Tage war es ihm geglückt, fast alle Schrebergärten der Kolonie aufzukaufen. Dabei kam ihm die urdeutsche Eigenschaft der Vereinsmeierei mit dem damit einhergehenden

Hang zur straffen Organisation zu Gute: Am Eingang zu jeder Laubenkolonie ist eine Tafel für Bekanntmachungen angebracht. Auf dieser werden aber auch akribisch die Namen und Telefonnummern der Vorsitzenden des jeweiligen Vereins aufgelistet. Kappes hatte den ersten Vorstand sogleich kontaktiert und diesen, unter dem Vorwand einen Garten erwerben zu wollen, um ein Gespräch gebeten. Schnell wurde klar, dass die Kolonie nur aus langjährigen Gartenbesitzern, alle über dem gesetzlichen Rentenalter, bestand. Durch seine in vielen Jahren geschulte Aufmerksamkeit bei der Gesprächsführung hatte Kappes schnell bemerkt, dass der Vorstand selbst am liebsten seinen Garten aufgeben würde. Eigentlich machte er das alles hier nur noch den anderen zuliebe ... und weil ihm ein triftiger Grund zum Aufhören fehlte. Dieser Grund jedoch war im weiteren Gesprächsverlauf schnell gefunden: Die Höhe der Ablöse überzeugte den ehemaligen Vorstand in spe auf Anhieb! Die restlichen Laubenpieper hatten es, nachdem Kappes sie über den Verkauf des Grundstücks ihres Vorstands informierte, recht eilig, ihrem ehemaligen Obersten nachzueifern. Innerhalb fünf Tagen konnte Kappes fast alle Gärten aufkaufen, nur einer fehlte noch.

Dieser lag am Rand der *Wohlgemut e.V.* und gehörte einem gewissen Norbert Ladurner. Der Vorsitzende des Kleingartenvereins hatte ihm zugeraunt, dass dieser Ladurner ein sehr schräger Vogel wäre; nicht ganz bei Trost, um genau zu sein. Na, das werden wir ja sehen, dachte sich Kappes. Mit solchen Typen umzugehen, ist doch ein Kinderspiel für einen gefuchsten Rhetoriker wie ihn. Ein paar Fremdworte in die Verhandlungen einstreuen, ein bisschen großspurig auftreten, dann im entscheidenden Moment – auf gar keinen Fall zu früh, das Timing ist hierbei enorm wichtig – den adäquaten Kaufpreis nennen und die Sache unter Dach und Fach bringen, bevor sich der Kauz das alles noch mal in Ruhe anders überlegen kann.

Einen von Geraldi formulierten Vertrag hatte Kappes schon dabei. Der Clou an der Geschichte: Kappes tritt zwar als Käufer in Erscheinung, erhält aber nur eine Provision. Das Grundstück wird aber auf eine von Geraldi gegründete Scheingesellschaft überschrieben, die wiederum von verschiedenen Gesellschaftern gehalten wird, von denen nur Geraldi ... so ganz genau hatte Kappes das nicht verstanden; auf alle Fälle hat sich dieser Frankfurter Junge da ganz schön was ausgedacht!

Am Ende des Mastweidenwegs angekommen, musste Kappes seinen Volvo notgedrungen abstellen. Die vor ihm liegende vermeintliche Zufahrt war nur für kleinere Gefährte geeignet. Kappes stieg aus und folgte dem Weg, der an dieser Stelle eine leichte Rechtsbiegung vollführte. Sein Blick wurde vom Gebüsch, das sich zu beiden Seiten erstreckte, festgehalten. Je weiter er vordrang, desto enger rückten dessen Zweige an ihn heran. Als er schon befürchtete sich verlaufen zu haben, mündete der Weg in einen kleinen Platz. Alte Eisenteile lagen wild verstreut, die Lücken stopfte undefinierbarer Zivilisationsmüll. Auf der gegenüberliegenden Seite querten tote Bahngleise, hinter denen am oberen Ende einer Erhebung eine Hütte stand.

„Herr Ladurner! Hallo! Sind Sie zu Hause?"

Zu Kappes' Verwunderung öffnete sich fast sofort die Türe und ein alter, etwas ungepflegter, aber keineswegs vergammelter Mann erschien und schritt ihm entgegen.

„Herr Ladurner?"

„Ja, hallo! Einen wunderschönen Tag wünsche ich Ihnen! Was kann ich für Sie tun?"

„Sind Sie Herr Norbert Ladurner, der Eigentümer dieses Grundstücks?"

„Bis eben war ich es noch, junger Mann, wenn ich mich nicht irre."

„Sehr erfreut. Mein Name ist Wilhelm Kappes. Ich bin gekommen, weil ich mit Ihnen etwas Geschäftliches besprechen will."

„Ah, ein Interessent! Schön, dass Sie den Weg zu mir gefunden haben. Sie werden sehen, der zugegebenermaßen etwas beschwerliche Gang hierher wird sich für Sie auf alle Fälle lohnen. Wonach suchen Sie denn? Wissen Sie, ich kann mit fast allem dienen."

„Nun ja, eigentlich ..."

„Ja, das kenne ich nur zu gut! Eigentlich haben Sie noch nichts Genaues ins Auge gefasst. Hatten nur so ein Gefühl, dass es sich lohnen würde, mal beim alten Ladurner reinzuschauen. Bitte schön, sehen Sie sich doch um! Linkerhand stehen die Waschmaschinen, dort hinten die Kühlschränke, daneben finden Sie diverse Autoteile. Möbel lagern im Schuppen schräg hinter meinem Haus, denn die Feuchtigkeit ist nicht gut für die Holzfurniere. Ja, was man hier so alles finden kann!"

Kappes ließ seinen Blick über die Müllberge wandern. Nun war ihm allmählich klar, was der Vereinsvorsitzende mit dem „schrägen Vogel" gemeint hatte. Kein Lebewesen, das halbwegs bei Verstand war, konnte in dieser Ansammlung etwas anderes als Müll sehen.

„Lieber Herr Ladurner, ich glaube nicht ..."

„Glauben heißt nicht wissen, Herr – ?"

„Kappes."

„Herr Kappes also. Natürlich ist Ihnen nicht sofort auf Anhieb klar, welche Schätze hier zu bergen sind. Der post-postmoderne Mensch, also dieses unsäglich traurige, auf sich zurückgeworfene Wesen, das am Anfang des 21. Jahrhunderts steht, von der Übermacht der globalisierten Wirtschaft erdrückt, seinen Wurzeln entrissen, umgepflanzt in eine Umgebung, in der es eigentlich dazu verdammt ist unterzugehen, dieser Mensch also hat verlernt, das Wesen der Dinge zu erkennen."

Kappes war wie vor den Kopf gestoßen. Was faselte der Alte da? Globalisierung? Wirtschaft? Post-postmoderner Mensch?

„Aber“, fuhr Ladurner fort und ließ Kappes keine Zeit zum Nachdenken. „Aber, das muss jetzt mal zur Entschuldigung des armen Menschen gesagt werden: Dieses Schicksal hat er sich natürlich nicht ausgesucht. Nein! Er wurde von raffgierigen, nur auf maximales Gewinnstreben orientierten Firmenbossen in die Unmündigkeit getrieben. Langsam ging dieser Prozess vonstatten. So langsam, dass es jahrelang niemanden aufgefallen ist, bis immer mehr, immer subtilere Werbung die letzten Bollwerke der menschlichen Vernunft und Erfahrung untergruben und zum Einsturz brachten. Also bleibt dem Mensch nur noch eins: Ab in die Einkaufszentren, in die Tempel der Gegenwart, auf der Suche nach Sinn und Zeitvertreib.“

„Ist das nicht ein wenig überspitzt?“, versuchte Kappes den Redefluss seines Gegenübers zu unterbrechen.

„Aber gar nicht. Und der Beweis liegt hier, direkt vor Ihnen! Was sehen Sie?“

„Wenn ich ehrlich sein soll, eine große Ansammlung von unbrauchbaren Gegenständen.“

„Ha! Da haben Sie den Beweis! Sie sind auch total manipuliert! Wenn etwas kaputt geht, kommen Sie erst gar nicht auf die Idee, es zu reparieren oder sich ein günstiges Ersatzteil zu suchen; nein, Sie laufen ins nächste Geschäft, geben viel Geld für neue, aber minderwertige Ware aus und werfen den defekten Gegenstand fort. Sie wissen also gar nicht, wie wertvoll all diese potentiellen Ersatzteile, die hier lagern, sind.“

„Apropos wertvoll. Eigentlich habe ich Sie aufgesucht, um über Geld mit Ihnen zu sprechen, viel Geld. Denn eines hat mich meine – wenn gewiss auch vom Kapitalismus geprägte – Lebenserfahrung gelehrt: Ohne Geld kommt man nicht weit.“ Kappes war sehr zufrieden mit diesem Bonmot, das ihm zu rechter Zeit eingefallen war.

„So, so, Herr Kappes. Sie wollen also über Geld mit mir sprechen. Wenn ich Sie recht verstehe, kann ich dabei etwas verdienen. Nun dann kommen Sie mal rin in die jute Stube, wie der Berliner so sagt." Als Kappes den muffigen Raum betrat, verfluchte er sich innerlich. Der penetrante Geruch nahm ihm fast den Atem. Wie konnte er es nur so weit kommen lassen? Dieses Gespräch war ihm vollkommen aus dem Ruder gelaufen. Er musste so schnell wie möglich weg hier, bliebe er länger, würde er sich am Ende noch irgendwelche Krankheiten einfangen.

„Um es kurz zu machen", rief er dem Rücken seines Gastgebers zu, der im hinteren Eck an einer Art Küchenzeile Wasser aufsetzte, um Tee servieren zu können. „Ich würde Ihnen gerne Ihr Grundstück abkaufen."

„Na, das ist endlich mal ein guter Witz."

„Das ist kein Witz. Ich meine es ernst!"

„Was wollen Sie denn mit diesem für die Allgemeinheit wertlosen Stück im Niemandsland zwischen Eisen- und Autobahn? Wissen Sie überhaupt, welche Belastungen auf diesem Grundstück liegen? Welche Gemeinheiten die Geschichte sich für dieses Fleckchen erdacht hat? Ach, woher denn? Nein, nein, lassen Sie mal gut sein. Wir sollten ..."

Nun war es an Kappes Ladurner zu unterbrechen. „20.000 Euro. Das ist viel Geld! Damit können Sie sich ein anständiges Häuschen in einer schöneren Kolonie kaufen und haben immer noch etwas übrig, um zum Beispiel mal so richtig in den Urlaub zu fahren."

„Junger Mann! Ts, ts, ts. Da sieht man's wieder! Nur Konsum im Kopf! Ich habe es gut hier. Ich will nicht weg. Kann meinen Ersatzteilhandel auch gar nicht aufgeben. Ich muss ja die wenigen verbliebenen Widerständler bedienen! Verstehen Sie? Außerdem wäre es auch gar nicht gut für Sie, sich hier allzu lange aufzuhalten. Wegen der Verseuchungen. Aus dem Weltkrieg, Sie wissen das nicht. Was die Nazis da alles für ein Zeug abgeladen haben ... Wir trinken lieber mal 'ne Tasse Tee, das schwemmt die Gifte raus ... und vergessen den ganzen Unsinn. Da wir schon beim Weltkrieg sind, kann ich Ihnen dabei gleich noch meine Sammlung Feldpostbriefe, Orden und Abzeichen aus dem Russlandfeldzug zeigen. Ich würde behaupten, diese Sammlung ist einzigartig in ihrem Umfang!"

„Leider habe ich dazu keine Zeit mehr. Ich muss weiter, Herr Ladurner. Termine. Überlegen Sie es sich noch mal: 20.000 sind kein Pappenstiel! Ich gebe Ihnen meine Karte, dann können Sie mich nächste Woche anrufen. Also, machen Sie's gut!"

Ohne sich noch einmal umzusehen, verließ Wilhelm Kappes die Hütte und stapfte – wütend auf sich und den starrsinnigen Alten – zu seinem Auto zurück. Dabei hatte der Tag so viel versprechend angefangen. Mist! Ohne dieses Grundstück waren die restlichen Käufe wertlos ... Plötzlich durchzuckte ihn ein Gedankenblitz und seine Miene hellte sich auf. Ja, er kannte Mittel und Wege, Ladurner davon zu überzeugen, sein Grundstück zu verkaufen; und nicht nur das: Am Ende wird der Alte ihn sogar anflehen, verkaufen zu dürfen.

8. August

Endlich ist es so weit. Der große Augenblick ist gekommen. Er sitzt in seiner Stube auf der Eckbank. Vor sich auf dem großen Holztisch steht die leicht verbeulte Metallschatulle. Seit er sie an sich genommen hat, schleicht er drum herum, wartet auf den geeigneten Moment, diese mit angemessener Feierlichkeit zu öffnen. Er brauchte diese Zeit, um sich zu beruhigen, um sich selbst davon zu überzeugen, dass er kein Verbrechen begangen hat, indem er sie an sich genommen hatte.

Heute Morgen, gleich nach den Aufwachen, hat er es gespürt: Er ist bereit. Nun öffnet er mit zitternden Fingern den Deckel, schaut ins Innere. – Darin liegen kreuz und quer durcheinander Dutzende alte Orden und Ehrenabzeichen. Sein geschultes Auge kann ein seltenes Stück aus dem Kaiserreich erkennen. Von Sammlerbörsen und Katalogen weiß er, welchen Wert so ein gut erhaltenes Relikt haben kann. Vorsichtig nimmt er eins nach dem anderen heraus, legt sie in Reih und Glied auf den Tisch. Er versucht sie nach Epochen zu ordnen, merkt aber schon bald, dass ihm dies nicht bei allen sofort gelingt. Sein persönliches Interesse gehört den Abzeichen des Zweiten Weltkriegs, wovon er schon eine ganze Menge säuberlich aufgereiht hat.

Jetzt, da diese vor ihm liegen, ist er zufrieden mit seiner Entscheidung, sie aus Ladurners Hütte geholt zu haben. Damit ist die Gefahr gebannt, dass die Abzeichen den falschen Leuten in die Hände fallen – so etwas könnte er sich nie verzeihen. Zudem kann er, mit etwas Glück, ein wenig Geld herausschlagen. Geld, das er zurzeit dringend benötigt. Als er den letzten Orden herausnimmt, fällt sein Blick auf ein gefaltetes Blatt Papier. In der Annahme, dass es sich hierbei um eine Inventarliste mit genaueren Angaben zu den einzelnen Stücken handelt, entfaltet er das Blatt. Er überfliegt den kurzen Text, stutzt.

Bei dem Schriftstück handelt es sich um ein offizielles Schreiben an den verstorbenen Norbert Ladurner. Die Buchstaben sind dem Papier teilweise tief eingeprägt und klar zu erkennen, teilweise jedoch kaum noch zu entziffern. Einige Typen der Schreibmaschine müssen defekt gewesen sein. Das Datum, 28. März 1951, erklärt den vergilbten Zustand des Papiers. In diesem Schreiben wird Ladurner mitgeteilt, dass ihm von der Stadt Karlsruhe eine Parzelle im Gebiet zwischen der Durlacher Allee und den Gleisanlagen der Deutschen Bahn, vormals Reichsbahn, bis auf weiteres zur privaten Nutzung überlassen wird, da aufgrund einer Bodenuntersuchung desselben Gebietes festgestellt wurde, dass dieses durch Altlasten aus Kriegszeiten teilweise kontaminiert ist und deshalb auf absehbare Zeit nicht als Baugebiet freigegeben wird. Dieser Beschluss kann seitens der Stadt jedoch jederzeit rückgängig gemacht werden. Ein Mietzins wird vorerst nicht erhoben. Erst wolle man weitere Untersuchungen abwarten, um dann über eine weitere Nutzung des Areals zu entscheiden.

Auf einem zweiten Blatt sind unter den Überschriften „Boden“ und „Wasser“ einige Zahlenreihen aufgelistet. Das muss das Untersuchungsergebnis sein, worauf sich das Anschreiben bezieht. Ein Stoff wird öfters erwähnt: Chrom VI. Die Zahlen dahinter sind mit mehreren Ausrufezeichen versehen.

Da er mit den ganzen Werten nichts anfangen kann, will er die Schriftstücke schon zur Seite legen .... als sich eine Erinnerung in sein Bewusstsein drängt: Ladurner steht in der Türe zu seiner Bude und hält einen langatmigen Vortrag über die Kriegsindustrie in Karlsruhe. Er hatte damals nur mit halbem Ohr zugehört – was auch nicht weiter verwunderlich war, denn

Ladurner hatte eine so schwer erträgliche Art abzuschweifen und vom Hundertsten ins Tausendste zu gelangen, dass jeder Zuhörer gezwungen war seine Ohren zu verschließen, wenn er sich seine geistige Gesundheit bewahren wollte. Jetzt aber fällt ihm wieder ein, wie Ladurner damals von verseuchten Grundstücken gesprochen hatte – und dass es eigentlich eine Frechheit des Staates wider seine Bürger wäre, in diesem Areal Schrebergärten zu erlauben! Immerhin sollten diese doch der Anpflanzung wertvollen Obstes und Gemüses dienen, somit der Gesundheit förderlich etc. etc. Wie hatte er sich damals innerlich über den Ladurner lustig gemacht!

Kopfschüttelnd legt er den Brief wieder in die Schatulle zurück, gibt die Orden obendrauf und schließt den Deckel. Ein anerkennendes kehliges Brummen entsteigt seiner Kehle. Hat der Ladurner doch einmal Recht gehabt.

*

Die drückende Schwüle des Tages hat sich zurückgezogen, wohin, weiß keiner. Sicher ist nur, dass sie am nächsten Tag, im Laufe des Vormittags, wieder die Region überschwemmen wird. Sicher ist auch: Das Schönste an den Karlsruher Sommertagen sind die bis weit nach Mitternacht lauen Nächte. Ein Hauch Italien liegt in der Luft: Dolce vita auf der Piazza, aufgekratzte Stimmen dringen aus Hinterhöfen durch große, weit geöffnete Torbögen auf die Straßen, die voll sind von flanierenden Menschen, jungen und alten, niemanden hält es in der Wohnung. Das milde Licht des frühen Abends zeichnet die Konturen der Stadt weich, entrückt sie aus dem unerbittlich hellen Tagesrealismus, öffnet weit die Türen für alle Träumer und Phantasten, wandelnd auf den Pfaden ihrer Vorstellungen.

Hier klappert's aus dem Küchenfenster, dort klingt der hohe Ton von aneinander stoßenden Gläsern, frohes Lachen überall. Rar sind freie Plätze in den Straßencafés, wer einmal sitzt, steht so schnell nicht wieder auf; spritzig perlt ein heller Chardonnay in einem angelaufenen Glas, verlockend spräuselt herbe Kühle aus dem golden leuchtenden Pils.

Der Biergarten am Kühlen Krug ist gut gefüllt an diesem Abend. Daniela und Uwe sind nicht die Einzigen, die nach einem langen Arbeitstag Erholung unter der luftigen Beschattung der alten Bäume suchen. Ein großer Teller Kartoffelsalat, eine Bratwurst, ein volles und ein leeres Bierglas stehen vor Uwe auf dem langen Tisch. Daniela sitzt ihm gegenüber, zwar ohne Essen, aber auch schon bei ihrem zweiten Getränk. Die beiden Kommissare sind in ihr Gespräch vertieft, nehmen den Trubel um sie herum kaum wahr.

„Na, Dani, hat schon was für sich, wenn der Nachwuchs mal bei den Großeltern geparkt ist", grient Steiner nach einem großen Schluck.

„Ja, könnt man sich schon dran gewöhnen. Omabesuche ohne Mutter sollten eigentlich regelmäßig im Familienprogramm stattfinden."

Daniela lächelt, doch tief drinnen ist sie sich nicht so sicher. Eigentlich vermisst sie ihren Manuel schon seit dem zweiten Tag – vier Tage ist er jetzt fort, zehn weitere sollen folgen. Zuerst war sie erleichtert, als ihre Mutter sich erbot, während der Ferien für zwei Wochen auf Manuel aufzupassen. Da Daniela keinen Urlaub mehr bewilligt bekam, hätte ihr Sohn, (da sie ihn auf keinen Fall in der neuen Ach-sind-wir-alle-glücklich-Familie ihres Exmannes unterbringen wollte) von einer Ferienbetreuung zur nächsten gemusst. Immerhin hätten sie sich dann aber abends getroffen. Es ist das erste Mal, dass Manuel so lange ohne seine Mutter auskommen muss – oder eher umgekehrt? Bei der Oma in dem Haus mit Garten fühlt er sich ja immer sehr wohl. Von der Terrasse aus kann man direkt in die Felder gelangen, an deren Ende beginnt ein Wald, in dem ein idyllischer kleiner See liegt – mit dem Fahrrad in zehn Minuten erreichbar. Die grandios gefüllten Picknickkörbe ihrer Mutter kommen Daniela in den Sinn ... Ja, Manuel hat es gut und sie kann einfach mal nur eine schöne Sommernacht genießen.

„Ach Uwe, hier könnte ich ewig sitzen bleiben. Ich beneide mal wieder die Studenten! Guck mal, wie unbekümmert die da ein Bier nach dem anderen zischen. Kein Gedanke an den morgigen Tag."

„Kein Wunder. Würd' ich auch so machen, wenn ich gegen elf aus dem Bett krabble und die schwerste Entscheidung meines Lebens darin besteht, entweder zum Baggersee zu fahren oder doch lieber im Schwimmbad die knackigen Mädels zu begutachten ...."

„Na, höre ich da Neid in deiner Stimme? Kommt jetzt die Midlife-Tour, ja? Bist ein ganz Armer, du!"

„Ja, wenn ich an die Hinterteile meiner vielgeschätzten Kolleginnen denke, Anwesende natürlich ausgenommen, würde ich doch gerne mal mit einem Bademeister tauschen."

„Vorher müsstest du aber noch etwas gegen dein Bäuchlein unternehmen, falls die holden Jungfrauen auch für dich Augen haben sollen."

„Ein Mann ohne Bauch ist kein Mann – schon vergessen? Ich glaub, diesen klugen Spruch hast du mir vor gar nicht allzu langer Zeit selber mal gesteckt?"

„Ja, ja, ist okay. Im Übrigen hast du ja schon deinen persönlichen Fanclub, angeführt von Frau Littmann!"

„Äh, die Littmann! Das ist aber gemein jetzt. Wobei, der Hintern, so für sich genommen ... naja. Wenn wir schon bei Fanclubs sind: Wie steht's denn mit dir und Mönning?"

Daniela prustet los; fast hätte sie den letzten Schluck wieder ausgespuckt.

„Mit dem Mönning! Was faselst du? Dein wievieltes Bier ist das eigentlich?"

„Ey, tu mal nicht so. Wie der Mönning dich immer anguckt ... Wenn du den Raum betrittst, da geht ein Strahlen über sein Gesicht, wie wenn die schönste Sommersonne aufgeht."

„Entschuldige mal, der Mönning, der ist ja noch grün hinter den Ohren. Darf der überhaupt schon alleine Auto fahren?"

Nun ist es an Uwe loszuprusten. Beide leeren ihr Glas. Während Uwe eine neue Runde am Tresen holt, schließt Daniela ihre Augen und lauscht der an- und abschwellenden Melodie der sie umgebenden Stimmen. Bilder des zu Ende gehenden Tages gleiten in ihr Bewusstsein. Die Sichtung der Ermittlungsergebnisse im Fall Ladurner ging auch am zweiten Tag in Folge weiter, das Fax mit den Befunden der Kriminaltechniker, eine Besprechung mit dem neuen Kripochef Heiner Brasch, unerfreulich natürlich, da es noch keine konkreten Hinweise auf den oder die Täter gibt ... und der junge Vorgesetzte möchte mit schnellen Ermittlungserfolgen seine Karriere beflügeln. Nachmittags dann intensives „Brainstorming" mit Uwe, Wächter etc., auch das ohne nennenswertes Ergebnis. Kein Stück sind sie vorwärts gekommen in diesem Mordfall, kein Stück ...

„Was is'n mit dir auf einmal los?" Uwe stellt ein neues Bier vor Daniela ab. „Hat der hübsche Jüngling da drüben deine weiblichen Signale missachtet? Oder ist's der knackige Po dieser ... sagen wir mal knapp Achtzehnjährigen da drüben, der im Konkurrentinnenscan besser abgeschnitten und dir die Laune verdorben hat?"

„Da liegst du komplett daneben, lieber Uwe. Der resche Student war nämlich gerade dabei mir Avancen zu machen, als der Kriminalhauptkommissar an den Tisch zurückeilte und mit seiner gigantischen Virilität den Jüngling vertrieb. Jetzt muss ich doch wieder alleine in mein viel zu breites Bett schlüpfen."

„Ooch, das tut mir jetzt aber leid. Wobei der virile Hauptkommissar, also in Ausnahmefällen ..."

„Stopp jetzt, Uwe", unterbricht ihn Daniela. „Im Ernst: Mir hängt der heutige Tag nach. Gerade musste ich an die ergebnislosen Bemühungen im Ladurnermord denken."

Ein Blick in das sorgenvolle Gesicht seiner Kollegin lässt Uwe sein schelmisches Grinsen unterdrücken. Während er innerlich noch der unbeschwerten Stimmung der letzten Stunde nachtrauert, zeigt sein Äußeres intensive Anteilnahme an Danielas Kummer. Mittlerweile kennt er sie lange und gut genug um zu wissen, dass sie nun ihre Seelenlast von sich reden muss; er selbst verspürt das Bedürfnis, sich anderen auf diese Weise mitzuteilen, eher selten. Steiner „erledigt" seine Probleme eher in Phasen des inneren Zwiegesprächs; das ist wahrscheinlich die einzige Verhaltensweise, die er von seinem Vater, wenn auch unbeabsichtigt, übernommen hat. Überraschenderweise erfasste er von Beginn ihrer Zusammenarbeit quasi intuitiv, wann er Daniela Raum und Zeit zum Sprechen geben muss. Dieses blinde Verstehen ist einer der Gründe, wenn nicht sogar der wichtigste, warum Daniela mehr als nur kollegiale Gefühle für ihn empfindet.

„Los! Spuck's schon aus! Wo drückt denn der Schuh?"

„Ich weiß gar nicht, wo ich anfangen soll. In diesem Fall finde ich gar keinen Ansatzpunkt. Die ganzen Stunden heute drehte sich unser Gespräch im Kreis – immer wieder kamen wir an dem gleichen Punkt an, dass ..."

„... dass uns nämlich ein Motiv fehlt?"

„Genau. Das ist doch zum Verrücktwerden! Ich meine, irgendwer muss doch einen Grund gehabt haben, diesen alten Mann derart zuzurichten."

„Hast du erst einmal das Motiv, findest du auch den Mörder."

„So ungefähr haben wir das auch während unserer Ausbildung gelernt ... und bisher hat das auch irgendwie immer geklappt."

„Aber der Ladurnermord scheint anders zu sein. Meinst du das?"

„Ich weiß nicht genau, ob anders das richtige Wort dafür ist. Aber keiner unserer Routinechecks hat etwas ergeben. Ladurner hatte keine Familie; Erb- oder andere Streitigkeiten scheiden also aus. Er war auch nicht verheiratet oder mit jemanden liiert; zumindest wenn wir diesem Gerbig glauben können. Also auch kein Eifersuchtsdrama oder so was. Geld hatte der auch keines – und dieses verwahrloste Grundstück ist wohl auch nichts wert, so zwischen Bahntrasse und Autobahn gezwängt. Aber ich spüre, dass bei dieser Tat ganz schön viel Emotion drinsteckte."

„Und ich wäre schön blöd, deinem Gefühl zu widersprechen. Also: Was veranlasst dich zu dieser Vermutung?"

„Die Heftigkeit der Verletzungen und die Art, wie sie ihm beigebracht wurden."

„Du meinst, dass der oder die Täter aus nächster Nähe immer wieder auf den Kopf seines oder ihres Opfers einschlugen?"

„Klar. Wenn ich einen Mord plane, dann doch nicht auf diese Weise. Das ist doch arg anstrengend, gefährlich und auch unsicher. Wenn jemand vorbeikäme, während der Zeitspanne, die die Ausführung benötigt; ein unnützes Risiko."

„Nicht unbedingt. Erstens kommen nicht sehr viele Menschen an diesen abgelegenen Ort. Zweitens könnte einer Schmiere stehen, während ein anderer den Mord begeht. Drittens würde die Dunkelheit der Nacht eine perfekte Tarnung für den oder die Mörder abgeben."

„Drittens kannst du vergessen. Na, hast du den Bericht der Techniker nicht gelesen? Darin stand, dass Ladurner bei seiner Auffindung mindestens 20, höchstens aber 25 Stunden tot war. Da er gegen sechs Uhr Abends gefunden wurde, bedeutet das, dass die Tat zwischen 14 und 19 Uhr des Vortags begangen worden war."

„Deine Kombinationsgabe und dein Elefantenhirn sind nur zwei der vielen Eigenschaften, warum ich so gerne mit dir arbeite."

Steiner grinst Daniela zu, diese antwortet mit einem filmreifen Augengeklimper. „Danke, mein edler Ritter! Und nun erklär mir mal, warum mehrere Täter einen so komplizierten

Mord begehen sollten, wo sie doch zu zweit klar im Vorteil wären, wenn sie nicht einen zum Schmiere stehen abstellen."

„Nun, vielleicht ist es noch schlimmer als wir denken. Es waren noch mehr Leute daran beteiligt. Was hältst du von der Vorstellung, dass einige Jugendliche sich auf diesem Gelände ein paar Drogen eingeworfen haben und dann enthemmt aus Lust oder Langeweile den Alten zu Tode gequält haben? Kennst doch auch die neuesten Statistiken über die Zunahme von vermeintlich unbegründeter Gewalt unter Jugendlichen. Es gibt eine größer werdende Gruppe sozial verwahrloster junger Menschen, für die das moralische Gebot, ihre Mitmenschen nicht zu verletzen, an Gültigkeit verloren hat. In einer Gesellschaft des Überflusses, in der Konsum die Eltern-Kind-Beziehung ersetzt, ist Gewalt die einzig denkbare, weil einfach umzusetzende Möglichkeit, der Langeweile zu entfliehen."

„Was sind denn das für Töne? Bist du seit neuestem mit einer Sozialpädagogin liiert oder hast du dir nur „A Clockwork Orange" anguckt? Wenn du mich fragst, ist das ein ziemlich unrealistisches Szenario. Wir leben schließlich nicht in der Bronx!"

„Ja, liebe Kollegin, weil du nämlich manchmal keine Ahnung hast von den Schattenseiten unserer Gesellschaft – obwohl deine Arbeit dich täglich eines Besseren belehren müsste!", bricht es aus Uwe heraus.

Daniela, verwundert über den plötzlich scharfen Ton ihres Kollegen, lenkt ein.

„Natürlich kann ich so ein Verbrechen nicht ausschließen. Ich meine doch nur, dass es irgendein Motiv für so eine Tat geben muss."

Auch Uwe ist von sich selbst überrascht. So heftig wollte er gar nicht reagieren! Schnell geht er auf Danielas moderaten Ton ein. „Eigentlich geht es mir wie dir. Auch ich hätte gerne ein Motiv, irgendetwas, womit wir dem Täter auf die Spur kommen können ... Sollen wir uns morgen noch mal diesen Gerbig vorknöpfen? Das ist doch der einzige lebende Mensch, der zu Ladurner Kontakt hatte."

„Jo, Chef! Geht klar. Gleich morgen früh, okay?"

Eine kurze Pause entsteht, in der beide ihren Gedanken nachhängen.

„Ich glaube, für heute habe ich genug. Bringst du mich noch nach Hause, mein Ritter?", versucht Daniela die vorherige Vertrautheit wieder herzustellen.

Sofort springt Uwe auf, eilt um die Bierbank herum und reicht ihr, in dem Versuch seine harten Worte vergessen zu machen, übertrieben höflich seinen Arm. „Gewiss doch, es wäre mir eine Ehre, Sie nach Hause begleiten zu dürfen."

*

Früh am nächsten Morgen stehen Daniela und Uwe am Rand des Parkplatzes hinter dem Polizeipräsidium. Uwe, in der einen Hand einen Pappbecher voll Kaffee, in der anderen den Autoschlüssel, seufzt zum wiederholten Male vernehmlich.

„Jetzt hör endlich auf zu seufzen! Trink einfach deinen Kaffee und setz' dich auf den Beifahrersitz."

„Beifahrer? Nur über meine Leiche! Eher gehe ich bis Durlach zu Fuß; wäre heute Morgen sowieso das Beste. Ich weiß nicht, ob mein Kreislauf das Geschaukel in dem Wagen verkraftet."

„Was heißt hier Kreislauf? Stell dich nicht so an! Bist ja selbst schuld. Niemand hat gesagt, dass du dich auf dem Nachhauseweg auch noch in der Alten Bank stärken musst."

„Aber ... es war so ... die Kastanien ... die Sommerluft ... der Duft der äh Linden ... ich meine, was soll ein Mann da allein zu Hause?"

Mist, denkt Uwe. Das ist ihm jetzt so herausgerutscht. Was bin ich nur für ein Jammerlappen. Als er Danielas mitfühlenden Blick bemerkt, breitet sich eine Stinkwut auf sich selbst in ihm aus. Ich führe mich auf, wie ein pubertierender Trottel! Zuerst zu viel Bier am Abend, am nächsten Morgen einen schlimmen Kater und als ob das noch nicht genug wäre, gebe ich auch noch so ein gefühlsduseliges Geplapper von mir. Den Mutterinstinkt seiner Kollegin zu wecken und – noch schlimmer – auf sich zu ziehen, ist das Letzte, was er gebrauchen kann.

„Kann ich ver ..."

„Also, was stehen wir hier noch rum und quatschen?", fällt Uwe Daniela ins Wort, bevor er sich durch falsch verstandenes Mitgefühl noch weiter demütigen lassen muss. „Wir haben noch etwas zu erledigen, oder? Wenn wir den Gerbig erwischen wollen, müssen wir mal los. Weißt ja, wie die Senioren so sind. Früh raus und erst mal ausgiebig Gassi gehen, mit diesem liebenswerten Köter. Wie hieß der noch gleich?"

„Dieter. Armes Vieh. Der hat ganz schön zu leiden unter dem Grobian."

„Na dann ist's ja schön, dass jetzt Tante Daniela kommt und ein wenig streichel, streichel mit dem Hundilein macht; dann geht's uns allen wieder besser."

Danielas vorherige Aufforderung, auf dem Beifahrersitz Platz zu nehmen, ignorierend, lässt sich Uwe, nachdem er sich seines Bechers mit einem gekonnten Wurf in den Abfalleimer entledigt hat, hinters Steuer plumpsen. Daniela setzt sich achselzuckend neben ihn.

Als sie bei Gerbigs Hütte ankommen, die einsam, am südlichen Ende etwas außerhalb der Schrebergartenkolonie liegt, scheint alles ruhig zu sein. Eine Klingel ist nirgends zu sehen, also entschließen sie sich, das Gatter zu öffnen und den Garten zu betreten. Falls der Hund etwas dagegen haben sollte, könnte sich ja Daniela um ihn kümmern.

Das Häuschen macht einen unerwartet ordentlichen Eindruck. An seiner Holzfassade sind in sauber ausgerichteten Reihen Scheite gestapelt. Die Wände sind dunkel gestrichen und zeigen nur geringe Spuren von Verwitterung. Die eine Hälfte des Gartens wird von Gemüsebeeten ausgefüllt, in denen kein Hälmchen Unkraut zu sehen ist. Die andere Seite dominiert ein großer Nadelbaum, der angenehme Kühle spendet. Uwe klopft ein paar Mal fest an die Tür. Sofort ist aus dem Inneren laut und deutlich aufgeregtes Gebell zu hören.

„Na, dein Dieter ist ja schon ganz aus dem Häuschen, dich wiederzusehen!"

„Dieter! Aus!", hören die zwei Kommissare dumpf eine Männerstimme. Die Türe wird geöffnet und Gerbig tritt heraus. Dieter an seiner Seite knurrt.

„Aus, hab ich gesagt! Ruhe jetzt!"

Gerbigs Knie versetzt dem Schäferhund einen Knuff in die Seite. Augenblicklich verstummt er.

„Aha, die Kommissare."

„Guten Morgen, Herr Gerbig. Schön haben Sie es hier", versucht Daniela die Stimmung ein wenig aufzulockern. „Na, Dieter? Bist ein ganz Lieber", schiebt sie noch hinterher und beugt sich zu dem winselnden Tier herab.

„Sind Sie hergekommen, um mit meinem Hund zu spielen?"

„Nein, Herr Gerbig", übernimmt Uwe. „Wir sind hier, weil wir noch ein paar Fragen haben, den Tod ihres Freundes Ladurner betreffend."

„Hab ich mir doch gleich gedacht, dass ich Sie wieder sehe. Na gut, kommen Sie mit! Ist ein so schöner Morgen heut, viel zu schade, um im Haus zu sitzen. Dort unter der Tanne steht ein Tisch, dort können wir reden."

Uwe und Daniela werfen sich einen zufriedenen Blick zu. Nachdem sie Platz genommen haben, kommt Daniela sofort zur Sache.

„Also, Herr Gerbig: Wann haben Sie Herrn Ladurner das letzte Mal lebend gesehen?"

„Das hab ich denen doch schon gesagt! Am Tag vorher, als die Sonne noch schien. Bei so einem Regen geh ich ja normalerweise nie außer Haus. Es war ja nur wegen dem Hund. Der muss halt mal raus." Gerbig, plötzlich ganz liebevoller Hundebesitzer, krault seinem Schäferhund ausgiebig den Nacken. Dieser belohnt ihn mit einem treuherzigen, dankbaren Blick.

„Ist Ihnen bei diesem Treffen etwas aufgefallen? War etwas anders? Wirkte Herr Ladurner verstört oder verängstigt?"

„Verstört war der ja immer, der Norbert. War ein bisschen wirr im Kopf. Kein guter Geschäftsmann. Ich hab immer zu ihm gesagt, dass er erst denken und dann handeln soll ... aber genützt hat's nichts."

„Also gar nichts Außergewöhnliches? Worüber haben Sie denn gesprochen?"

„Was weiß ich? Übers Wetter, übern Sommer ... die Hunde."

„Apropos Hunde: Wo sind denn ihre Zwinger? Sagten Sie nicht, dass sie Hundezüchter seien?"

„Die Zwinger stehen hinterm Haus. Momentan sind sie leer. Die nächste Woche krieg ich aber eine Lieferung von einem Bauern; ein schöner Wurf! Gutes genetisches Material. Damit kann man was anfangen."

„Ah, schön. Also mit dem Ladurner haben Sie auch über Ihre Hunde gesprochen. Hatte der auch etwas für Hunde übrig?"

„Ah was, gar nichts! Der hat nur für seinen Gemischtwarenladen Interesse gehabt. Und ich hab Geschäfte mit ihm gemacht. Mal was gekauft, mal was gebracht. Unlängst, da hat er so eine Kassette voller alter Orden auf dem Flohmarkt ergattert. Da hat er sich gefreut, der Norbert!"

„Und ein gutes Geschäft damit gemacht?"

„Nein, er wollt' noch nicht verkaufen ... Warten und schauen, was sich so ergibt. Auf ein richtiges Geschäft!"

„Und was macht man mit alten Orden, wenn ich fragen darf? War der Herr Ladurner ein Sammler?"

Gerbig muss grinsen. „Ja, ein Sammler … schon irgendwie, könnt man so sagen, bei all dem Zeug, was da auf seinem Grundstück rumgammelt. Aber die Orden, die mochte er wirklich. Logisch! Überlegen Sie mal: Eine ganze Kassette voll davon! Wer hat heute noch so etwas? Welch eine Erinnerung an vergangene Größe! Das ist natürlich ein Vermögen wert, wenn man die richtigen Leut' kennt, die was von solchen Sachen verstehen. Ja, es gibt noch Menschen, die Wertschätzung für diese Dinge empfinden."

Uwe merkt auf. „Sie meinen andere Sammler? Hatte Herr Ladurner Kontakte zu dieser Szene? Gab es regelmäßigen Besuch von bestimmten Käufern? Kennen Sie da jemanden?"

„Hör'n Sie mal: Erstens kenn ich niemanden. Natürlich hab ich mal den einen oder anderen gesehen, das bleibt ja nicht aus, wenn man sich dort aufhält. Aber keine Namen oder so. Zweitens hätte der Norbert diese Dinge doch nicht einfach so an irgendeinen dahergelaufenen Typen verkauft."

„Und wieso nicht?"

„Weil man schon die richtige Einstellung braucht, wenn man Besitzer einer solchen Besonderheit werden will. Da wird genau geprüft, wohin so etwas kommt …"

Lautes Bellen unterbricht Gerbig. Sein Hund ist aufgesprungen und verbellt einen Spaziergänger mit einer kleinen Promenadenmischung an der Leine, der daraufhin sofort auf die gegenüberliegende Wegseite wechselt.

„Brav, Dieter! Gut gemacht. Jetzt aber wieder Platz. Platz! Wo war ich stehen geblieben?"

Daniela verdreht, von Gerbig ungesehen, die Augen. Uwe versucht wieder Fahrt aufzunehmen. „Es ging um die Orden, die sehr wertvoll waren. Sagen Sie mal, wäre das nicht ein Motiv? Ein Sammler, der diese Kassette unbedingt haben wollte, dem der Preis aber zu hoch war. Ein Streit, ein Handgemenge, dann ein Ausraster?" Gerbig gibt einen unwilligen Grunzton von sich. „Sie haben mich wohl nicht verstanden. Wir sprechen hier von Ehrenmännern. Wobei, natürlich ... ja, die anderen, die könnten schon etwas gemacht haben."

„Wen meinen sie mit „die Anderen"?" schaltet sich Daniela wieder ein.

„Na, die Linken, die Kommunisten! Wenn die was spitz kriegen, dann schrecken die vor nichts zurück. Hat man ja gesehen, was der Stalin alles verbrochen hat. Die sind immer noch aktiv, die Linken. Die Öffentlichkeit meint ja, dass seit dem Zusammenbruch der Sowjetunion die rote Gefahr gebannt ist. Die haben ja gar keine Ahnung. Läuft alles undercover."

Daniela zögert kurz, dann fragt sie doch nach. „Sie meinen, irgendwelche Kommunisten könnten den Herrn Ladurner wegen diesen alten Sachen ermordet haben. Verstehe ich Sie da richtig?"

„Ja, genau. Sag ich Ihnen doch. Die schrecken vor nichts zurück. Die schicken jetzt schon Schläger, um uns Angst zu machen und uns auszuspionieren. Grad neulich war so einer da!"

„Und woher wissen Sie, dass das ein kommunistischer Schläger war?", hakt Uwe ein.

„Ganz einfach: Hier in der Kolonie wohnen nur alte Leute. Und plötzlich schleicht da so ein muskulöser Typ rum. Schaut sich alles genau an. Ging auch in Richtung tote Bahngleise. Wissen Sie, sich sehe hier alles ganz gut. Und mein Dieter passt ja auch auf."

„Könnte ja auch ein Spaziergänger gewesen sein, oder?"

„Kein Spaziergänger benimmt sich so auffällig. Außerdem hab ich den Typen dann 'ne Stunde später noch mal getroffen, als ich mit Dieter spazieren ging. Da kam er mir entgegen. Und welcher normale junge Mensch hält sich so lange Zeit hier in diesem Gebiet auf? Als er an mir vorbei war, hab ich mich noch mal umgedreht. Und was hab ich gesehen? Hatte so 'ne halbe Glatze und am Nacken eine Tätowierung! Ich konnte es nicht genau erkennen, aber hatt' wie Hammer und Sichel ausgesehen. Das ist der Beweis."

Uwe räuspert sich und blickt auf die Uhr. „Oh, spät ist es geworden. Herr Gerbig, wir müssen weiter. Danke für das aufschlussreiche Gespräch."

Daniela hat den Strohhalm ihrer Rettung aus diesem unfruchtbaren Gespräch sofort ergriffen und wendet sich schon zum Gehen. „Ja, vielen Dank, Herr Gerbig. Falls Ihnen noch etwas Verdächtiges einfällt, rufen Sie uns bitte an. Unsere Karte haben Sie ja."

„Sie überprüfen jetzt die Sache mit den Kommunisten, ja? Sie müssen die ganze Szene durchleuchten! Die müssen endlich ausgemerzt werden. Mit Stumpf und Stiel."

„Wir werden der Spur nachgehen und ein Phantombild dieses Mannes anfertigen lassen. Vielen Dank noch mal."

Das Letzte, das Uwe und Daniela hören, als sie sich ins Auto setzen, ist die herrische Stimme Gerbigs, die ein „Aus, Dieter!" brüllt. Uwe startet den Motor, fährt an, kurbelt das Fenster herunter, um ein wenig kühlenden Fahrtwind gegen die enorme Hitze zu ergattern. Im Präsidium muss er sofort eine weitere Kopfschmerztablette nehmen.

Bevor er in die Durlacher Allee einbiegt, schenkt er Daniela sein strahlendstes Gesicht. „Wäre es meiner Lieblingskollegin möglich, eine kurze Zusammenfassung dieses absurden Theaters zu Papier zu bringen? Der Kollege Flechtinger kann dann anschließend einen prächtigen Bericht daraus basteln – am besten gleich mit dem Phantombild dieses spazieren gehenden gefährlichen Linksextremisten ... Und noch was: Mönning soll sich die Liste der Gegenstände von Ladurners Hütte ansehen. Mal sehen, ob so eine Kassette mit Orden dabei ist."

Daniela, gequält lächelnd, schweigt, nickt aber. Gut so, denkt Uwe. Der Gerbig mit seinen paranoiden Ideen kann ihm gestohlen bleiben.

13. August

Die Brausetablette zischt im großen Wasserglas. Eine lustige Kuh ist darauf abgebildet. Um sie herum brodelt es weißlich. Joschi kennt sich inzwischen aus mit Schmerzmitteln. Nachdem er die ersten Tage im Krankenhaus und anschließend vom Hausarzt mit Spezialmitteln versorgt worden ist, hat er das ganze Sortiment durchgemacht. Novalgin, Ibuprofen, Paracetamol, dann die guten alten Aspirin. Schließlich ist er bei einer Billigmarke gelandet, plus Vitamin C, immerhin. Das geht ganz schön ins Geld auf die Dauer. Aber wer denkt an so was, wenn der Schmerz kommt? Und er kommt, verlässlich: sobald die Wirkung nachlässt. Immer. Fies, stechend. Brüllend. Nicht auszuhalten. Mittlerweile ist Joschi vorwiegend damit beschäftigt, die verschiedenen Schmerzmittel auszutarieren. Aufeinander abzustimmen.

„... who by barbiturate ..." geht es ihm immer wieder durch den Kopf, die berühmte Zeile aus diesem finsteren Leonard-Cohen-Song über die Vielzahl der Todesarten.

Joschis Magen spielt verrückt; das geht ja auch auf kein Organ, was er da in sich reinfrisst, seit dieser Wahnsinnige ihm das Gesicht zertrümmert hat.

Erst langsam, ganz langsam hat sich Joschi wieder mit anderen Dingen beschäftigen können. Mal eine CD aufgelegt. Mal ins Internet geguckt. Aber keine Mails geschrieben. Ansonsten ist er lahmgelegt. Lässt das Handy ausgeschaltet. Anfangs wollte er gar keinen Besuch. Nur seine Eltern, aber auch die so selten wie möglich. Fremd sind sie ihm da gewesen. Wie ihm alles fremd gewesen ist – seit dieser Nacht.

Vor zwei Tagen dann hat er den Günti angerufen. „Kannst du vielleicht doch mal vorbeikommen?" Seitdem geben sich die Kumpels aus der Band – und ein paar Leute, die in den Semesterferien nicht weggefahren sind – die Klinke in die Hand. Aber nur an den Nachmittagen, wenn er einigermaßen wach ist. Alle waren sie inzwischen da: der Bastian, der Lupo. Sogar die Alex und die Jana. Die Anna-Lena natürlich nicht.

Jetzt sitzt Joschi am offenen Fenster. Hat eine komplizierte Haltung eingenommen, wo er den Kiefer nicht so spürt. Trinkt Schluck für Schluck aus dem Kuh-Glas. Vorbeugend – wenn er das jetzt nicht tut, wird die Pein in einer halben Stunde höllisch sein. „Du musst dich mit was beschäftigen!", hat ihm Günti eingebläut. Eingebläut ... „Du darfst dich nicht immer nur darauf konzentrieren, wann es nicht mehr zum Aushalten ist. Du brauchst wieder ein bisschen Leben, mein Freund! So schwer's fällt ..."

Joschi hatte zunächst keine Ahnung, wie er das anstellen sollte – er war völlig draußen. Aber dann kam er ein wenig ins Plaudern mit dem Günti. Die ganzen Projekte mit der Band! Ach ja, so was gab es doch auch noch auf Erden. „Backyard-Garbage" – ein Scheißname für eine Gruppe, fand er zunächst. Aber weil ihre Texte meistens ziemlich konsumkritisch waren, kaum mal irgendwelches Liebesgesülze, hat er sich doch damit angefreundet. Backyard-Garbage – das klingt hart, zynisch. Wie ein Reflex auf den totalen Ausverkauf. Von Mensch und Natur. Vor allem von jeglicher Solidarität, allem Mitgefühl.

Naja, und an dem Abend, als sie mal wieder gemeinsam Fußball geguckt haben und der KSC das 1:1 in Bochum geschafft hat, in der vorletzten Minute, nach dieser Ecke, da konnte er ihnen allen zusammen endlich seine Idee erklären: Der Club braucht endlich eine gescheite Hymne! Und wer soll die basteln? Backyard-Garbage natürlich. Sie träumten sich hinweg in eine nahe Zukunft, wo sie im Mittelkreis stehen würden, im Wildpark – mit ihrem neuen Song. Und das Publikum würde mitsingen. 30.000! Und vielleicht war ja auch Anna-Lena dabei. Bestimmt war sie dabei! Mit Ruben.

Immer wieder hatte Joschi gedacht, es gehe bergauf. Dann jedesmal eine Verschlechterung. Noch mal Krankenhaus, zwei Tage hintereinander. Zur Kontrolle. Joschi konnte das alles nicht mehr sehen. Nicht riechen. Hören ... Schrecklich! Die jüngeren Krankenschwestern machten sich über ihn lustig. Die älteren waren nett. Warum kann es nicht einmal andersrum sein?

Von um die Ecke hört Joschi das Rauschen der Straßenbahn. Es ist noch vor acht, wenige Leute auf der Straße. Und es duftet ungeheuer nach Sommer. Fast muss er heulen, wenn er an das Elend der letzten Tage denkt. Um richtig wütend zu werden, dazu fehlt ihm die Kraft. Am deutlichsten trifft ein Begriff seinen Gemütszustand: Schock. Alles ist wie unter Glas, unter Milchglas. Man muss sich mühsam durcharbeiten. Das meiste versickert.

Zum ersten Mal seit diesem verfluchten Morgen überkommt Joschi die Lust auf eine Zigarette. Der Javanse Jongens-Tabak ist schon völlig eingetrocknet. Macht nix. Joschi wickelt sich eine. Wenn er sie ganz vorsichtig in die Lippen klemmt, wird es schon gehen. Hoffentlich entzündet sich nicht wieder was ...

Wir sind selten Deutscher Meister,
sind kein Bonzen-Sport-Verein –
doch wir haben einen Wildpark,
und da gehn wir alle rein,
und wir singen, was wir fühlen,
und wir springen von den Stühlen,
hey, man braucht vom ABC
nur drei Buchstaben zu haben:
K!S!C!

Das steht seit einer Viertelstunde auf Joschis Block. Gar nicht so schlecht – dafür, dass es die ersten Verse sind, die er seit dem Frühling gemacht hat. Es ist zwar ein bisschen komisch ... Ein Fußballhit, das war so gar nicht sein Metier bislang gewesen. „Bleib schlicht", hatte ihm Günti geraten, „lass die Experimente – das muss was zum Mitgrölen geben." Na gut, klar, da hatte er natürlich recht. Wenn es ein Erfolg werden sollte, dann durfte die Sache nicht zu anspruchsvoll sein.

Und Joschi hat ziemlich hohe Ansprüche, wenn er Texte macht. Früher waren das meistens christliche Songs, so im Kirchentagsstil. Irgendwie glaubt er immer noch, dass die gar nicht schlecht waren. Aber Joschi holt sie gar nicht mehr hervor. Diese Glaubenswelt, diese frommen Sachen ... das ist ihm, wenn er ehrlich ist, inzwischen viel fremder geworden als er sich das jemals hätte vorstellen können. Sicher, er hat auch gebetet, in der letzten Zeit. Aber nicht mehr für den Weltfrieden – sondern einzig und allein dafür, dass diese bohrende Qual in seinem Kopf endlich nachlässt.

Sehr gut: Joschi bemerkt, dass er ein paar Minuten gar nicht mehr an die Verletzungen gedacht hat. Er hat sich eine Zigarette gewickelt. Und er hat sich konzentriert: auf den Text. „Wir brauchen einen Knaller", hat ihm Günti eingetrichtert. „Der Refrain, das ist es! Da kommt's drauf an ..."

Doch für einen richtig schön griffigen Refrain fühlt sich Joschi noch nicht reif. Nein, eine Verzögerung muss her. Die erste Strophe kann vielleicht so durchgehen. Aber da muss noch was dazwischen. So was Bridgeartiges. Hm ... Von der Musik her hat er schon ganz klare Vorstellungen. Aber die Worte dazu! Vielleicht so:

Manche sehen rot,
andre sehen schwarz,
meine Träume leuchten blau und weiß!
Manche spielen Gott,

andre spielen Darts –
aber wir sind nur auf eines heiß ...

Ja, warum nicht? Das könnte funktionieren, so in der Art. Joschi fühlt sich berauscht von der Idee, Gott selbst sogar in diesem Liedchen zu nennen. Auf jeden Fall, das ist gewagt! Vor allem in Verbindung mit Darts ... Was anderes hat sich halt nicht gereimt. Aber irgendwie, das klingt nicht schlecht.

Wenn sie sonst so vor sich hinrapen, da kommt es auf das Metrum nicht so an. Jetzt aber muss alles stimmen – vor allem, weil noch mehrere Strophen folgen sollen. Naja, vielleicht reichen auch zwei.

Joschi liest alles noch einmal durch. Okay. Erstaunlich, wenn er später mal an diese herbe Zeit zurückdenken wird: dass ihm mitten im schwersten Leiden so was gelungen ist!

Einmal, an dem Abend in der Kippe, seiner Lieblings-Oststadtkneipe, hat er Anna-Lena davon vorgeschwafelt, dass zur Inspiration auch notwendig Leid dazugehöre. Dass man manchmal durch ein Tal gehen muss ... und so weiter ... und am Ende das Licht. Ob sie aufgepasst hat, weiß er nicht. Sie guckt immer so indifferent, wenn er was erzählt. Und es ist so verletzend, dass sie mitten im Satz aufsteht und andere Leute begrüßt. Vor allem natürlich, wenn Ruben reinkommt. Mein Gott, wenn er sich vorstellt, dass dieser Saftsack sie berühren darf, wann immer er will – das ist mindestens so schlimm wie ein Kieferbruch. Und das wird auch schlimm bleiben, wenn die Knochen längst verheilt sind.

Was gefällt ihm nur so gut an dieser Anna-Lena? Es ist doch nicht zu fassen: Sie ist viel weniger nett zu ihm als die anderen. Wenn er ehrlich ist, macht ihn diese Kombination aus diesen hellrot gefärbten Haaren mit diesen hellblauen, himmelblauen, meeresbuchtblauen Augen fertig. Und ihre Bewegungen ... sind so leichtsinnig. So schwebend. Wahrscheinlich weiß nicht mal Anna-Lena, was er alles von ihr weiß: dass sie eine Begnadete ist. Eine Heilige! Schade nur, dass sich gerade weibliche Heilige gewöhnlich an den letzten Dreck wegwerfen. Muss wohl so sein. Na gut, wer weiß, ob es ihm nicht doch irgendwann gelingt, sie ... sie zu erlösen.

Während Joschi den ersten Zug scharfen Tabakrauch in die Lunge einzieht, sieht er unten ein paar Leute zur Bäckerei Wiesel rüberschlappen. Tolle Hefezöpfe haben die da. Aber die Bäckermädchen, die Aushilfen und Lehrlinge werden oft so grob behandelt. Deswegen geht Joschi selten hin. Wenn seine Eltern kommen, halt.

Der alte Sack aus dem Parterre kehrt schon wieder den Bürgersteig. Was macht der denn da? Ih, gibt's ja nicht! Einen fetten Hundehaufen schaufelt der mit einer Zeitschrift weg. Pfui Deibel ... Joschi wird ganz anders, als er sieht, wie sich die Pappe unter der Last verbiegt. Kratzt dieser Hausmeister-Typ doch tatsächlich mit einer „Klappe auf" die Hundescheiße vom Gehweg! Und stopft beides zusammen in die Tonne. Boah, einfach hart.

Joschi blickt die Balkons entlang. Überall stehen die Türen auf, wehen die Vorhänge im zarten Morgenwind. Aber niemand sitzt draußen. Komisch. Wäre das jetzt toll: auf so einem Balkon sitzen ... Da hätte er die letzten Wochen besser ausgehalten.

Quatsch nicht, Joschi! Sei zufrieden mit dem, was du hast. Du darfst am Fenster sitzen, hier im Süden. Nicht in deiner stockfleckigen ehemaligen Heimat. Du darfst dir das Leben anschauen – und bald wieder daran teilhaben. Bald! Ganz bestimmt. In dem Moment fällt Joschi der Refrain ein:

Baden ist schön, viel schöner als duschen!
Lauft nur davon, wir kriegen euch Luschen!
Denn wir sind hier, die Mannschaft zu puschen;
Badner sind wir, die vor keinem kuschen.
Für das Badner Mädchen und den Badner Bub

gibt's nur eins im Leben: unsern Badner Club!
Karlsruhe! Karlsruhe!

Puh, das ist ja gar nicht sein Stil ... Aber es ist gut. Zumindest wirksam. Und Günti hat gesagt: Ein bisschen Patriotismus muss rein. „Fünfmal Baden, dreimal Karlsruhe. Fetzige Melodie – und'n guten Beat drunter ..."

Joschi überlegt, ob er das wirklich so stehen lassen will. Sind die Badener denn wirklich so toll, dass er sie allesamt dermaßen lobpreisen muss?

Naja, gestern bei der Kripo, da hatte er mal wieder genau den Eindruck. Meine Güte, was hat er da Schiss gehabt! Er wollte sich ja nicht blamieren. Und mit seinen Blessuren da auflaufen, schmerzverzerrt ... die würden ihn bestimmt für einen Schlappschwanz halten.

Zu seinem Glück war es wieder diese Frau Kämmerer, die ihn in Empfang genommen hat. Die kannte er schon. Als sie das von dem Phantombild gesagt hat, wäre er am liebsten wieder raus. Weil er sich doch an kaum was erinnern konnte! Als dann aber dieser komische schnauzbärtige Kollege, dieser Steinke oder Steinmann oder so, reinkam, gab sich Joschi ganz besondere Mühe, seine Sache so gut zu machen wie irgend möglich. Nicht, dass der unfreundlich gewesen wäre; aber der guckte so, die ganze Zeit. Als dächte er: Na, Kleiner, lässt du dir immer alles gefallen? Bist du kein Mann?

Und dann, als auf einmal, nach Dutzenden unpassenden Exemplaren, die entsetzlichen Augen dieser Bestie von der Leinwand glotzten, da kam in Joschi endlich ein Impuls hoch, der wohl auch diesem coolen Kriminalbeamten imponiert hätte: Er wollte ihn umbringen, diesen ruchlosen Schläger, diesen ... diese Gottesstrafe, ging es Joschi durch den Kopf. Und er beruhigte sich wieder. Fand eine passende Stirn dazu. Der Mund war am schwierigsten. Aber auch das ging irgendwann.

Dann, leider, kam irgendein Anruf – und Frau Kämmerer musste weg. Immerhin in Begleitung dieses Obermachos. Die beiden Typen, mit denen zusammen er das Phantombild vollendete, waren ganz okay. Wächter und Mönning, eher unauffällige Beamte, aber absolut korrekt, da kann man nichts sagen.

Als die Visage dieses Schwerverbrechers ihn aus dem Monitor anstierte, zusammengesetzt aus Einzelteilen und doch so lebensecht, da war Joschi mehr als erstaunt. Verbal hätte er bestenfalls beschreiben können: Der Kerl war ziemlich kahlrasiert, trug T-Shirt und Jeans. Und jetzt? Nicht zu fassen!

Das lag ganz bestimmt an dieser unglaublich nachsichtigen Beamtin, die mit Vertrauen erweckender Geduld, viel Verständnis für seine Situation und jeder Menge kluger Fragen ihn auf den richtigen Weg geführt hatte. Joschi verspürt ein Bedürfnis, sich bei dieser Frau Kämmerer zu bedanken. Er würde ihr so gerne sagen, wie sehr er sich von ihr getröstet gefühlt hat. Wie er ihre Professionalität bewundert. Andererseits, die Präzisionsarbeit, das war dann doch eher den beiden Kollegen zu danken. Eigenartige Welt, diese Kriminalpolizei.

Und seltsam, diese Hektik, als das Phantombild so weit fertig war! Der Wächter ist sofort damit hin- und hergerast, hat gefaxt, der Herr Mönning hat kopiert, Mails geschickt und so weiter. Auf Joschis vorsichtige Einwürfe sind die gar nicht mehr eingegangen: Mit letzter Sicherheit könne er doch eigentlich gar nicht sagen, ob der wirklich genau so ausgesehen habe, es sei doch früher Morgen gewesen und er wolle doch auf keinen Fall, dass ein Unschuldiger ...

Der Herr Wächter hat Joschi beruhigt, da müsse er sich keine Sorgen machen, echt nicht. Alles werde bis ins kleinste Detail überprüft. Joschi hat das sofort geglaubt.

Vielleicht wird er den Beamten, adressiert an Frau Kämmerer, das Lied schicken, wenn es mal eingespielt ist. Bestimmt sind die alle KSC-Fans, was denn sonst! – Die zweite Strophe will er jetzt noch machen, dann legt er sich wieder hin.

Mensch, Joschi, das hat gut getan! Anderthalb Stunden am offenen Fenster, etwas mehr oder weniger Sinnvolles zu Papier gebracht – so kann es weitergehen. Noch eine halbe Stunde feilt er an dem zweiten Teil, der dann wieder übergehen soll in „Manche sehen rot ..."

Langsam wird er schläfrig. Das Pochen im Kiefer fängt wieder an. Joschi singt den Text leise vor sich hin:

Hier gibt's keine Schickeria,
unser Name spricht für sich,
denn wir haben eine Message:
KSC, wir lieben dich!
Und wir können nicht verlieren,
wenn wir brennen und skandieren,
kommt der Pass mit viel Effée,
ja, dann reichen nur drei Zeichen:
K!S!C!

Darauf eine Ratiopharm! Beinahe hat Joschi den Zeitpunkt verpasst, wo er den Schmerz im Entstehen niederhalten muss. Aber es ist ja nur zu geil, was ihm da unter erschwerten Bedingungen gelungen ist.

Das Fenster bleibt offen. Noch einmal, als Joschi sich schon auf die Couch gequält hat, geht er die Zeilen durch. Und im Einschlummern kann er gar nicht anders als sich vorzustellen, wie er eines Abends in die Kippe kommt und alle flüstern: Verdammt noch mal, das ist der Typ, der den KSC-Song geschrieben hat ...

Und er wird Anna-Lena hören, wie sie Ruben in die Seite stößt: „Was? Echt? Der Joschi? Hätt ich dem nie zugetraut!"

Aber der Dichter reagiert nicht. Er geht an ihr vorbei, ohne zu grüßen. Lehnt sich an die Theke. Und bestellt einen Kamillentee.

14. August

Das weiche Licht des frühen Morgens, das ungehindert durch die weit offen stehenden Fenster des Mutterbaus der Kripo Karlsruhe fällt, verleiht sogar diesem schmucklos-kahlen Besprechungszimmer im ersten Stock einen Hauch von Wohnlichkeit. In weiter Ferne scheinen die Morgenmeetings des Winters unter der gnadenlos kalten Beleuchtung der in die abgehängte Decke eingelassenen Neonröhren, deren Summton im Zusammenspiel mit dem stetig gurgelnden Heizkörper die Nerven aller Teilnehmer gezielt anzugreifen vermag. Das Fehlen dieser vertrauten Hintergrundgeräusche lässt eine wohltuende Stille sich ausbreiten, unterbrochen nur vom munteren Vogelgezwitscher, das von der einsam am Parkplatzrand dastehenden alten Eberesche herüberdringt.

Uwe Steiner genießt diese seltenen ruhigen Momente und beglückwünscht sich, die Besprechung seiner Gruppe des Dezernats 1.1 so früh am Morgen angesetzt zu haben. 6:30 Uhr, sine tempore, hat er gestern Abend noch seinen in den Feierabend eilenden Kollegen mitgegeben. Um diese Uhrzeit kann man noch halbwegs klare Gedanken fassen, Atmung und Puls arbeiten in Ruhe vor sich hin, die Kleidung klebt nicht am Körper, keine unangenehmen Körperausdünstungen verpesten die sowieso schon abgestandene Luft im polizeilichen Besprechungszimmer.

Uwe wagt gar nicht daran zu denken, wie es ihm in drei, vier Stunden ergehen wird. Seit Tagen schon plagt ihn Atemnot; die drückende Schwüle lastet unerträglich auf seinen

Schultern, schwere Müdigkeit drückt seine Augen zu, der Kopf schmerzt, als würden Nadeln darin umherschwimmen. Dergleichen verhindert jede Denkarbeit. Immer wieder suchen seine Augen den Himmel nach Gewitterwolken ab – vergeblich. Und falls sich doch endlich welche gebildet haben und Abkühlung versprechend am Horizont dräuen, dann haben sie sich beim nächsten Kontrollblick im wahrsten Sinne des Wortes in Luft aufgelöst ... oder sind – wieder einmal – an Karlsruhe vorbeigezogen, um sich mit ungeheurer Intensität im Kraichgau oder im Albtal zu entladen. Milderung verschafft erst der späte Abend, wenn Temperatur und Luftfeuchtigkeit nachlassen und der Flüssigkeitsverlust durch kühles Bier ausgeglichen werden kann.

Steiner blickt auf die Uhr. 6:35 Uhr. Immer noch sitzt er alleine im Zimmer. Gerade als er beginnt, sich über die Unpünktlichkeit seiner Kollegen zu ärgern, geht die Türe auf und Daniela erscheint. „Morgen, Uwe! Bist schon lange hier?“

„Nein, eben erst gekommen“, lügt Uwe und weiß selbst nicht warum. Doch das ist auch nicht weiter wichtig, denn in diesem Moment treten die noch fehlenden Kollegen ein und nehmen am großen Besprechungstisch Platz: Daniela an der rechten Seite neben Uwe, der, seiner Position in dieser Runde entsprechend, am Kopfende Stellung bezogen hat.

Neben Daniela sitzt der schon etwas ältere Innendienstler Hans Flechtinger, von beiden als schlicht unersetzbar geschätzt. Auf der gegenüberliegenden Tischseite schließlich die jungen Kollegen Wächter und Mönning. Die restlichen Plätze bleiben frei. Ist ja auch nur eine kleine Dienstbesprechung ... so dass Steiner durchaus keinen Anlass sah, den derzeitigen Kripochef Heiner Brasch hinzuzubitten. Steiner meint, dass man auf Brasch so oft wie möglich verzichten sollte; ein aufgeblasener Choleriker sei er, der nur darauf aus wäre, seinem Vorgänger Morgenroth so schnell wie möglich in den höheren Dienst nach Stuttgart zu folgen; Daniela hingegen behauptet, dass die

Konflikte aus dem Zusammentreffen zweier Alphatiere resultieren, die auf Teufel komm raus beweisen müssen, dass sie das Stärkere sind. Im Übrigen aber gebe sie Steiner vollkommen Recht; wenn es nach ihr ginge, könnte dieser Idiot von Brasch so schnell wie möglich wegbefördert werden ...

„Guten Morgen allerseits!“, eröffnet Uwe als leitender Kriminalhauptkommissar die Runde. „Hans, wir machen das wie immer: Du schreibst mit und gibst das Protokoll heute Nachmittag in den Verteiler. Ich würde vorschlagen, dass Kollege Mönning uns auf den aktuellen Ermittlungsstand im Fall Elflein bringt.“

Mönning macht Anstalten sich zu erheben, bleibt dann aber nach einem skeptischen Blick Steiners sitzen. Kurz nur hält er Blickkontakt zu seinem Chef, um sich dann den anderen zuzuwenden. „Um ehrlich zu sein, haben wir immer noch keine Ahnung. Der Angriff auf Jeremias Elflein in den frühen Morgenstunden des 6. August, währenddessen ihm schwere Körperverletzungen zugefügt wurden, stellt uns vor ein großes Rätsel. Weder wissen wir, wer der Täter ist, noch warum er Jeremias Elflein derart zugerichtet hat. Motiv sowie genauer Tathergang liegen weiterhin im Dunkeln, vor allem, weil unser einziger Zeuge der Geschädigte selbst ist. Durch die erlittene schwere Gehirnerschütterung erfolgte eine partielle Amnesie ... die Erinnerung von Herrn Elflein setzt erst wieder nach dem Aufwachen im Krankenhaus ein. Der behandelnde Arzt, mit dem Wächter und ich gesprochen haben, diagnostiziert eine Traumatisierung des Patienten, in deren Folge ungewiss ist, wann und ob überhaupt sich Elflein wieder wird erinnern können ...“

Weiter kommt Mönning nicht, denn Uwe fällt ihm abrupt ins Wort. „Mönning, wir sind hier nicht auf der Polizeiakademie! Du sollst uns keinen Vortrag halten, schon gar nicht über Dinge, die wir alle längst wissen. Wir wollen nur die neuesten Entwicklungen hören, klar?“

Eine leichte Röte überzieht das Gesicht des Angesprochenen. Sofort plagen Uwe Gewissenbisse – wegen seiner allzu barsch klingenden Worte. Ein wenig wundert er sich über sich selbst, beschließt dann aber, dass nur die Hitze schuld daran sein kann. Währenddessen nimmt Mönning stockend den Faden wieder auf.

„Wächter und ich haben alle Laubenpieper befragt: Nada. Keiner hat was gehört, keiner hat was gesehen ... Aber vor zwei Tagen war Elflein gesundheitlich wieder so weit hergestellt, um hierher zu kommen ... und ein, äh, Phantombild anzufertigen."

„Und? Ist inzwischen etwas Brauchbares dabei herausgekommen?", fragt Daniela nach.

„Brauchbar ist deutlich untertrieben", springt Wächter nun seinem Kollegen bei. „Das Bild ist sehr aussagekräftig. Wir haben es sofort an alle Polizeistationen im Landkreis gefaxt und um Hinweise gebeten."

Nun ist es an Uwe nachzuhaken: „Können wir das fertige Bild auch einmal sehen? Und gab es schon erste Rückmeldungen?"

Wächter schaut seinen Chef überrascht an. „Natürlich können Sie das, aber ..."

„Was aber?"

„Nichts. Ich dachte nur, dass ... dass Sie es schon gesehen hatten. Müsste seit gestern Morgen auf Ihrem Schreibtisch liegen, Chef."

Da durchzuckt Steiner ein unangenehmer Gedanke. Der Stapel ungelesener Memos auf seinem Schreibtisch wächst ständig an, da er sich seit Tagen nicht in der Lage fühlt, derart trockenes Zeug zu lesen. Vorsichtig schielt er zu Daniela hinüber; die scheint aber auch noch kein Bild gesehen zu haben. Vielleicht geht es ihr ja wie mir? Wobei ... doch nicht Daniela, meine allzeit korrekte, den Schreibtisch stets sauber haltende Kollegin!

„Nun, da ich auch noch keinen Blick auf dieses Bild geworfen habe, bin ich jetzt doch recht neugierig. Würden Sie es mir mal zeigen, Mönning?“

Mönning reicht Daniela das Bild, die es stirnrunzelnd betrachtet. „Irgendetwas an diesem Gesicht erinnert mich an ... ich weiß nicht, was es ist. Uwe, schau du doch mal.“

Uwe beugt sich hinüber und betrachtet den Ausdruck. „Schaut aus wie ein grober Schläger, würde ich mal sagen. Beeindruckend – aber mich erinnert dieses Gesicht an nichts. Da gibt's ja einige, die so aussehen, in bestimmten Kreisen.“

„Es ist auch weniger dieses spezielle Gesicht, sondern mehr die Erinnerung, die daran geknüpft ist. Mist, ich komm einfach nicht drauf!“

„Gab es denn Hinweise auf diesen Mann, nachdem ihr das Bild versendet habt?“

„Leider nein“, gibt Mönning zurück. „Keinen einzigen.“

Noch einmal meldet sich Daniela zu Wort: „Ich war übrigens noch beim Einwohnermeldeamt. Nichts.“

„Wie: Nichts?“

„Naja, nichts eben! Keine Verwandten, keine Kinder ... Aber: Eine Sache war schon komisch. Das Grundstück gehörte dem Ladurner gar nicht. Um Erbstreitigkeiten kann es also auch nicht gegangen sein.“

Kurz macht sich Stille breit. Jeder scheint seinen eigenen Gedanken nachzuhängen. Plötzlich schießt Steiner in die Höhe, geht rasch die vier Schritte zum Fenster, fingert sich eine Zigarette aus der Hemdtasche und steckt sie an.

Flechtinger schaut ihm kopfschüttelnd dabei zu. „Wenn das mal nicht der Brasch oder einer seiner Zuträger spitz kriegt. Pass nur auf, Uwe, sonst bläst dir der Rauch bald dick ins Gesicht.“

„Ach, der Brasch. Weißt du, was der mich mal kann?“, braust Uwe auf, beruhigt sich aber nach einem strengen Blick von Daniela schnell wieder, um freundlicher „ist ja nur hier und am offenen Fenster; weiß doch sonst keiner" hinterher zu schieben. „Außerdem kann ich ohne Nikotin nicht denken – und das ist der eigentliche Grund unseres Treffens. Denken! Gemeinsam!"

„Vielleicht sollten wir erst mal unsere Neuigkeiten erzählen?" Daniela schielt zu Uwe, der nickt. „Also, wir haben Walter Gerbig, den einzigen etwas näher mit Ladurner bekannten Menschen, besucht."

„Ist das dieser Knallkopf im Tarnanzug, der dauernd auf seinen Köter eindrischt?", fragt Mönning dazwischen.

Steiner, nun ganz jovialer Chefkumpel, pfeift anerkennend. „Besser hätt's unser lieber Polizeipsychologe auch nicht ausdrücken können! Apropos: Wo ist der denn überhaupt? Den hab ich ja schon seit Wochen nicht mehr gesehen! Weiß jemand etwas über den Verbleib von unserem Herrn Dr. Eisenhart?"

„Eisenberg. Hör auf zu lästern, Uwe. Was soll denn das? Lass den Eisenberg doch seine Arbeit machen. Der kann doch nichts dafür, dass du dich in deiner Männlichkeit bedroht fühlst, wenn er nach einem Leichenfund versucht herauszufinden, ob du professionelle Hilfe brauchst ..."

Flechtinger gibt Daniela Recht: „Früher gab's gar keine Anlaufstelle für Kollegen mit Problemen. Das ist schon 'ne gute Entwicklung."

„Ha! Bedrohte Männlichkeit! Aber ja doch, klar! Das nächste Mal werde ich ganz lieb zu ihm sein und ihm etwas von meiner verkorksten Kindheit erzählen. Und dass ich deshalb jetzt immer meinen Kaugummi unter Danielas Sitz kleben muss und so 'ne Scheiße ... Los. Machen wir weiter."

Daniela berichtet von dem frustrierenden Gespräch mit Gerbig. Dabei schmunzelt sie beständig in sich hinein: dieser Uwe! Mönning, der während des ganzen Berichts an ihren Lippen hing, strahlt Daniela an. „Lustig, dass der auch unbedingt ein Phantombild wollte. Habt ihr das ebenfalls schon anfertigen lassen?"

„Wie denn? Bulliger Schlägertyp mit Halbglatze ... Klingt ja nicht gerade aussagekräftig, oder?" Uwe, mittlerweile wieder an den Tisch zurückgekehrt, spürt, wie die Temperatur anzusteigen beginnt. Vorbei ist's mit der schönen frühmorgendlichen Brise, denkt er wehmütig. Am Rücken beginnt sein Hemd bei jeder Bewegung zu spannen; kein Wunder, es klebt fest. „Ja, das ist schon merkwürdig – obwohl ich nicht weiß, ob ich das als lustig bezeichnen würde. Zwei Fälle innerhalb vierundzwanzig Stunden, beide in der Oststadt, beide Täter schlagen ihre Opfer mit großer Brutalität und beide Verbrechen sind noch immer unaufgeklärt ... gewiefte Detektive würde bei so viel Kongruenz sofort den richtige Schluss ziehen." Uwe wirft Daniela einen auffordernden Blick zu. Diese bleibt aber still.

„Nee, lustig ist das wahrlich nicht." Wächters Miene wirkt gequält. „Also, ich bin gestern Abend noch dem Brasch in die Hände gelaufen. Zuerst hat er nach Ihnen gefragt, Chef, und als ich sagte, dass Sie nicht da wären, bat er mich in sein Büro. Ich musste ihm berichten, was Mönning und ich im Fall Elflein erreicht hätten ... und ... nun, ihr wisst ja selbst, wie es steht. Also, der Brasch hat mich komplett zur Sau gemacht. Er braucht Ergebnisse. Der Kriminalrat ... was weiß ich wie der heißt, werde langsam nervös. Ob ich wisse, dass ganz Baden-Württemberg auf uns schaue und ..."

Steiners Gesicht ist zur Maske erstarrt. „Und was, Wächter?"

„Und ... er meinte, kein Wunder bei dem leitenden Hauptkommissar. Aber der Steiner, so sagte er, der kann sich auch noch auf was gefasst machen ... Dann hat er gesagt, dass ich gehen soll und schnellstens verwertbare Ergebnisse bringen, falls ich noch länger bei der Kripo bleiben möchte." Entschuldigend hebt Wächter seine Schultern; dann sackt er in sich zusammen.

„Dieses Schwein!" Daniela springt auf. „So ein mieser ... dem werden wir es schon noch zeigen!"

Uwe nickt dankbar und versucht seine Wut runterzuschlucken. „Also: Wo können wir ansetzen? Gibt es noch Leute, die etwas zum einen oder anderen Fall sagen können? Welches Detail können wir übersehen haben? Ich denke, wir müssen noch einmal ganz von vorne beginnen. Wächter! Mönning!"

Nachdem die zwei ein weiteres Mal alle bekannten Details aufgelistet haben, platzt es unvermutet aus Mönning heraus. „Das Phantombild! Ich meine, das zeigt nur die Vorderseite des Gesichts. Aber, weißt du noch, der Elflein hat doch noch etwas von einem Fleck am Nacken des Täters gesagt!"

„Ja, genau! Das hatte ich ganz vergessen, weil er das nur so nebenher von sich gegeben hat. Und sich auch nicht ganz sicher war. Hat er jedenfalls gesagt." Wächter schwitzt.

Plötzlich wirkt Uwe hellwach. Ebenso Daniela. „Okay, so weit, so gut. Nur erklären Sie mir eines, Mönning: Wieso kann der Elflein, der sich angeblich an nichts erinnert, diesen Fleck gesehen haben?"

„Er meinte, dieser Typ wäre quasi auf ihn draufgestolpert. Und für kurze Zeit hatte er ihn in seine Arme genommen – fast so als wolle er ihn umarmen! Dann hat der Elflein diesen Typen weggestoßen."

„Einer aus der Schwulenszene vielleicht? Und aus Frust über die Zurückweisung schlägt er zu?"

Daniela zieht die Augenbrauen hoch: Mensch Uwe, denkt sie, bitte keine homophoben Sprüche, um wieder mal die eigene Männlichkeit zu bestätigen. Manchmal hasst sie dieses Männergetue unter Polizisten. Doch ein Rundumblick beruhigt sie: Keiner der Kollegen steigt darauf ein. Hat Uwe vielleicht doch Recht? Wäre das ein Motiv?

Uwes Stimme holt sie aus ihren Gedanken zurück. „Kann ich noch mal das Phantombild sehen? – Danke ... Daniela, ich glaube, ich weiß jetzt, woran dich das erinnert."

Daniela erkennt die Spur. „Klar! Der Gerbig! Der hat ja den gleichen Typen beschrieben wie der Elflein. Willst du darauf hinaus? Gleicher Typ, gleicher Stadtteil, gleicher Tag und gleiche Methode. Und der Gerbig sprach doch von einer Tätowierung im Nacken! Hammer und Sichel. Oder so etwas Ähnliches ..."

„Also: Wächter! Mönning! Ihr besucht den Elflein und befragt ihn zu dem Fleck am Nacken. Hans, kannst du bitte, bevor du deinen Bericht tippst, noch bei der Sitte vorbeischauen? Frag doch mal, ob die sich im Milieu umhören können. Vielleicht fällt ja jemandem bei der Täterbeschreibung was ein. An die Arbeit, Kollegen."

Nachdem alle anderen gegangen sind, stehen Uwe und Daniela am Fenster. Der Morgen ist dem Vormittag gewichen, schon flirrt die Luft über dem Asphalt des Parkplatzes, der Schatten hat sich unter die Eberesche zurückgezogen.

*

Uwe könnte kotzen. Die Sitte lässt schön grüßen, leider seien zu viele Kollegen im Urlaub; nur ein Notdienst halte das Dezernat besetzt. Außeneinsätze seien deshalb zurzeit nicht möglich. Uwe und Daniela sollten doch mal im „Kakadu" und im „Red Roses" nachfragen. Wenn überhaupt, könnten sie dort Auskunft erhalten; man bedaure die Umstände und wünsche gute Verrichtung ...

Also schlurft er jetzt neben Daniela bei gefühlten 48 Grad Celsius durch die aufgeheizte Karlsruher Innenstadt Richtung Brunnenstraße. Das Blut in seinen Adern scheint dickflüssig geworden zu sein, dumpf pocht sein Puls hinter der Schläfe, jeder Atemzug brennt in seinen Lungenflügeln. Uwe verflucht seine Dummheit, heute Morgen geraucht zu haben und seine erholungsbedürftigen Atmungsorgane zusätzlichem Stress ausgesetzt zu haben.

„Ach, komm schon, Uwe! Mach nicht so ein Gesicht. Ist doch eigentlich ganz schön, so ein Sommertag", versucht Daniela ihren Kollegen aufzumuntern. „Keine dicken Jacken, in die man sich rein- und wieder rauszwängen muss, klares Licht am frühen Morgen ... und nicht zu vergessen, all die schönen Frauen, die dir ihre wohlgeformten Beine zeigen!“ Kurz feixt sie zu Uwe hinüber. „Wenn’s dir wirklich zu heiß werden sollte: einfach an kalten Novemberregen denken; das kühlt dich ganz schnell runter.“

„Wusste gar nicht, dass du jetzt unter die Seelsorger gegangen bist. Schreibst wohl gerade an einem neuen Standardwerk der Positiv-Denker-Bewegung. Allerdings muss ich dich enttäuschen: Bei mir verfängt das nicht. Das kannste knicken. Und überhaupt: Wo sind denn all die schönen Frauen, die ihre ach so grazilen Körper durch die lauen Sommerlüfte bewegen? Ist doch kein Mensch unterwegs! Und weißt du auch warum? Hier ist keiner nicht, weil die sich alle verkrochen haben. Die besten Schattenplätze sind nämlich bis zur Dämmerung besetzt.“

„Na, zumindest deine schönen Frauen wirst du gleich noch erleben. Mit welchem Etablissement sollen wir beginnen?“

Mittlerweile haben die zwei Polizisten die Brunnenstraße erreicht und den Sichtschutz umgangen. Sie beschließen, es als Erstes beim Kakadu zu versuchen. Die Türe steht sperrangelweit offen; ein Wischmop, zwischen den Türstöcken verkeilt, versperrt den Weg. „Hallo, ist jemand da?“, ruft Daniela in den dunklen Innenraum. Aus dem Schatten schält sich eine ältere, kleine Frau, die Gummihandschuhe trägt. „Ist noch nicht geöffnet. Müssen Sie noch eine Stunde warten. Der Chef kommt aber bald wieder, hat er gesagt. Können sich so lange ja hier vorne an Theke setzen.“

„Nein, danke. Lassen Sie mal gut sein. Wir schauen später noch mal vorbei.“ Uwe zieht Daniela weiter Richtung Red Roses. „Na prima. Da stehen die zwei Kriminalkommissare wie dumme Pennäler vor verschlossenen Türen, weil sie nicht daran gedacht haben, dass dieses Gewerbe erst später auf Hochtouren kommt. Aber nicht verzagen, weiterfragen! Versuchen wir es doch einfach bei der nächsten Türe.“

Mit voller Kraft drückt Uwe gegen den vermeintlich verschlossenen Eingang des Red Roses. Die Türe schwingt nach innen auf, kracht mit einem lauten Schlag gegen die Seitenwand und gibt den Blick auf den obligatorischen Perlenvorhang frei. Daniela schenkt Uwe ein fettes Grinsen, teilt die Schnüre und verschwindet im Dunklen. Leise fluchend eilt Uwe hinter ihr her.

Der überraschend große Innenraum liegt in einem nicht unangenehmen Dämmerlicht. Sogar die Klimaanlage scheint zu funktionieren; sofort atmet Uwe befreiter. Die niedrige Zimmerdecke ist mit einem seidenartigen, dunkelblauen Stoff bespannt; in unregelmäßigen Abständen sind Spots eingelassen, kleinen Sternen gleich, die mit ihrem gedimmten Licht eine diskrete Atmosphäre schaffen.

Gegenüber dem Eingang schwingt eine lange Theke in elegantem Bogen der bespiegelten Rückwand entlang. Links davon steht eine dick mit Stoff bespannte Tür eine Handbreit offen, den Blick auf den Anfang einer Treppe nach oben mehr verbergend als freigebend, eine Treppe, die in die verborgenen Einzelzimmer, die besonderen Gästen vorbehalten sind, führt. Das weiß Uwe von früheren Besuchen, die allerdings schon ein paar Jahre zurückliegen. Seit damals hat sich viel hier drinnen verändert: Nicht nur der Name – Sabrina oder so ähnlich nannte sich das Etablissement Anfang der Neunziger –, sondern auch die Innenausstattung wurde ausgewechselt. Deutlich merkt man die Absicht, das Image des Schmuddeligen abzustreifen und Kunden aus besseren, vor allem betuchteren Kreisen anzusprechen.

Rechts an die Bar anschließend erhebt sich ein hüfthohes Podest, in dessen Mitte eine Stange zum unvermeidlichen Tabledance angebracht ist. Den Raum dahinter kann Uwe aufgrund der mangelhaften Beleuchtung nur erahnen. Irgendwo fällt eine Türe ins Schloss, wahrscheinlich die zur Toilette.

„Tabledance gibt's erst ab 19.00 Uhr." Uwe fährt herum und erblickt eine dunkelhaarige Frau, die hinter der Bar hervor auf ihn zukommt. Schwarze, enganliegende Lederhose, helle Bluse mit weitem Ausschnitt, der den Blick auf einen beeindruckenden Busen lenkt und einen starken Kontrast zu ihrer dunkel gebräunten Haut bildet. Ihr Alter schätzt Uwe zwischen Ende dreißig und Anfang fünfzig, schwer zu sagen. Ihre Ausstrahlung jedoch ist im ganzen Raum zu spüren.

Uwe merkt sofort, dass sie keine einfache Angestellte sein kann. „Danke schön, aber wegen Tabledance sind wir nicht zu Ihnen gekommen – wobei ich sicher bin, dass er alle Wünsche voll erfüllen würde", fügt er lächelnd hinzu.

„Sicherlich. Aber wer mit einer so scharfen Frau unterwegs ist, wird kaum die Dienste einer unserer Tänzerinnen beanspruchen." Die Barfrau zwinkert Daniela verschwörerisch zu. „Allerdings muss ich sie enttäuschen, falls Sie wegen eines Zimmers ..."

„Kripo Karlsruhe", fällt ihr Daniela unwirsch ins Wort. „Das ist Hauptkommissar Steiner, ich bin Kriminaloberkommissarin Kämmerer. Wir haben ein paar Fragen an Sie."

Die Dunkelhaarige seufzt. „Hätt' ich mir eigentlich denken können. Welches Paar kommt schon am helllichten Nachmittag ins Red Roses ... Nun gut, setzen wir uns. Aber bitte ruhig und ohne Aufsehen zu erregen. Ich würde gerne vermeiden, dass unsere Gäste sich unnötig ... naja Sie wissen schon." Resolut weist sie Daniela und Uwe den ersten Tisch zu. Als Uwe Platz nimmt, kann er undeutlich einige Gestalten im Zwielicht des hinteren Teils der Bar erkennen.

„Dürften wir zuerst Ihren Namen und Ihre Position in diesem Haus erfahren?"

Überfreundlich lächelnd wendet sich die Barfrau Uwe zu, rückt ein Stück näher und legt ihre Hand so dicht neben seine, dass er deren Wärme spüren kann. „Aber selbstverständlich. Mein Name ist Ursula Andermatt. Aber hier drinnen bin ich Rose, einfach nur Rose. Wenn Sie so wollen, könnte man sagen, dass ich hier die Aufsicht führe und dafür sorge, dass sich unsere Gäste rundum wohl fühlen. Wissen Sie, wir sind ein seriöses Haus und haben viele Stammgäste. Da muss der Service stimmen."

Uwe versucht das aufdringliche Gebaren der Frau zu übergehen. „Also gut, Frau Andermatt. Hören Sie mir bitte genau zu. Meine Kollegin und ich ermitteln in einem Mordfall; das ist keine Lappalie und deshalb möchte ich, dass Sie sich dieses Bild ganz genau ansehen und mir sagen, ob Ihnen dieser Mann bekannt vorkommt; ob er vielleicht sogar einer ihrer Stammgäste ist." Uwe zieht aus der Innentasche seines Jacketts das Phantombild hervor und reicht es seiner Sitznachbarin. Diese betrachtet das Bild nur kurz und gibt es wieder zurück. „Kann sein, dass ich den schon mal gesehen habe. Sicher weiß ich es aber nicht. Es gehen viele Männer hier aus und ein."

Uwe legt etwas Schärfe in seine Stimme. „Frau Andermatt! Geben Sie sich bitte mehr Mühe. Ich möchte, dass Sie genau hinsehen und mir dann sagen, ob Sie diesen Mann kennen. Andernfalls müssen wir Sie mit aufs Revier nehmen und dort Ihre Aussage protokollieren. Und das ist – zumal bei diesen Temperaturen – sicher kein Spaß."

Widerwillig nimmt die Angesprochene das Bild noch einmal in die Hand und betrachtet es lange. „Wie schon gesagt, ich kann das nicht mit Sicherheit sagen." Mit lauter Stimme fügt sie noch hinzu, dass viele Männer so aussehen. Kahl geschoren, breites Kinn – bestimmt ein Dutzend solcher Typen kämen regelmäßig hier vorbei.

„Dann bleibt uns wohl nichts anderes übrig, als eine kurze Runde durch das Lokal zu drehen und ihre Besucher, von denen die meisten ja zum Glück regelmäßig kommen, zu fragen, ob sie diesen Mann schon einmal gesehen haben – ganz diskret natürlich." Bei den letzten Worten lächelt Daniela Frau Andermatt künstlich zu.

Leise fluchend, begibt sich Rose wieder hinter die Bar, wo sie missmutig dreinblickend Stellung bezieht. Die zwei Polizisten lässt sie nicht aus den Augen. Die beiden haben den ersten Gast erreicht, sprechen leise auf ihn ein und reichen ihm das Bild. Nach kurzer Betrachtung gibt er es ihnen kopfschüttelnd zurück, um sich seiner weiblichen Begleitung zuzuwenden, die ihn mit einem strahlenden Lächeln belohnt.

Auch bei den nächsten zwei Besuchern haben Uwe und Daniela kein Glück. Als sie den letzten Tisch erreicht haben, fliegt die Türe zu den Toiletten plötzlich auf. Ein großer Mann hastet heraus, versetzt Daniela einen kräftigen Stoß, der ihr den Atem nimmt. Sie taumelt rückwärts, bringt Uwe aus dem Gleichgewicht, der sich, um einen Sturz zu vermeiden, auf der Tischplatte abstützt, daran abgleitet, auf die Sitzbank stürzt. Die dort sitzende Dame schreit erschrocken auf. In diesem Durcheinander gelingt es dem Mann, der aus der Toilette kam, Richtung Ausgang zu verschwinden.

Uwe rappelt sich hoch, zieht Daniela mit sich. „Schnell! Komm! Das war er! Da bin ich mir sicher!" Er rennt zum Ausgang, Daniela folgt knapp hinter ihm. Die heiße Luft draußen ist wie eine Mauer, gegen die Uwe läuft. Kurz muss er stehen bleiben, sich zwingen einzuatmen. Daniela sieht gerade noch eine Gestalt zwischen den Pflanztrögen Richtung Durlacher Tor verschwinden. „Dort!" ruft sie, mit der Hand die Richtung weisend.

„Los! Hol du das Auto, ich versuche zu Fuß hinter ihm herzukommen. Wir bleiben übers Handy in Kontakt", ruft Uwe schon im Laufen seiner Kollegin zu. Während er dem Flüchtenden hinterherhetzt, spurtet Daniela zum Dienstwagen, schwingt sich hinters Steuer und startet den Motor. Sie drückt die Kurzwahl für Uwes Nummer. „Wo bist du?"

Keuchend kommt Uwes Antwort. „Ist gerade quer über's Durlacher Tor gelaufen. Vermute Karl-Wilhelm-Straße." Ein kreischender Ton zwingt Daniela das Handy vom Ohr wegzuhalten. Sie hört ihren Kollegen laut fluchen. „Scheiße! Verdammt! So ein Idiot!“

„Was ist denn los?“

„Nichts. So ein irrer Golffahrer hat mich gerade fast niedergemäht. Musste ja noch bei Dunkelorange ums Eck …“

„Ist dir was passiert?“

„Nee, alles okay. Aber ich hab den Typen verloren … So 'ne Scheiße! Nein, wart' mal. Da vorne. Ja, der läuft wirklich Richtung Haid-und-Neu-Straße! Den holen wir uns! Fahr los! Keine Zeit verlieren.“

„Bin unterwegs, Chef.“

Uwes Lungen brennen, der Schweiß strömt aus allen Poren, jeder Atemzug sticht in der Brust. Trotzdem drosselt er nicht das Tempo. Er hetzt die Straße entlang, kann den Abstand aber nicht verkürzen. Beim Karl-Wilhelm-Platz hat Daniela Uwe eingeholt. Er winkt sie weiter, ruft ihr aber noch „Bleib dran! Ich komm hinterher. Da vorne, da rennt er!“ durch das geöffnete Beifahrerfenster zu.

Daniela gibt Gas. Schnell kommt sie dem Mann näher, gleich wird sie ihn eingeholt haben. Ihre Hände sind feucht von Schweiß, ihr Herz rast. Als sie auf gleicher Höhe mit dem Verfolgten ist, blickt dieser kurz zu ihrem Auto herüber. Er erkennt die Polizistin – und biegt abrupt in den Hoepfner Biergarten ein. Daniela bremst ab, reißt das Lenkrad nach rechts. Lautes Hupen lässt sie herumfahren. Ein schimpfender Autofahrer schert links aus, kurbelt das Fenster runter und beschimpft sie als blöde Tussi, die gefälligst ihren Führerschein abgeben sollte. Daniela funkelt böse zurück, zückt, bereits im Rennen, ihren Dienstausweis und befiehlt dem Wichtigtuer die Schnauze zu halten.

„Was war denn das eben?“ kommt es abgehackt aus ihrem Handy.

„Nix. Wo bist du? Kannst du mich sehen? Ich steh vor'm Hoepfner.“

„Ja, Sichtkontakt.“ Uwe ist fast bei ihr angekommen. Völlig außer Atem, stützt er sich auf seinen Oberschenkeln ab. Schweiß tropft ihm vom Kopf. „Und? Ist er uns entwischt?“

„Nee. Ist in den Biergarten rein. Wenn er sich nicht über 'ne Mauer schwingt, sitzt er fest.“

Uwe wischt sich mit dem Handrücken das Wasser von der Stirn und versucht seine Augen mit dem nassgeschwitzten Hemd zu trocknen. Als sein Atem wieder halbwegs regelmäßig geht, richtet er sich auf. „Pass auf: Du übernimmst die linke Seite, ich die rechte.“

Nebeneinander betreten sie den Biergarten. Daniela blickt sich um, stutzt. „Ist schon ziemlich gut gefüllt. Wird nicht leicht, ihn da zu finden.“ Nach kurzem Zögern fügt sie hinzu: „Ich fordere schon mal Verstärkung an. Die Situation hier ist zu unübersichtlich für zwei allein.“

„So lang' können wir nicht warten. Der entwischt uns.“

„Wir wissen nicht, ob er bewaffnet ist. Zu gefährlich – zu viele Schutzschilde!“

Uwe zögert, geht dann aber, nach allen Seiten Ausschau haltend, los. Mit einer Handbewegung schickt er Daniela in den Parallelgang. Reihe für Reihe ausgelassene, fröhliche Menschen, laute Stimmen. Es riecht nach frischer Wurst und dem unverwechselbaren Malzaroma, das von der Brauerei herüberweht. Da! Aus dem Augenwinkel erhascht Steiner eine Bewegung. Er dreht seinen Kopf nach rechts. Am gegenüberliegenden Ende der Bierbank steht ein stämmiger junger Mann. Kahlgeschorener Kopf, breiter Nacken, kräftige Augenpartie. Die Beschreibung passt genau. Kurz taxieren sich die zwei Männer, dann sprintet der Jüngere los, dem Ausgang entgegen.

Uwe reagiert sofort, verfolgt ihn. Als er fast am Ende der Tischreihen angekommen ist, ruft er laut. „Halt! Bleiben Sie stehen! Polizei!“ Der Angerufene denkt nicht daran, im Gegenteil, er beschleunigt seine Schritte. Mit letzter Kraft hechtet Uwe nach vorne, bekommt den Mann am Oberarm zu fassen und reißt ihn mit sich zu Boden.

Die in der Nähe sitzenden Menschen springen auf, Bänke kippen nach hinten, überraschte Schreie erfüllen den eben noch in ungestörter Behaglichkeit daliegenden Biergarten. Derweil ringen Uwe und sein junger Gegner miteinander auf dem staubigen Boden. „Geben Sie auf! Seien Sie vernünftig!“, versucht Uwe sein Gegenüber zur Aufgabe zu bringen. Ein Moment der Unachtsamkeit beschert ihm jedoch einen schmerzhaften, festen Faustschlag gegen den Backenknochen. Vom Adrenalin aufgeputscht, gelingt es Uwe, sich blitzartig hochzustemmen und seinerseits einen gezielten Schlag gegen die Schläfe des Gegners zu führen. Dieser sieht ihn aus aufgerissenen Augen verdutzt an, bevor er still in sich zusammensinkt. Daniela, die mittlerweile herangekommen ist, beugt sich schnell über ihn, reißt seine Arme nach hinten und schließt den Achter fest.

Besorgt blickt sie auf Uwe. Der reibt sich seine anschwellende Backe, grient ihr aber zu. „So ein Jungspund! Der wird noch bereuen, sich mit mir angelegt zu haben.“ Als er die entsetzten Gesichter der umstehenden Leute bemerkt, rappelt er sich hoch. „Alles in Ordnung, meine Herrschaften! Bitte entschuldigen Sie die Störung. Sie können nun in aller Ruhe ihre Degustation fortsetzen.“

Uwe greift sich ein herrenloses Bier auf dem Tisch neben sich und trinkt es in einem Zug leer. Den herbeigeeilten Kellnern zeigt Daniela ihren Dienstausweis und bittet sie Musik anzustellen, um den Gästen klar zu machen, dass die Gefahr vorüber ist. Dann bestellt sie einen Streifenwagen, der den langsam zu sich kommenden jungen Mann in die Dienststelle Hertzstraße bringen soll. Zögerlich setzen sich die ersten Leute nieder. Bänke werden wieder aufgestellt, verschüttete Biere durch neue ersetzt. Die Gespräche werden wieder aufgenommen, nun um ein abendfüllendes Thema bereichert. Jeder hat etwas dazu beizutragen, will etwas anderes gesehen haben ...

Als der Streifenwagen mit Blaulicht vor dem Eingang hält, richten sich alle Blicke auf die Uniformierten, die den am Boden Liegenden hochziehen und zum Auto eskortieren. Uwe, seine Wange mit einem von einem aufmerksamen Kellner erhaltenen Eisbeutel kühlend, schlurft Daniela hinterher. Die Hitze, die körperliche Anstrengung, der Schmerz lassen alles um ihn verschwimmen. Ohne Gegenwehr lässt er sich von Daniela auf den rechten Sitz verfrachten. Übermächtige Erschöpfung erfasst ihn. Er schließt die Augen. Sofort holt sich sein Körper die dringend zur Regenerierung nötige Auszeit. Noch während Daniela den Motor startet, fällt Uwe in einen tiefen Schlaf. Im Biergarten indessen hebt sich die Stimmung deutlich. Als beide Polizeiwagen abgefahren sind, wird heftigst darüber debattiert, was denn eigentlich warum passiert sei. Dabei helfen Pils und Kräusen, die in großer Menge konsumiert werden, der Phantasie auf die Sprünge.

*

„Ja, ich komm' ja schon!" Wieder klopft es, lauter diesmal.

„Ja, heiligs Säckle! Was soll denn das? Bin doch schon unterwegs!" Mit Wucht reißt Josef Wurm die Tür seines Häuschens auf und blickt verdutzt den davor stehenden Mann an. „Ich glaub's nicht! Was führt denn den Walter Gerbig zu mir? Das ist ja 'ne Ewigkeit her, seit du das letzte Mal hier warst."

„Quatsch nicht rum! Willst mich vielleicht reinbitten? Oder soll ich vor deiner Hütte in der Sonne schmoren?"

„Also gut, komm halt rein. Willst einen Schluck trinken? Ein kühles Bier hätt' ich noch."

„Nein danke. Ich will dich nur kurz was fragen ... aber sag mal: Packst du? Was sollen denn die ganzen Kartons hier?"

„Wir gehen weg. Wir haben ein gutes Angebot erhalten. Haben verkauft. Ziehen jetzt nach Grünwinkel – dort ist's ja auch ruhiger. Keine Autobahn in der Nähe."

„Hat der Ladurner doch Recht gehabt! Ich dachte, der spinnt bloß rum, von wegen Aufkäufer sind unterwegs. Aber mir soll's egal sein, wenn du denkst, woanders glücklicher zu werden."

„Glücklicher vielleicht nicht, aber ein gutes Stück reicher. Das ist doch schon was. Dieser Kappes, der zahlt wirklich gut."

„Soll der doch machen, was er will! Das geht mich nichts an. Ich bin hier, weil ich deinen Sohn etwas bitten wollte. Der kennt sich doch gut mit Computern aus, oder?"

Josef Wurm glaubt seinen Ohren nicht trauen zu können. „Computer? Natürlich kennt der sich aus. Tun ja alle jungen Leute heute. Aber, sag mal, was willst du denn von ihm wissen? Du hast doch nicht einmal einen Computer."

„Was hat dich das zu interessieren? Du verstehst ja doch nichts davon."

„Na hör mal! Erstens willst du etwas von meinem Sohn und ich weiß nicht, ob ich ihn zu so einem durchgeknallten, mürrischen Alten schicken kann, ohne dass ihm was passiert. Deshalb möchte ich zweitens wissen, was du von ihm willst, und drittens brauchst du nicht so unfreundlich zu sein, so selten wie wir uns sehen."

„Ist ja schon gut. Musst ja nicht gleich flennen. Also: Sag ihm bitte, dass ich Hilfe bei einer Sache mit dem Internet brauche. Kannst du das machen?"

„Denke schon."

„Dann schicke ihn doch bitte heute Nachmittag rüber zu mir. Ab sechzehn Uhr bin ich im Garten." Gerbig wendet sich um, geht ein paar Schritte, bleibt wieder stehen und dreht sich noch mal um. „Hast du die Telefonnummer von diesem Typen, der alles aufkauft?"

„Klar. Überlegst es dir doch auch zu verkaufen?"

„Mal sehen. Du kannst sie ja deinem Sohn mitgeben."

Am späten Nachmittag, Gerbig sitzt im Schatten an seinem Tisch unter der mächtigen Tanne, öffnet sich das Gatter und der Junge von Wurm kommt herein. „Tag, Herr Gerbig."

„Hallo Christopher. Hat dir dein Vater erklärt, was ich will?"

„Nicht genau. Er sagte nur, dass Sie Hilfe mit dem Internet brauchen. Haben Sie sich einen Computer gekauft?"

„Natürlich nicht. So ein Ding kommt mir nicht ins Haus. Das habe ich über sechzig Jahre nicht gebraucht, warum sollte ich es jetzt nötig haben? Nein, ich will ... komm, setzt' dich mal zu mir an den Tisch. Magst ein Bier?"

Christopher schaut etwas unsicher auf die ungeöffneten Bierflaschen, die in einem Eimer voll kalten Wassers stehen, entscheidet sich aber gegen das Angebot. So kann er nötigenfalls schneller wieder gehen und ist nicht gezwungen, bis zum Austrinken sitzen zu bleiben. Er kann Gerbig nicht leiden. Kein Wunder! Der Mann hat noch nie ein freundliches Wort für ihn oder die anderen Kinder der Laubenkolonie übrig gehabt. Im Gegenteil: Immer gab's was zu meckern und auszusetzen. Aus diesem Grund hatte er sich auch mächtig gewundert, als ihm sein Vater zu Mittag von Gerbigs Wunsch erzählte. Neugierig geworden, machte er sich zur verabredeten Zeit auf den Weg. „Nein danke. Kein Bier. Also, was wollten Sie denn wissen?"

„Im Internet gibt es doch so Verkaufsplätze. Da kann jeder sein Zeug anpreisen und die anderen müssen bieten, um es zu bekommen. Stimmt's?"

„Sie meinen ebay. Das ist eine Plattform, wo man alles verhökern kann."

„Ebay, genau. Was muss ich denn machen, wenn ich dort was verkaufen will?"

„Nun ja, erstmal müssen Sie sich anmelden. Dazu brauchen Sie eine Mailadresse. Anschließend erhalten Sie dann Zugangsdaten, ihre persönlichen Log-in-Kennwörter ..."

„Welche Wörter?"

„Log in! Damit sie authentifiziert sind. Sonst könnte doch irgendwer in Ihrem Namen etwas verkaufen und anschließend nicht liefern – Sie wären dann der Blöde. Ohne Kennwörter läuft also nichts."

„Und wenn ich alles habe, was dann?"

„Dann fotografieren Sie Ihr Zeugs und stellen es rein. Legen Beginn und Ende der Auktion fest und warten, was es einbringt. Was wollen Sie denn verkaufen?"

„Wer sagt denn, dass ich etwas verkaufen will? Ich frage nur, weil mir ein Freund davon erzählt hat und ich mich mal informieren wollte ... Danke, Christopher. Ich glaube, für mich ist das nichts. Mehr möchte ich gar nicht wissen. Also, mach's gut." Bei diesen Worten erhebt sich Gerbig, geht zum Gatter, öffnet es und komplimentiert den verwunderten Jungen hinaus. Der streckt Gerbig seine Hand entgegen, wie um sich zu verabschieden. „Hier." Er überreicht ihm ein Stück Papier. „Mein Vater hat mich gebeten, Ihnen noch diesen Zettel mit der Telefonnummer von dem Makler zu geben."

„Ah, ja. Danke. Das hatte ich schon wieder vergessen."

Als der Junge außer Sicht ist, kehrt Gerbig zu seinem Schattenplatz zurück. Seine gute Laune ist verflogen. So ein Mist! Dabei hatte er gedacht, dass er mit Christophers Hilfe seine Ware höchstbietend an den Mann kriegt. Das kann er sich erst mal abschminken. Also muss er doch die üblichen, langwierigen Wege wählen. Oder er ruft diesen Kappes an. Mal sehen, was sich da verdienen lässt.

*

Mit ihrer Lieblingshaarbürste, die sie sich von Tanja aus ihrem Lieblings-Body-Shop in London hat mitbringen lassen, fährt sich Caroline Militzer durch ihr seidenmatt schimmerndes brünettes Haar. Im Spiegelchen des heruntergeklappten Blendschutzes kontrolliert sie geübten Blicks den perfekten Schwung des Eyeliners, mit Daumen und Zeigefinger streicht sie über die Mundwinkel, dreht ihr Gesicht ins Profil, links, rechts, alles klar.

Joachim hat immer gesagt, man könne, nein, man müsse sich in diesen Haaren spiegeln! War leider das einzige Kompliment, das er drauf hatte. Aber hin und wieder denkt sie daran. Es bedarf aufwändigster Pflege, bis das schulterlange Haar so intensiv leuchtet; Caroline wird den Tag, wenn der Glanz einmal nachlassen sollte, ganz gewiss nicht überleben.

An Joachim erinnert sie nicht nur das legendäre Kompliment. (Auf dieser Ebene rangierte höchstens der Kommentar von Steven, dem Laborleiter aus Detroit, ihre Augen seien meerfarben ...) Auch das BMW-Cabrio, dessen Handschuhfach Caroline eben zuknallt, hat mal Joachim gehört. Sie ist ihm an den Hals gesprungen und hat ihn abgeknutscht, als er damals mit diesem Irrsinnsding um die Ecke gekurvt kam. „Den fahr ich jetzt immer, ja?" hatte sie das teure Ding mit den mauvefarbenen Ledersitzen quasi vom Fleck weg annektiert; selbst wenn sie gemeinsam unterwegs waren, saß sie am Steuer. Fast immer. Außerdem, der Achim fuhr ja sowieso immer seinen dunklen Benz, stand ihm auch viel besser.

Und dann – selber schuld, wenn er sich von ihr trennt! – am Telefon, als er so unverschämt war zu verlangen: „Sag mal, wann gibst Du mir eigentlich mein Cabrio zurück?" ... da hat sie einen Anfall bekommen, einen Zornesausbruch der wüstesten Sorte: „Nie!" hat sie geschrieen. „Nie, das ist meins, das hast Du mir geschenkt! Gemeiner Kerl!"

Caroline Militzer lässt die Wagentür ins Schloss fallen. Während sie abschließt, blickt sie nach oben. Kein unschmucker Bau. Gelber Sandstein, Jahrhundertwende. Bisschen altbacken; könnte ein paar aufpeppende Elemente vertragen. Irgendwas mit Licht.

Darin kommt ihr wohl keiner gleich: diese unmittelbare, rasend rasche Auffassungsgabe. Schon während ihres Praktikums bei Norman Foster (mit 21 !) waren die Kollegen extrem beeindruckt, wie fix sie mit ihren Einschätzungen bei der Sache war – und selten nur daneben lag. Mein Gott, hatte sie

Englisch gebüffelt, damals, vor acht Jahren! Wochenlang. Bis in die tiefe Nacht. Immer die Ohrstöpsel drin, ständig Cassel's Dictionary auf den Knien. Auf gar keinen Fall wollte sie sich blamieren, unter keinen Umständen sollte einer denken: O weia, diese kleine deutsche Tussi, da.

Erst Dick, dieser super galante – und ziemlich schmusige – Abteilungsleiter hatte es gewagt, ihr einen deutschen Akzent nachzusagen. Schweinehund! Doch was hatte sie sich in den verknallt! Und welche Welt war da über sie hereingebrochen …

In Darmstadt, beim Architekturstudium, gehörte sie ja nicht zu den Auffälligsten. Als Tochter aus guter, langweiliger Bad Schwalbacher Familie brachte sie zwar alles mit, um ein gewisses Understatement zu pflegen. Jeans, T-Shirt – mehr wagte sie zu der Zeit gar nicht. Klar, ein paar Typen waren immer in sie verliebt; der Mittelpunkt der Uni war sie jedoch nicht. Aber dann, kurz vor dem Abflug, ging sie mit ihrer Mutter auf der Goethestraße shoppen. Sie wollten eigentlich ganz, ganz viel einkaufen. Auch Schuhe, klar. Am Ende haben sie die ganze Papa-Knete für ein einziges Kostümchen von so einer jungen Berliner Designerin rausgehauen. Carolines Freundinnen sind fast in Ohnmacht gefallen. „Wer bist du denn auf einmal?“ hatte Tanja geschrieen. Naja, damals war Caroline durchgestartet. Zum ersten Mal. Um nie mehr damit aufzuhören!

Im Gehen knipst Caroline Militzer ihre Ledermappe noch einmal auf. Dritte Kontrolle, immer noch alles drin. Fantastisch, einfach fantastisch, das Vertrauen, welches die beiden Chefs in sie setzen. Klar, an fetten Projekten hat sie schon mitgearbeitet; aber hier geht es um zig Millionen – ein Wahnsinnsding! Und die zwei lassen sie ganz alleine losziehen. Uff. Immerhin, Caroline war ja auch die Erste aus ihrem Jahrgang, die eine Festanstellung bei einem hochrenommierten Büro vorweisen konnte. Manche hatten versucht, das runterzuspielen: „Was, Du gehst nach Karlsruhe?? Och, Du Arme.“ – „Gar nicht arm. Hab 'ne feste Stelle. Bei Brunner & Brunner." Die Reaktionen darauf waren unbeschreiblich. Neidzerfressen, konsterniert, ungläubig, dem Nervenzusammenbruch nahe, hatten ihre Kommilitonen sie angesehen. Und die Kommilitoninnen erst!

Oje, das Treppenhaus ... Bräuchte dringend eine Auffrischung, dieser Kappes, samt seinem Büro. Aber nicht schlecht gewählt, Kaiserallee, muss man ihm lassen. Hohe Platanen, super Anschluss an die Ausfallstraßen. Klasse Bausubstanz. Aber lieblos, dumpfig, geradezu lächerlich altmodisch eingerichtet, dieses Treppenhaus.

Huch! Ach du Gott ... An ihrem linken Knöchel entdeckt Caroline einen Dreckspritzer. Hektisch knipst sie die Handtasche auf. Ribbelt mit einem zusammengeknäulten Tempotaschentuch an ihrem Bein, am Absatz ihres crèmefarbenen, fabelhaft mit dem Kostüm harmonierenden Schuhchens herum.

Verdammt noch mal, warum ist sie auch vorher ausgestiegen! Klar, der Charly hatte gesagt: „Guck dir das Gelände erst mal an, bevor du zu dem Kappes fährst."

Und dann macht man das auch, logisch. Mit ihrem Scanner-Blick, der innerhalb von Nanosekunden mehr Informationen zu sammeln in der Lage ist als andere am ganzen Vormittag zusammenzutragen vermöchten, hat sie die Inaugenscheinnahme vom Auto aus vollzogen. Ein paar Mal ist sie herumgekurvt. Aha, der Gleiskörper. Dort Bebauungsreste, vormalige Industrienutzung. Wirre Verkrautung, heruntergekommene Kleingärten. Nur an einer Stelle hatte sie keinen Überblick gewinnen können. Zu verworren, zersiedelt, verlumpt kam ihr das Gelände da drüben vor. Also raus aus dem Cabrio. Ein paar Schrittchen um die Ecke – schon hatte sie die Betrachtungslücke geschlossen. Super, jetzt war alles klar: Wertloses Brachland, wilde Müllkippen, skurrile Verschanzungen, offenkundig aufgeworfen und genutzt von Asis. Kein Wunder, dass sie sich in dieser Schweinerei das Schuhwerk bespritzt hatte. Naja, wisch und weg. Jetzt geht's wieder.

Das darf doch nicht wahr sein. Wilhelm Kappes ist um Fassung bemüht. Vergeblich. Da hat er wochenlang sondiert, Gespräche, Verhandlungen geführt, hat Fäden gesponnen, diesen Geraldi über jeden Fortschritt unterrichtet mit detailgetreuen Lageplänen; hat im Club die richtigen Kontakte aufgetan und endlich, endlich die Spur ausgelegt, die Lunte für den KSC; hat an Geraldi gefaxt: „Kontakt gemacht zu Brunner & Brunner, bestes Architekturbüro der Region. Haben Auftrag vom KSC-Präsidium." Hat sich vorbereitet, Ordner gewälzt, Akten studiert, kopiert, exzerpiert und eine Kladde, einen Sachstandsbericht vom Allerfeinsten erstellt. Und dann? Schicken die ihm so ein Flittchen!

Wie die da schon reingestöckelt kommt. Das ist doch keine Haarspray-Werbung, hier! Das ist was für Männer, das ist ... das ist vermutlich der Vorgang seines Lebens! Wenn man bedenkt, welche Netzwerke es zu aktivieren galt ... Wie viel Insiderwissen dazugehört, um eine Sache von solcher Tragweite zu schalten ... Ohne den Kontakt über den Golfclub Scheibenhardt, wo zufällig die Herren Brunner und ein paar Einflussreiche aus dem Umkreis des KSC-Präsidiums die Schläger schwingen, hätte Kappes gar nicht anfangen brauchen. Feingefühl, Verhandlungsgeschick, vor allem ein Gespür für Rhythmus und Takt, das alles war in höchstem Maße nötig, um so weit vorzudringen. Und dann?

„Guten Tag, Herr Kappes, wir haben telefoniert, hallo, ja, ich bin Caroline Militzer", faselt dieses aufreizend kurzberockte Garnichts drauflos.

Kaum hat er seine aufzischende Wut verbergen können. Kein Gruß kam ihm über die Lippen. Nur ein eisiges „Setzen Sie sich." Hätte er doch bloß diese Floskel unterdrückt! Hätte er ihr doch umstandslos die Tür gewiesen: „Ich verhandle nicht mit Untergebenen. Schicken Sie mir Ihren Chef, aber dalli!"

Aber nein, er war ... nicht vorbereitet. Schockiert. Paralysiert. Wie konnten die ihm nur diese Schmach antun? Es gab nur eine Möglichkeit: Er musste sie abfertigen. Nicht zu Wort kommen lassen. Sie kleinmachen. Ihre Inkompetenz schonungslos offenlegen. Ja, er würde sie sezieren. Ohne Betäubung.

Denn was hatte er angerichtet durch seine unbedachte Einladung? Eine entsetzliche Show, ein weibchenhaftes Hin- und Hergeräkel, Übereinanderschlagen von dürren, nackten Beinchen, ein unaufhörliches Geschleuder dieser Haarspray-Beule, debiles Gelächel, nervöses Gekraschpel in einem schulmappenartigen Mädchen-Täschchen, unsichere, unnötige, vergebliche Flirt-Blicke, belanglose, unerwünschte Kommentare über sein Büro – furchtbar, furchtbar!

„Einen Moment noch." Mehr ist sie ihm nicht wert. Soll sie sich erst mal ausfuchteln, da drüben. Kappes zieht einen Vorgang aus der Schublade, irgendeinen, vertieft sich kurzfristig zum Schein ins Studium der Unterlagen. Zündet sich einen Zigarillo an – aus dem Augenwinkel registriert er zufrieden ihr Entsetzen, dass da jemand in ihrer Gegenwart zu rauchen wagt. Präzise bekommt er mit, wie sie langsam die Fassung verliert. Diese Nuss. Jetzt ermannt sie sich. Setzt sich aufrecht. Gleich wird sie was sagen. Doch er kommt ihr zuvor:

„Und?"

„Herr Kappes, Sie sind doch informiert über ..."

„Natürlich bin ich informiert. Wer sollte hier sonst informiert sein?"

Bei allen Heiligen, hätte ihre Tante aus Idstein gejammert. Das war der worst case. Mit allem hatte Caroline Militzer gerechnet – aber nicht mit so einem alten Sack. So ein vertrockneter, verbohrter Bürokrat! Nee, mit solchen konnte sie noch nie. Warum auch? Die waren ja eigentlich ausgestorben. Jetzt verstand sie auch, weshalb der Charly und der Rainer unbedingt wollten, dass sie da alleine hingeht. Ein Test! Verdammt, den würde sie kaum bestehen. Doch. Doch, sie muss. Sie muss ja! Um alles in der Welt, bei allen Heiligen ...

Caroline Militzer ändert den Tonfall. Nur um diesen Wiedergänger eines finsteren Zeitalters nicht ansehen zu müssen, kramt sie ihre Notizen aus dem Ledermäppchen. Sie weiß ja eigentlich längst auswendig, was es zu sagen, zu fragen gibt. Puh, wie der da so unverrückbar selbstgewiss hinter seinem klobigen, ritterburgartigen Schreibtisch thront. Zum Weglaufen! Aber eine Caroline Militzer läuft nicht weg. Sie wird diesem grauen, granitgrauen, grausam-abschätzenden, verachtenden Blick standhalten. Sie wird sich von diesem wulstigen, tierhaften – dabei überaus gepflegten Schnauzbart – nicht beeindrucken lassen. Sie wird diese perfekten, gestärkten Manschetten ignorieren. Sie wird den Leuchtpunkt, den der fette Siegelring aussendet, beschatten mit der Großartigkeit ihrer Erscheinung.

Zunächst sieht es aber gar nicht danach aus. Denn vor lauter Nervosität fällt ihr ein Blatt aus der Hand, segelt herunter, macht sich selbständig in der Luft, taucht geradenwegs unter den Schreibtisch dieses Vorzeit-Monsters ab. Und? Springt er auf? Bückt er sich, reicht ihr das Papier – wie ein Gentleman? Keineswegs. Er hält doch tatsächlich die linke, beringte Hand vors linke, graue Auge und murmelt: „Du liebe Güte."

Als sich Caroline bückt, um den verfluchten Zettel an sich zu reißen, fühlt sie, wie der graue Blick ihre Figur abtastet. Brechreiz stellt sich ein. Als sie hochschnellt, stößt sie sich beinahe den Kopf. Wütend schaut sie diesen Kappes an, aus nächster Nähe. Jetzt lächelt er zum ersten Mal. Gütig wie ein Henker, der sich entschließt, heute mal nicht die schmerzhafteste Methode anzuwenden. Weil so ein schöner Tag ist.

Caroline streicht sich den Rock glatt und lässt sich auf diesem Bürostuhl von vorvorgestern nieder. „Wo ist die Akte?" Ihre Stimme ist rauh, bösartig, aggressiv.

Zynisch-begütigend kommt die sonore Antwort: „Sie liegt vor Ihnen."

„Das müssen wir natürlich prüfen."

„Tun Sie, was Sie für richtig halten."

Noch einmal zuckt Caroline hoch. Sie fixiert diese faltige Echse. Beinahe, beinahe hätte sie ihm eine Beleidigung hingeworfen, hätte den voluminösen Packen geschnappt und wäre rausmarschiert. Stattdessen blättert sie achselzuckend in der Ausarbeitung – und erstarrt. Eine so sauber aufgegliederte, übersichtliche, bis ins Kleinste austarierte Expertise ist ihr noch nie vor Augen gekommen. Da stimmt ja alles! Bis auf zwei Stellen hinterm Komma ist die Quadratmeterzahl des fraglichen Geländes aufgeschlüsselt, die einzelnen Parzellen sind nach neuesten Richtlinien genormt und bewertet; eine mehr als zwanzig Seiten lange Abrechnung beschließt das Werk. Und drunter steht eine Summe. Eine fertige Summe! So, als wäre das ein Schuhkauf oder dergleichen.

Der Blick, mit dem Caroline Militzer den reifen Herrn jetzt ansieht, zeigt keine Scheu mehr, kein peinliches Berührtsein, keinen Hass. Es ist die Bewunderung einer Expertin für einen Experten, was darin zum Ausdruck kommt.

Mit einem winzigen Lächeln lehnt sich Kappes zurück. Er fühlt sich besänftigt. Die sprachlose Bewunderung dieser wunderschönen jungen Frau erfreut ihn mehr als er geahnt hatte.

„Das ist ... das ist ja der Wahnsinn“, stößt Caroline Militzer hervor.

„Sind sie zufrieden?“, fragt Wilhelm Kappes nach – und zum ersten Mal stiehlt sich so etwas wie ein Wohlwollen in seine Stimme.

„Entschuldigung, aber so eine Ausarbeitung ... Wir hätten nie gedacht, dass Sie schon so weit sind!“

„Der Charly Brunner“, wird Kappes wieder kühler, „kennt meine Arbeit eigentlich lange genug.“

„Boah! So was hab ich nicht mal bei Norman Foster gesehen – da hab ich nämlich mal gearbeitet, in London, in der Zentrale. Kompliment, Herr Kappes.“

„Naja, ist ja jetzt mal gut. Ich hatte ein paar Monate Vorlauf.“

„Sicher. Gut. Über den Endpreis wird es natürlich noch ..."
„Das ist ja selbstredend."
Caroline befällt der Ehrgeiz, dieser Maschine auf der anderen Seite des Schreibtischs Paroli zu bieten. Aber wie? Für einen Moment sieht sie aus dem Fenster hinaus, wo scharfe Lichtstrahlen den Himmel wie einen spanischen Schinken in feine Scheiben schneiden. Sie muss ihm eine Aufgabe stellen, etwas bieten, womit sie ihn beschäftigen kann. Und in der Zwischenzeit ...

„Herr Kappes, Sie schreiben, sämtliche Grundstückseigentümer seien einverstanden zu verkaufen. Das erscheint mir bei zweiundzwanzig Leutchen doch einigermaßen verwunderlich in so kurzer Frist. Ich war heute Morgen draußen und ..."

„Haupteigentümerin ist ja die Stadt. Der Rest gehört kleinen Privateigentümern, das betrifft kaum fünf Prozent der Gesamtfläche. Außerdem handelt es sich bei dieser Personengruppe ausschließlich um Rentner."

„Genau wie du, du Arschloch", schimpft Caroline in sich hinein, verzweifelt darüber, dass die Antwort so herausgeschossen kam. Und was jetzt? „Herr Kappes ..." Caroline beißt auf ihren schwarz-goldenen Schweizer Unterschriften-Füller, „Sie sind ja schon lange in Karlsruhe tätig. Sie kennen das Umfeld, nehme ich an, wie kein Zweiter ..." Das hat sie gelernt: Immer schön Komplimente machen, gerade bei so eingebildeten Typen. Und es zeigt Wirkung: Wohlgefällig legt Kappes den Kopf zur Seite. Also gut, wie weiter ... Was will sie überhaupt sagen? Sie muss zurück auf ihr eigenes Terrain. Wo sie sich besser auskennt als der da. „Herr Kappes, äh, wie schätzen Sie das ein: Wenn der KSC sich entschließt den Bauantrag für ein Stadion zu stellen, wie dürfte denn in einem solchen Falle erfahrungsgemäß die Traufhöhe der Nebengebäude bemessen sein?"

„Wie bitte? Nun ja, das sind doch dann ... die Details."

„Durchaus nicht. Ich weiß zuverlässig, dass es ganz entscheidend darauf ankommt, was der Verein außer dem Stadion-Korpus – ich hab' dazu schon ein paar Entwürfe gezeichnet – zusätzlich noch bauen darf. Zum Beispiel ein Sport-Hotel. Also auch Anzahl, Grundfläche der Nebengebäude sind wichtig ... Da haben Sie noch gar nichts recherchiert?"

„Das liegt nicht in meinem Aufgabenbereich." Ein ganz klein wenig scheint Wilhelm Kappes ins Nachdenken zu geraten.

„Das ist aber schade. In London", lügt Caroline Militzer wild drauflos, „sind uns eine ganze Menge erstrangiger Projekte gescheitert, weil einige davon ausgingen, Zusatzgebäude wären kein Problem – und dann hat sich herausgestellt ..."

Bevor Kappes einhaken kann, breitet Caroline ihr gesamtes Fachwissen über britische Auftragsvergabepraktiken, angesagte Architekturbüros, Immobilienmakler-Konsortien auf der Insel im Vergleich zum Kontinent und avancierte Bauplanung im Allgemeinen aus.

Irgendwann verliert der alte Makler die Geduld: „Aber Frau Militzer, das tut doch alles gar nichts zur Sache!"

„Das glauben Sie!", stößt Caroline vor (jetzt nur nicht unterbrechen lassen!). „Früher konnte man das vielleicht so machen, aber heute läuft nichts mehr ohne Antizipation. Ich bin sogar der Meinung, das wird immer wichtiger werden. Bloße Zustandsbeschreibungen genügen da nicht mehr." Die junge Architektin redet sich in einen Rausch. Sie schildert Dinge mit höchster Präzision, von denen sie nicht einmal ansatzweise je irgendetwas gehört hat, streut Namen ein, die Kappes bekannt sein sollten – und tut so, als ob sie mit all diesen einflussreichen Leuten im besten Einvernehmen stehe. Mit Erleichterung stellt sie fest, dass der Klotz ins Wanken gerät.

Diese verdammte Schnalle! Kappes wird tatsächlich unsicher. Zunächst hat er geglaubt, die redet sich um Kopf und Kragen. Stammelt irgendwelches Zeug, nur um nicht verstummen zu müssen angesichts seiner überlegenen Kompetenz. Aber in diesem einen Punkt muss er ihr Recht geben; davon hat er jetzt schon öfter gehört: dass die Jungen viel stärker prognostisch vorgehen, ja, ihre gesamten Gutachten viel weniger deskriptiv ausrichten, sondern gleich, von Anfang an, auf spezifische Nutzung eruieren. Neulich, auf der Tagung in Ulm, hat so ein Heini den ganzen neuen Kram vorgestellt. Damals ist er raus, Rauchpause machen. – Hm ... Kappes muss jetzt aufpassen; wenn ihm da noch was durch die Lappen gehen sollte – nicht auszudenken!

Mit einem zurückhaltenden Lächeln lenkt er ein: „Also, Frau Militzer, wenn der Charly und der Rainer Brunner das auch glauben, also dass ich noch ein wenig vorrecherchieren sollte, wie die Verantwortlichen bei der Stadt voraussichtlich reagieren werden und all das, nun ja, das kann man leicht nachliefern. Aber fragen Sie erst."

Caroline lächelt so falsch wie verbindlich. Noch ein Viertelstündchen Geplänkel, Besprechung einiger Verhandlungsdetails, dann hat sie es geschafft. Zu ihrem größten Vergnügen eilt der Senior unter den Karlsruher Maklern sogar hinter seiner Verschanzung hervor und hält ihr die Türe auf. Sie drückt ihm sehr knapp und sehr fest die Hand, schaut ihm aus kürzester Distanz in die Augen – und weht ins Treppenhaus.

Was war *das* jetzt? Kappes steht noch eine Weile im Türrahmen, schaut ihr hinterher. Dieser Blick eben, aus diesen ... na, was für eine Farbe hatten diese Augen? Nicht zu glauben. In der Aura ihres mysteriösen Parfüms kommt ihm alles sehr schlüssig vor, was diese Frau Militzer in der vergangenen Stunde vorgebracht hat. Vielleicht muss er sich doch noch mal ein wenig verjüngen. Hätte er in Ulm bloß zugehört ...

Kaum auf der Straße angekommen, tippselt Caroline auf ihr Handy ein. Wartet ungeduldig. Schreit plötzlich: „Tanjaaa!"

Immerhin gelingt es der Freundin schon bald, Carolines Redefluss zu kanalisieren: „Wo bist Du jetzt? – Da is' doch das Kaffeehaus in der Nähe, Ecke Yorckstraße. – Ja, ich komm hin. – Erster Stock, klar."

Als Caroline Militzer die schokoladigen, sahnigen, fruchtigen, biskuitigen Auslagen betrachtet, ist sie definitiv der Meinung, dass sie jetzt sofort ein Riesenstück Torte braucht. Mit ganz viel Sahne! Immer noch ziemlich durch den Wind, tippelt sie die Stufen hoch, schreibt einhändig eine SMS an Lupo, diesen Musiker, den sie neulich im Tollhaus abgeschleppt hat: habs geschafft, schatz! bussi!

Die Fenster sind fest verschlossen, der Raum ist angenehm warm, nicht stickig. Eigentlich hätte man sich ja auch am Gutenberg-Platz treffen können, zum Draußen-Sitzen. Scheißegal. Nach kurzer Umschau entscheidet sich Caroline für die Erker-Nische. Schon steht der Kellner mit gezücktem Stift vor ihr.

„Haben Sie Chai mit Milchschaum?"

„Bitte?"

„Bringen Sie mir einen Pfefferminztee."

Zum Glück muss Caroline Militzer gar nicht so lange das Treiben an der Tankstelle gegenüber studieren. Ihr Fuß wippt schon bedenklich gegen die herunterlappende Tischdecke, da erscheint Tanja. Küsschen, Küsschen.

„Hä? Warum trägst du Jeans-Rock?", fragt Caroline zur Begrüßung.

Tanja antwortet gleichzeitig: „Nu erzähl schon! Wie war er?"

„Fuuurchtbar! Gaaanz grauenvoll! Er hat ... er hat ..."

Doch da ist es vorbei mit Caroline Militzers Contenance. Heulend lässt sie sich auf den Schoß ihrer Leib- und Herzensfreundin plumpsen. Die tätschelt artig. Und sieht sich dabei um: Nur zwei Tische besetzt, mit diskreten Herren, die durchaus nicht hinter der Süddeutschen vorlugen. Sogar der Kellner verschwindet hinter den Portieren, als er Tanjas Rundblick registriert.

„Was hat er denn gemacht, hm? Sag mal, Süße, hm?"

„Buuuhuuu ..."

„Na komm, wird schon wieder, meine Tapfre. Du hast es ihm sicher gegeben, stimmt's?"

„Und wie!" Mit verweintem Gesicht blickt Caroline hoch. „Ich hab ihn alle gemacht!"

15. August

Schon wieder diese trostlose Kolonie beim Gleisdreieck. Kappes kann es nicht fassen: Wenn das so weitergeht, muss er hier draußen eine Außenstelle eröffnen. Kaum ein Tag in den letzten Wochen, an dem er nicht hier aufgekreuzt ist. Und ewig das gleiche Spiel: Alte Laubenpieper, die sich in Sentimentalitäten über ihre wunderschöne Zeit hier in dem Schrebergarten ergehen. Kaum auszuhalten, was für einen Stuss er sich da anhören musste. Am Ende aber, wenn es ums Geld geht, zählt alle Emotion und schöne Zeit nichts. Jeder Mensch ist käuflich, das hat Kappes in seinem Beruf oft genug erlebt, es kommt einfach nur auf den Preis an. Ach, was war das für ein gutes Gefühl, als er vor zwei Tagen den letzten Kaufvertrag unterschrieben hatte! Dieses alte Pärchen, das endlich aus einem nicht enden wollenden Mallorcaurlaub zurückgekommen war, hatte keine Minute gezögert, unter den vorgefertigten Vertrag das Kürzel zu setzen. Die scheinen von den Nachbarn vorab gut informiert worden zu sein. Richtig froh waren sie, als sie die Laube los waren. Kappes konnte in ihren Gesichtern sehen, wie es dahinter arbeitete, wie eifrig überschlagen wurde, welche Reisen mit diesem Geld finanziert werden könnten. Für ihn am erfreulichsten war, dass es keine Diskussionen über die Höhe der Kaufsumme gab und die beiden anstandslos den ersten Entwurf akzeptierten – den mit der niedrigeren Summe. Den Alternativvertrag zog Kappes nur bei schwierigen Kunden hervor ... und da frühestens beim dritten Gespräch. Immerhin, er musste ja auch schauen, wo er blieb.

Und nun ruft ihn doch dieser Walter Gerbig an und will sein Grundstück verkaufen. Dieses Grundstück liegt am Rand der Kolonie, eigentlich nicht mehr direkt im zukünftigen Baugebiet. Deshalb dachte Kappes auch zunächst darauf verzichten zu können. Nach Gerbigs Anruf jedoch vertiefte er sich noch einmal intensiv in die Grundstückspläne. Dabei erkannte er, dass es doch von Vorteil für den Bau zukünftiger Nebengebäude sein könnte, diesen Flecken mitzuerwerben; so könnte er das Risiko von Anwohnerklagen minimieren.

Aus diesem Grunde fährt er nun schon wieder durch die Kolonie, immer geradeaus, ganz ans hintere Ende, wo im spitzen Winkel zweier sich vereinender Wege Gerbigs Hütte liegt. Vorsichtig, jede Möglichkeit einer Beschädigung des glänzenden Lacks vermeidend, parkt Kappes auf dem Seitenstreifen. Er geht zum Gartentor, ruft: „Herr Gerbig! Hallo! Jemand zuhause?“

Im Inneren der Hütte schlägt ein Hund an. Noch einmal ruft Kappes. Nach einigen Momenten öffnet sich die Türe. Ein Schäferhund springt heraus, prescht in vollem Lauf auf Kappes zu, der sicherheitshalber einen Schritt vom Tor zurückweicht. Der Hund bellt wie verrückt. Ein Mann tritt aus dem Haus. Graues, strubbeliges Haar, Bartstoppeln auf den Wangen, auffallend lange Augenbrauen. Langsam geht er auf Kappes zu. Obwohl sein Äußeres verwahrlost wirkt, umgibt ihn eine kraftvolle Aura.

„Sind Sie Herr Gerbig? Mein Name ist Wilhelm Kappes. Sie hatten mich angerufen“, schreit Kappes, das Hundegebell übertönend, dem alten Mann entgegen.

„Dieter! Aus!“

Sofort erstirbt das Bellen.

„Platz jetzt!“

Brav legt sich der Hund zu Füßen seines Herrchens nieder, der nun das Gartentor erreicht. Die klaren, blauen Augen des Mannes lösen ein gewisses Unbehagen in Kappes aus.

„Äh, guten Tag. Wie schon gesagt: Mein Name ist Wilhelm Kappes und ..." Kappes bricht ab. Die Stille, die seinen Worten folgt, verunsichert ihn. Der Alte lässt sich Zeit mit der Antwort.

„Das sagten Sie bereits." Der Mann vor dem Tor ist Gerbig auf Anhieb unsympathisch. Ein typischer Lackaffe. Allerdings hatte er ihn ja selbst her gebeten, um über den Verkauf seines Grundstückes zu verhandeln. Daher bleibt ihm wohl nichts anderes übrig als gute Miene zum bösen Spiel zu machen. Widerwillig bittet er Kappes herein. „Wir können uns unter die Tanne setzen. Das ist der einzige einigermaßen kühle Ort."

Dort angekommen, nestelt Gerbig erst einmal eine Streichholzschachtel aus der Innentasche seines verschlissenen Jacketts heraus. Anschließend greift er in seine Brusttasche, zieht eine dicke Zigarre hervor. „Es stört Sie doch nicht!" Das ist mehr Bestätigung als Frage.

„Überhaupt nicht, Herr Gerbig", erwidert Kappes, der seine Stimme wiedergefunden hat, mit einem freudigen Unterton. „Da schließe ich mich gerne an." Er öffnet seine Aktentasche und entnimmt ihr einen kleinen Humidor aus hellbraunem Holz, dessen Klarlack im Sonnenlicht glänzt. Nun ist es an Gerbig erstaunt dreinzublicken. „Wenn Sie gestatten, würde ich Ihnen gerne ein wenig Rauchwerk anbieten. Je nach Vorliebe können Sie eine kubanische, dominikanische oder, falls Ihnen das zu exotisch sein sollte, eine Zigarre aus der Pfalz wählen."

Gerbig überlegt nicht lange, greift sich eine der Pfälzer.

„Eine gute Wahl. Da erkennt man doch sofort den Kenner!"

„Na ja, Kenner ..."

„Aber selbstverständlich! Sehen Sie, die Sache ist doch die: Es gibt ja viele Männer, die das Zigarrerauchen chic finden. Die tun das, weil das jetzt in gewissen Kreisen in Mode ist. Oder weil es Lebensstil vortäuschen soll. Auf alle Fälle wählen diese Menschen ohne zu zögern die kubanischen – das sind halt die bekanntesten."

Gerbig nickt zustimmend. Sein Ausdruck ist nicht mehr ganz so zurückweisend wie noch vor wenigen Minuten. Kappes nimmt es zufrieden zur Kenntnis, schmeichelt weiter. „Außerdem meinen diese Möchtegern-Raucher ernsthaft, dass der Geschmack der Zigarren deshalb so vortrefflich ist, weil diese auf dem Oberschenkel einer jungen Karibin gerollt wurde."

Er entzündet ein langes Streichholz, gibt Gerbig Feuer. Nachdem dessen Zigarre anständig zieht, entzündet er seine eigene. Bedächtig nimmt er den ersten Zug, pafft zwei-, dreimal, um die Glut anzufachen und inhaliert dann tief. Einige Momente verstreichen in völliger Stille. Beide Männer widmen sich voll und ganz dem Rauchen.

„Im Prinzip jagen diese Männer einer dummen erotischen Phantasie nach. Nie werden sie zum wahren Kern des Zigarrenrauchens vordringen."

„Sie scheinen ein vernünftiger Mann zu sein, Kappes ... Man trifft nicht mehr allzu viele wie Sie heutzutage."

„Zu viel der Ehre."

„Ehre, wem Ehre gebührt, hat schon mein Großvater immer gesagt. Und der musste es wissen. Das war ein Mann mit Rückgrat ... Anstand und Ehre ... seit dem Krieg ist es wohl vorbei damit ... Memmen, wohin man sieht ... alle verweichlicht."

„Es freut mich, dass ich in Ihnen anscheinend einen Gleichgesinnten getroffen habe, Herr Gerbig."

„Zumindest was den Tabak angeht. Deutscher Tabak!"

Die Zeit tröpfelt dahin. Manchmal streicht der Wind vorsichtig über die Tanne, setzt die Äste in Schwingung. Auf der Wiese nebenan zirpen die Grillen. Ein Vogel flattert aufgeregt über das Grundstück, verschwindet hinter dem Giebel. Dann ist wieder alles ruhig. Die zwei Männer sitzen in ihren Stühlen, rauchen still vor sich hin. Nach einer kleinen Unendlichkeit räuspert sich Gerbig. „Also, Herr Kappes, ich habe gehört, Sie wollen das Gelände hier aufkaufen."

„So ist es."

„Einer meiner Nachbarn erzählte mir, dass Sie großes Interesse daran haben, alles so schnell wie möglich unter Dach und Fach zu bekommen."

„Ganz so groß ist mein Interesse nun auch nicht", versucht Kappes abzuwiegeln.

„Hat sich aber anders angehört."

„Lassen Sie es mich so formulieren: Es besteht zumindest die Möglichkeit, dass ich Ihr Grundstück erwerben möchte."

„Also doch. Nun: Wie viel würde mir das denn einbringen?"

„Wie viel möchten Sie denn dafür haben?"

„Da ich nichts anderes habe, muss es sich für mich schon lohnen, deshalb habe ich an 100.000 Euro gedacht."

Kappes lächelt. „Ja. Das wäre schon schön, so viel Geld zu haben! Aber mal im Ernst: An wie viel haben Sie denn gedacht, Herr Gerbig?"

„Das war kein Scherz: 100.000 finde ich angebracht."

Kappes setzt sich auf. „Aber Herr Gerbig! Das ist unrealistisch."

„Was auf diesem Grund realistisch ist, bestimme ich."

„100.000 sind eine Menge Geld."

„Gerade genug für mich."

„Aber das ist nicht einmal Bauland! Wir sprechen hier von einem kleinen Grundstück zwischen Autobahn und ICE-Trasse in einem toten Winkel von Karlsruhe. 100.000? Unmöglich!"

„Dann nennen Sie mir doch den Kaufpreis."

„Streichen Sie eine Null."

Gerbig steht ruckartig auf. „Das ist wohl ein Witz!"

„Aber nein. Das ist ein faires Angebot. Überlegen Sie mal ..." Weiter kommt er nicht. Gerbig fällt ihm ins Wort. „Sie sind ein Halsabschneider! Das hätte ich eigentlich wissen müssen!"

„Das hat gar nichts mit mir persönlich zu tun. Der Preis richtet sich nach dem Markt. Und dieser gibt für ihr Stück wegen der genannten Rahmenbedingungen nicht mehr her ... !"

„Das hat nichts mit Ihnen zu tun? Was für ein Quatsch! Sie bestimmen doch den Preis und da Sie hier etwas Großes aufziehen wollen, müssen Sie auch etwas mehr bezahlen."

„Leider aussichtslos, Herr Gerbig! Dafür ist Ihr Grundstück nicht wichtig genug."

Gerbigs Gesicht verfinstert sich. „Jetzt werde ich Ihnen mal was sagen. Hören Sie nur gut zu! Wenn Sie mir nicht ein bedeutend besseres Angebot machen, dann werde ich Ihr gesamtes Projekt scheitern lassen!"

„Reden Sie keinen Unsinn. Das liegt nicht in Ihrer Hand."

„Und ob! Ich habe hier einen amtlichen Bescheid, dass dieses Gebiet seit dem 2. Weltkrieg kontaminiert ist. Schwarz auf weiß habe ich das. Alle Schadstoffe fein säuberlich aufgelistet. Und wenn Sie sich keine Mühe geben, lasse ich diese Untersuchungen der Zeitung zukommen. Und dann können Sie Ihr Geschäft vergessen."

„Nein ..."

„Doch! Und jetzt gehen Sie! Sofort! Ansonsten ..." Gerbig weist mit dem Kopf auf seinen Schäferhund, der sich, durch die lauten Stimmen aufmerksam geworden, knurrend nähert.

„Herr Gerbig. Ich bitte Sie!"

„Dieter!"

Als der Hund auf ihn zuspringt, schreit Kappes auf. Sofort rennt er los, im Nu hat er das Tor erreicht, reißt es auf, hechtet fast hindurch und knallt es hinter sich wieder zu. Zähnefletschend steht Dieter auf der anderen Seite, grollt Kappes sein dunkles Bellen hinterher, der sich so schnell wie möglich in seinem Volvo verschanzt. Außer Atem startet er den Wagen und drückt – vor Schmach und Wut wie von Sinnen – das Gaspedal voll durch.

*

Die Pressekonferenz war ein voller Erfolg. Schon lange nicht mehr drängten sich so viele Reporter im Polizeipräsidium in der Beiertheimer Allee. Alle hatten jemanden vorbeigeschickt: BNN, Kurier, Neue Welle, SWR und von außerhalb die Rhein-Neckar-Zeitung, sogar die Stuttgarter waren vertreten – kein Wunder, die Brutalität des Ladurner-Mordes hatte landesweit für Aufsehen gesorgt. Brasch genoss es sichtlich im Rampenlicht zu stehen, wendete sein Gesicht mal diesem, mal jenem Fotografen zu, immer ein überlegenes Lächeln auf dem Gesicht. Er machte wirklich eine gute Figur dort oben auf dem Podest, das musste Steiner ihm lassen. Blütenweißes, akkurat gebügeltes Hemd, keine fettglänzende Feuchtigkeit im Gesicht, ein strahlendes Lächeln auch noch für den letzten Reporter, der zum x-ten Male die ewig gleiche Frage wiederholte, wie denn nun genau die Karlsruher Polizei den Mörder dingfest machen konnte. Brasch erwiderte stets aufs Neue, dass er den weiteren Ermittlungen nicht vorgreifen dürfe. Es sei noch nicht sicher, ob der Verhaftete wirklich der Mörder von Norbert Ladurner sei, vorerst bestehe nur ein dringender Tatverdacht. Erst einmal müssten alle Indizien ausgewertet, weitere Gespräche geführt und die Ergebnisse der Kriminaltechniker abgewartet werden. So oder so sei der Karlsruher Polizei ein dicker Fisch ins Netz gegangen, mehrfach vorbestraft und so weiter. Er, Brasch, könne natürlich keine Ermittlungsmethoden offen legen, aber so viel sei gesagt: Es gab keinen Informanten, das Kunststück der Festnahme sei allein der sorgfältigen und intensiven Ermittlungsarbeit der Kripo Karlsruhe, somit seiner eigenen Dienststelle, zuzuschreiben; besonders hervorzuheben sei noch das Team um Kriminalhauptkommissar Steiner.

Uwe hasst dieses Gerede. Er verabscheut den immer gleichen Ablauf der Pressekonferenzen, das endlose Geschwafel, nur um sich selbst in besserem Licht zu präsentieren. Das hier war etwas für Schreibtischpupser, Karrieristen wie Brasch, die selbst bei 40 Grad noch aussehen wie frisch der Dusche entstiegen. Er hingegen ist der Mann fürs Praktische, deshalb ließ er auch

Brasch reden und verlegte sich aufs Zuhören und gelegentliches Kopfnicken.

Eine Taktik, die zur Problemlösung der Situation, in der sich Uwe gerade befindet, leider gar nichts beiträgt. Seit mehr als einer Stunde befragen Uwe und Wächter Mike Storbitzki nun schon. Ein Geständnis haben sie nicht aus ihm herausgekriegt. Dabei begann alles ganz vielversprechend: Storbitzki gab bereitwillig Auskunft über seine persönlichen Verhältnisse. Seine Herkunft, der Familienhintergrund, die Schul- und Ausbildung, seine finanzielle Situation, ja sogar seine politische Gesinnung – rechtskonservativ wie Storbitzki sie nennt, rechtsnational übersetzt Steiner innerlich – liegen offen. Den Mord allerdings bestreitet er hartnäckig.

„Herr Storbitzki, ich möchte ehrlich zu Ihnen sein: Es sieht nicht gut für Sie aus. Jeder Richter wird Sie bei dieser Beweislage verknacken – er kann gar nicht anders, muss er doch im öffentlichen Interesse handeln." Uwe blufft und Storbitzki weiß das – oder ahnt es zumindest.

„Nee. Sie ham gar nichts in der Hand. Sonst würden wir hier nicht sitzen." Frech grinst Storbitzki die Polizisten an.

„Gar nichts? Sie sind ein vorbestrafter Gewalttäter. Ihre Strafe vor eineinhalb Jahren hatte man auf zwei Jahre zur Bewährung ausgesetzt."

„Ja, eben. Nur Bewährung."

„Ja, eben. Bewährung. Aber nur, weil ihre Jugend und ihr überzeugend vorgetragener Wille zur Besserung den Richter noch mal umgestimmt haben. Wenn irgendetwas in dieser Zeit geschieht, irgendetwas, was Ihre Gewaltbereitschaft untermauert, beziehungsweise – noch schlimmer – eine neue Gewalttat, dann sitzen Sie. Im Bau. Für mindestens fünf Jahre. Fünf Jahre! Wissen Sie, was das heißt?"

„Was soll das? Sind Sie jetzt mein Richter, oder was? Wollen Sie mir jetzt eine Strafe aufbrummen? Für etwas, was ich nicht getan habe?"

„Sie haben meine Frage nicht beantwortet: Fünf Jahre. Wissen Sie, wie lange das ist? 60 Monate kein Zimmer für sich allein. 60 Monate Licht aus um 22.00 Uhr. 60 Monate kein Einkaufen, kein Ausgehen, keine Autos, keine Fußballspiele, nie das Essen und Trinken, auf das man gerade Lust hat ... 60 Monate mit keiner Frau im Bett!"

„Sie wollen mich doch verarschen! Wissen Sie, was Sie mich mal können?"

Kriminaloberkommissarin Daniela Kämmerer sitzt im Nebenzimmer und beobachtet Storbitzkis Vernehmung durch eine Glasscheibe, die auf der Seite des Vernehmungszimmers verspiegelt ist. Eine Idee von Brasch. Es soll bei jeder Vernehmung ein unbeteiligter Beobachter dabei sein, der durch seine emotionale Distanz eventuell Dinge erkennen kann, die die direkt beteiligten Polizisten im Eifer des Gefechts übersehen. Eine geklaute Idee, in dutzenden Fernsehkrimis verwendet – und trotzdem: Daniela findet es gut. Sogar Uwe musste eingestehen, dass ein externer Beobachter sinnvoll sein kann, auch wenn die Anregung von seinem neuen Liebling kam.

Daniela beobachtet Storbitzki höchst konzentriert. Vor allem sein Gesicht und seine Schulterpartie. Dort erkennt man am ehesten körperliche Reaktionen, die mit Falschaussagen einhergehen. Damals, in der Hochschule für Polizei in Villingen-Schwenningen, musste sie sich stundenlang Videos von Verhören ansehen, unterschiedlichste Vernehmungstechniken kennenlernen und in streng beobachteten Paarübungen erproben. Abends büffelte sie viele Stunden, während ihre Kollegen sich bei ein paar Bierchen von den Anstrengungen des Tages erholten. Bald war sie den anderen weit überlegen, ihr Ruf, Lüge von Wahrheit trennen zu können, eilte ihr voraus. Letztendlich hatte sie ihre Stelle bei der Kripo Karlsruhe diesem Leumund zu verdanken – und natürlich dem Hans Flechtinger, der als einer ihrer Ausbilder für sie damals den Weg ebnete.

Die Tür schwingt auf und Eisenberg tritt herein. Er stellt

sich neben Daniela, schaut Uwe durch die Scheibe bei der Vernehmung zu. „Und? Hat er gestanden?"

„Nein, noch nicht."

„Gab's was Besonderes? Irgendwelche Auffälligkeiten? Man erzählt sich wahre Wunderdinge über Ihre Beobachtungsgabe."

Daniela weicht aus. „Nicht direkt. Ist ein harter Brocken. Der kann schauspielern ... muss er auch, sonst hätte der das letzte Mal keine Bewährung bekommen."

Im Vernehmungszimmer beginnt Uwe zu verzweifeln. Wut steigt in ihm auf. So ein störrischer Esel! Der weiß gar nicht, was er sich verbaut, wenn er nicht kooperiert. „Wie lange wollen Sie hier noch die Unschuld vom Land spielen, Storbitzki? Meinen, Sie sind ein ganz Schlauer!" Uwes Stimme hallt von den kahlen Wänden wider. „Wissen Sie, was Sie sind? Ein Vollidiot sind Sie, ein Nichts, nein, noch weniger als nichts. Sie sind eine lästige Fliege in meinem viel zu heißen Büro, eine Fliege, die brummt und summt und eingenommen ist von ihrer Wendigkeit und deshalb immer wieder dem trotteligen Kommissar um die Nase fliegt – aber wissen Sie was der Kommissar jetzt macht?" Uwe legt eine theatralische Pause ein. „Der Kommissar schaut dem Treiben eine Zeitlang amüsiert zu, bis es ihn mehr und mehr nervt und am Ende ... am Ende schlägt er zu, ganz plötzlich!"

Während der letzten Worte ist er um Storbitzki herumgegangen. Jäh reißt er den Stuhl nach hinten, dreht ihn so, dass ihm Storbitzki direkt ins Gesicht sieht. Kaum eine Handbreit trennen die zwei Männer. Uwe hält den Blick seines Gegenübers fest. Genüsslich, jede Silbe betonend, schiebt er hinterher „ ... und dann zerquetscht er die Fliege."

Storbitzki, unsicher geworden, schaut sich hilfesuchend um. Der andere Polizist hat ihm den Rücken zugekehrt und sieht demonstrativ zur Wand. Steiners Faust, die hart neben Storbitzki der Stuhllehne einschlägt, lässt ihn zusammenzucken. Dieser Polizist wird doch wohl nicht ...

Ja, denkt Daniela. Jetzt hat er ihn. Ihr genialer Uwe hat es mal wieder geschafft. Sie ist stolz auf ihren Kollegen, der jetzt von seinem Opfer ablässt, zweimal tief durchatmet und anschließend in sanftem Ton spricht. „Herr Storbitzki, glauben Sie mir. Ich will Ihnen helfen. Reden Sie mit mir."

„Aber ... ich habe Ihnen doch schon alles gesagt! Mehr weiß ich nicht." Und lauter schiebt Storbitzki hinterher: „Ich bin doch hier nur der Sündenbock. Ich weiß doch, wie das läuft! Einmal in der Scheiße, immer in der Scheiße ... aber das können Sie sich abschminken. Von mir hören Sie nichts!" Die letzten Worte brüllt Storbitzki fast.

Uwe nimmt an der gegenüberliegenden Seite des Tisches Platz, schaut den jungen Mann unverwandt an. „Ja, natürlich. So läuft das in unserer Gesellschaft. Es gibt keine Chancengleichheit. Ich kann verstehen, dass Sie wütend sind. Wütend auf Ihre Eltern, die Ihnen keine anständige Ausbildung ermöglicht haben, wütend auf die Gesellschaft, die sich nicht ausreichend um die Schwachen kümmert, wütend auf alle, die es trotzdem geschafft haben. Ja, ich kann Sie verstehen ... Wächter! Bringen Sie dem Mann ein Glas Wasser. Wir machen eine kurze Pause." Uwe steht auf und verlässt den Raum.

Daniela kann es nicht fassen. Welche Taktik fährt Uwe denn auf einmal? Als er das Zimmer betritt, faucht sie ihn an. „Was sollte das denn? Wieso bist du denn jetzt raus?"

„Wir brauchten 'ne Pause."

„Was! Pause! Du hattest ihn!"

„Gar nichts hatte ich."

„Und wie! Der war vollkommen aus dem Konzept gebracht. Der hat ja soo große Augen gemacht! Wenn du noch ein bisschen Härte drauf gesetzt hättest ..."

„Ah! Noch ein bisschen Härte empfiehlt die Frau Oberkommissarin! An was haben Sie denn gedacht, Frau Kollegin? Soll ich ihn zusammenschlagen? Ja? Ein wenig waterboarding? Hätte Ihnen das gefallen?" Böse grinst Uwe Daniela an.

Diese giftet zurück: „Ja, allerdings hätte mir das gefallen. Dieses Nazischwein versteht doch nichts anderes. Der lacht dich doch aus, wenn du nett mit ihm redest. Dem muss man die Grenzen klar machen!"

„So einfach ist das nicht."

„Doch! Ganz einfach. Der Storbitzki ist ein rechtes Arschloch, der einen Wehrlosen zusammenschlägt und einen alten Mann totprügelt. Der muss in den Knast – egal wie!"

„Er hat nichts gestanden. Hast du denn bemerkt, wann er gelogen hat, hier von deinem sicheren Beobachtungsposten aus? Welche Anzeichen gab's denn?"

„Noch keine. Der ist mit allen Wassern gewaschen! Aber du warst so nah dran."

„Falls du es vergessen hast: Wir leben in Deutschland, nicht in einer Südamerika-Diktatur. Bis zu seinem Geständnis ist er unschuldig. Vielleicht war alles doch ganz anders als es den Anschein hat – vielleicht hat er Recht und wir fallen auf ein Klischee rein ... Vielleicht hat Storbitzki unser Verständnis verdient."

„Verständnis?" Daniela starrt Uwe entgeistert an. „Verständnis! Sympathisierst du jetzt schon mit Nazis?"

„Sei ruhig jetzt, Daniela! Halt den Mund! Du verstehst das nicht!"

„Oh doch. Ich habe Augen zum Sehen und Ohren zum Hören. Du bist ein tumber, rechter Macho!"

„Leck mich! Du mit deiner Hauspsychologie! Wärst mal besser Sozialtussi geworden!" Uwe rauscht ab, knallt die Türe hinter sich zu.

Daniela steht wie erstarrt. Eisenberg tritt neben sie, berührt vorsichtig ihren Arm.

„So ein Schwein! Haben Sie das gehört?"

„Ich habe alles gehört, Frau Kämmerer."

„Das kann er doch nicht machen! Ich meine, zuerst lässt er den Storbitzki vom Haken, dann macht er mich nieder ..."

„Zu Ihrem Streit mit Herrn Steiner möchte ich mich nicht äußern. Da steckt zu viel Persönliches drin. Aber erlauben Sie mir etwas zur Vernehmungstaktik zu sagen. Ich finde, Herr Steiner hat richtig gehandelt. Die Situation war kurz davor zu eskalieren. Er hat das erkannt und die Notbremse gezogen. Andernfalls hätten wir hier demnächst eine Dienstenthebung oder Ähnliches zu verhandeln."

Daniela schnaubt Eisenberg nur verächtlich an. Als die Türe erneut geöffnet wird, dreht sie sich um. Mönning kommt herein, in der Hand einen Stapel Papiere. „Ah, Frau Kämmerer. Wissen Sie, wo unser Chef steckt? Ich sollte ihm doch die Liste mit dem Inventar von Ladurners Hütte durchsehen und ..."

„Mönning! Schlechter Zeitpunkt! Jetzt nicht."

„Aber ... es ist, wie Steiner meinte. Es gibt keine Schatulle."

„Diese Schatulle samt ihrem Inhalt kann mich mal kreuzweise! Aber wenn's so wichtig ist: Dann mal schnell unserem grandiosen Kriminalhauptkommissar Bericht erstatten! Und immer brav wau, wau machen, Mönning!" Mit diesen Worten verlässt Daniela den Raum, Mönning und Eisenberg bleiben verdutzt zurück.

Eine schnell lauter werdende Sirene schreckt Uwe auf. Schon rast ein Krankenwagen die Südendstraße entlang und zwingt ihn stehen zu bleiben. Verwundert schaut sich Uwe um. Hirschstraße. Wie er hierher gekommen ist, weiß er nicht mehr. Filmriss, sozusagen. Seine letzte Erinnerung ist ein wild hupender Autofahrer, als er mit hoher Geschwindigkeit aus dem Polizeiparkplatz in die Hertzstraße bog. Danach vorbeifliegend Menschen, Häuser, Straßen. Alles verschwommen. Langsam setzt Uwe seine Fahrt fort. Klauprechtstraße. Abrupt bremst er ab, stößt rückwärts in eine Parklücke. Aus dem Augenwinkel kann er das Schild der Metzgerei Brath erkennen. In Vorfreude auf ein herrliches Fleischkäsebrötchen legt er die wenigen Meter schnell zurück.

Die Chefin mit ihrer unverkennbaren südbadischen Sprachmelodie ist im Gespräch mit einer Stammkundin. Da wird so nebenbei jede Menge aus dem Privatleben besprochen. Das kann länger dauern. Und das, obwohl Uwe der Duft von Geräuchertem in die Nase sticht, ein überwältigendes Hungergefühl auslösend. Wenn er jetzt nicht schnell etwas zu Essen bekommt, kann er für nichts mehr garantieren. Ein Glück, dass soeben der Chef aus dem Hinterraum hereinkommt, ihn erblickt, ein kurzes Kopfnicken in Richtung Fleischkäse andeutet und sofort mit der Zubereitung beginnt.

Der Kriminalhauptkommissar ist oft hier. Kurz überlegt er, die so einzigartig gut gewürzten Bratwürste mitzunehmen – ein Verbrechen, diese in der Theke liegen zu lassen –, aber mangels Kühlmöglichkeit und der alles versengenden Hitze draußen beschließt er schweren Herzens davon Abstand zu nehmen. Er verlässt die Metzgerei, gierig ins Brötchen beißend. Welch eine Wohltat!

Er merkt, wie ein wenig von dem Druck in seinem Inneren nachlässt; Essen wirkt immer heilend. Auf der Hirschbrücke muss er stehen bleiben. Zu schön ist dieses Ende des 19. Jahrhunderts errichtete Innenstadtensemble, um achtlos daran vorüberzugehen. Uwe lehnt sich gegen das schmiedeeiserne Geländer, lässt seinen Blick von den Gründerzeitfassaden der Nordseite zu den Schienen unter ihm wandern. Hier dünstet Karlsruhe den Duft großer Städte aus, das nie eingelöste Versprechen, eine Weltstadt zu werden, liegt in der Luft. Als er die Augen schließt, meint er das Hufgeklapper der Pferdekutschen auf dem Kopfsteinpflaster zu hören, das Schnalzen der Kutscher, deren derbe Witze, das kokette Lachen sonnenbeschirmter Frauen in langen, hellen Gewändern. Von Ferne weht der laue Sommerwind metallisches Hämmern herüber. Emsig werden neue Schienen für die elektrifizierten Bahnen verlegt, wachsen imposante Häuser für die reich gewordenen Industriellen in die Höhe. Hier, am südlichen Ende der Innenstadt, kann man den

Sturm des Fortschritts förmlich spüren, die Moderne hält mit Riesenschritten Einzug, den biedermeierlichen Muff verjagend, gibt der Hoffnung Nahrung, endlich alle menschliche Mühsal zu überwinden, Erlösung von Krankheit, Hunger, Armut ...

Aus dem Tagtraum erwachend, entringt sich Uwes Kehle ein bitteres Lachen. Wenn die wüssten, wie es zur Jahrtausendwende in Deutschland aussieht! Massenarbeitslosigkeit, Globalisierung, Umweltverschmutzung, Ghettobildung in den Großstädten und eine nie dagewesene Verrohung der Jugend – zumindest, wenn man den Statistiken von Gewalttaten Glauben schenkt.

Uwe setzt seine ziellose Wanderung durch Hirsch- und Waldstraße über den Ludwigsplatz fort bis zum Reiterstandbild auf dem Schlossplatz. Hier wendet er sich nach rechts, taucht in den Schatten der Bäume, umrundet den Brunnen mit den drei etwas in die Jahre gekommenen Grazien, und setzt sich, mit dem Rücken an eine mächtige Buche gelehnt, auf die Wiese. Die Parkbank haben irgendwelche vermeintlichen Spaßvögel im Brunnenbecken versenkt.

Endlich kommt er zur Ruhe. Durch einen grünen Blätterbaldachin abgeschirmt von den Blicken der spärlichen Spaziergänger, genießt er die Stille, die ihn ganz in ihr unsichtbares Netz einspinnt. Jetzt hat er den nötigen Abstand, um sich den Streit mit seiner Lieblingskollegin und die Situation, die dazu führte, zu vergegenwärtigen. Wie konnte Daniela ihm nur so etwas Ungeheuerliches vorwerfen? Was weiß sie überhaupt von ihm?

Nichts! Keine Ahnung hat sie, was es bedeutete, in den Sechzigern in der Südstadt allein mit einer Mutter aufzuwachsen. Statt Schutz von seinen Eltern oder größeren Geschwistern zu bekommen, musste er früh lernen, alleine für seine Rechte zu kämpfen. Wenn der Vater fehlte, die Familie nicht komplett war, war man gebrandmarkt, vor allem bei den vielen italienischstämmigen Großfamilien. Öfters musste er auf dem Werderplatz mit Faustrecht für Respekt für seine Mutter und absurderweise seinen nicht anwesenden Vater kämpfen. Sein Vater, der eines Tages plötzlich fort war, der seinen Koffer gepackt hatte und in der Nacht verschwunden war. Nie haben er und seine Mutter wieder etwas von ihm gehört, erzählten aber jedem, er sei nach Südamerika ausgewandert, auf der Suche nach Arbeit und Geld, um sie sobald wie möglich nachzuholen. Sein Vater, an den er kaum eine Erinnerung hat, der, auch als er noch anwesend war, selten bis nie das Wort an ihn richtete, ihn eventuell gar nicht richtig zur Kenntnis genommen hatte. So ganz klar ist Uwe das nie geworden.

Seine Mutter versuchte die Leerstelle durch übergroße Liebe auszufüllen. Tief im Inneren jedoch, wo das Lebensfeuer mächtig lodern sollte, war seit jenem Morgen, an dem ihr Mann sie verlassen hatte, nur noch Glut und Asche übrig; nie mehr fand sie so richtig ins Leben zurück. Ihre große Aufgabe war es, dem faulen Sohn aus der Hauptschule hoch ins Gymnasium zu helfen und ihn so lange anzutreiben, bis er mehr schlecht als recht durchs Abitur gekommen war. Zwei Monate danach verstarb sie, ganz so, als hätte sie nun ihre Pflicht erfüllt.

Zur Polizei gelangte Uwe durch einen Zufall. In seinem letzten Schuljahr eilte er einer alten Frau zur Hilfe, der von einem jungen Mann die Tasche gestohlen worden war. Der dazukommende Polizist meinte anerkennend, dass sie solche Männer bei der Polizei gut gebrauchen könnten. „Männer“ hatte er gesagt! So wurde er mit seinem Abschlusszeugnis bei der Polizei vorstellig – und prompt genommen. Die Fürsprache eines kurz vor der Pensionierung stehenden, hoch geachteten Streifenpolizisten ließ Uwe schnell emporkommen.

Bis zu jenem Tag in den Achtzigern, als er, der Bereitschaftspolizist, bei einem Spiel des KSC gegen Mannheim den Zugang zum Gästeblock sichern sollte. Alles sah nach einem langweiligen Fußballnachmittag aus. Beide Mannschaften wollten sich nicht wehtun und spielten ambitionslosen Ergebnisfußball. Ein Unentschieden würde beiden genügen, sich für den Europacup zu qualifizieren. Im Nachhinein wusste keiner, wie es begonnen hatte. Plötzlich flogen Steine. Stühle wurden aus der Verankerung gerissen und in blindem Hass auf die gegnerischen Fans geschleudert. Diese antworteten mit Fäusten, Füßen und was sie sonst noch bei sich hatten.

Uwe fand sich mitten im Kampfgetümmel wieder. Er sah, wie ein glatzköpfiger junger Mann einem vor ihm auf dem Boden liegenden Jugendlichen mit voller Kraft einen Tritt gegen den Kopf versetzte. Der Junge versuchte die Arme nach oben zu reißen, doch auf halbem Wege fielen diese erschlafft nach unten, der Körper sackte zusammen. Uwe schrie auf. Irrsinnige Wut überfiel ihn, alle Regeln der Polizeiausbildung vergessend, sprang er nach vorne, stieß den Angreifer zu Boden, kam auf seinem Gegner zu liegen und schlug zu. Immer wieder, bis seine Finger rot vom Blut waren. Er konnte nicht aufhören, irgendetwas in ihm hatte sich befreit, etwas tief in ihm Verborgenes, Böses, etwas, das er alleine nicht mehr unter Kontrolle bringen konnte. Plötzlich wurde er nach hinten gerissen, starke Arme drückten ihn zu Boden ...

Die Bilder des Kampfes überschwemmen Uwe derart, dass er sein Handy erst nach einigen Klingeltönen hört. Hastig reißt er es aus der Jackentasche. „Steiner?"

„Uwe, Komm schnell!" Es ist Daniela.

„Was ist los?"

„Storbitzki ist weg. Abgehauen!"

„Scheiße! Wann?"

„Eben. Vor ein paar Minuten."

„Großfahndung einleiten! Sofort! Bereitschaftspolizei alarmieren!"

„Großfahndungsbefehl ist schon raus. Die Polizeireviere sind alarmiert. Bereitschaft übernehme ich! Wo steckst du denn?"

Uwe, der in Windeseile in seine Schuhe schlüpft, spurtet bereits durch die Waldstraße Richtung Süden. „Bin gleich in der Hirschstraße beim Auto. Wisst ihr, in welche Richtung der sich abgesetzt hat?"

„Leider Fehlanzeige."

„Scheiße! – O.K. Daniela, hör zu. Ruf sofort das gesamte Team zusammen. Alle müssen kommen. Feierabend ist gestrichen. Kontakt zur Einsatzzentrale herstellen, Personenbeschreibung an jeden, und ich meine wirklich jeden diensthabenden Polizisten ausgeben. Am Bahnhof alle Bahnsteige besetzen. Kontrolle in Straßen- und S-Bahnen. Beeilt euch!"

„Alles klar! Wird sofort erledigt. Was ist mit Brasch?"

„Um den kümmere ich mich. Keine Sorge. Bin in wenigen Minuten bei euch." Uwe drückt das Gespräch weg. Als er den Dienstwagen erreicht, aktiviert er das Blaulicht und rast los. Sein Puls hämmert wie verrückt, sein Atem rasselt, aber er fühlt sich besser. In seinem Kopf überschlagen sich die Gedanken: Er organisiert die Fahndung, bereitet sich auf die Gespräche mit den verantwortlichen Polizisten und Brasch vor, überlegt, wohin sich Storbitzki wenden könnte. Der Kriminalhauptkommissar ist erwacht, die Maschine läuft auf vollen Touren. Den Storbitzki wird er sich krallen.

*

„Kann mal einer ans Telefon gehen?"

„An welches denn? Hier klingelt's doch überall!"

„Was ist mit den Revieren?"

„Alle informiert! Keine Rückmeldungen."

„Bundesgrenzschutz?"

„Steckbrief ist raus, Hauptbahnhof ist dicht."

„Bereitschaftspolizei?"

„Alarmiert, Chef. Die Einheiten sind dabei mobil zu machen."

„Verdammt, was heißt sind dabei? Wie lange dauert das eigentlich?"

„In 'ner halben Stunde sollten alle an ihrem Einsatzort sein."

„Und so lange kann der Storbitzki seelenruhig durch die Lande gondeln ... so 'ne Scheiße! In 'ner halben Stunde ist der schon hinter Bruchsal!"

„Die Straßenbahnen werden massivst kontrolliert. Verstärkte Streifen auch in allen Käffern rund um Karlsruhe."

„Nö, mit der Bahn kommt der nicht weit."

„Träum weiter, 'türlich kommt der weit. So weit er will! Ist doch unmöglich alle Wagen zu kontrollieren ..."

„Glaub nicht, dass der sich in 'ne S-Bahn traut. Wenn ihr mich fragt ..."

„Dich fragt aber keiner ..."

„Was ist denn jetzt mit dem verdammten Telefon?"

Im Mutterbau der Kripo Karlsruhe herrscht Hektik. Einem aufgescheuchten Bienenschwarm gleich, eilen Polizisten von einem Zimmer ins nächste. Permanentes Telefongeläute webt im Zusammenspiel mit aufgeregten, brüllenden Stimmen einen betäubenden Klangteppich, Türen knallen, Schritte hallen in den Gängen, die Kaffeemaschinen zischen fauchend. Wohin man blickt, gerötete Gesichter; Schweißgeruch liegt über den Zimmern.

Uwe Steiner jedoch bewegt sich wie ein Turm in der Schlacht, seiner Schlacht – wenngleich auch er nass geschwitzt ist von oben bis unten. Mit Ruhe und einer unerschütterlichen Autorität befehligt er seine Truppen. Immer wieder treibt es ihn vor den großen an die Wand gehängten Stadtplan Karlsruhes. Im Zehn-Minuten-Takt erweitert er den Radius, in dem sich Storbitzki aufhalten kann. Sein erbittertster Gegner ist die Zeit. Er weiß: Mit jeder halben Stunde verringert sich die Chance den Flüchtigen zu fangen.

Inmitten der alles und jeden mit sich reißenden Hektik tritt er ans offene Fenster, entzündet eine Zigarette. Er inhaliert den Rauch, fühlt, wie das Nikotin sich wohltuend im Körper ausbreitet. Die Tür fliegt auf, der Kopf von Brasch erscheint. „Wie läuft's? Gibt es schon Rückmeldungen?"

„Fahndung läuft auf Hochtouren. Bahnhof und Züge werden überwacht. Bereitschaft mobilisiert." Die Zigarette noch in der Hand, tritt Steiner vor den Stadtplan, beschreibt einen Kreis in der Luft; ein Wunder dass die lange Aschenstange dabei nicht auf den Boden rieselt. „Dies ist der Bereich, in dem sich Storbitzki unseren Berechnungen zufolge aufhalten kann. 15 Streifen sind allein in diesem Radius unterwegs. Die Hundestaffeln haben sich auf seine Fährte gesetzt, allerdings war in einem Hinterhof in der Nähe des Klinikums Schluss. Dort scheint er über eine Mauer entwischt zu sein. Wir vermuten, dass er versuchte, im Trubel auf dem Klinikgelände unterzutauchen. Momentan suchen wir dort nach einer neuen Spur."

„Gut. Gut. Weitermachen! Noch was, Steiner: Jeden eingegangenen Hinweis SOFORT an mich melden! Hat das jeder hier im Raum verstanden? Sofort!" An Steiner gewandt, fügt Brasch hinzu: „Die Presse hat schon was geschnuppert. Alle paar Minuten ruft einer aus der Redaktion an – bis jetzt habe ich sie hinhalten können, aber allzu lange klappt das nicht mehr. Ich will so schnell wie möglich Ergebnisse – egal welche! Es muss nur so aussehen, als ob wir Storbitzki dicht auf den Fersen sind."

„Verstanden!" Steiner schnippt den erloschenen Stummel, von dem die Asche zuletzt doch noch abgebröselt ist, aus dem Fenster und Brasch verlässt die Einsatzzentrale.

„Ey! Ich fall' vom Glauben ab! Habt ihr euch jetzt auf einmal lieb?" Daniela schielt zu Uwe hoch.

„Lieb? Wie meinst du das?"

„Na, du nickst alles mit einem ‚Verstanden' ab und Brasch zuckt nicht mit der Wimper, wenn du jeder Dienstvorschrift zuwider handelnd rauchend im Zimmer stehst!"

Kurz schauen sich die beiden an, dann hakt Uwe nach: „Wird die Wohnung von Storbitzki überwacht?"

„Klar. Läuft."

„Funk die mal an, damit die nicht einpennen. Sollen bitte auch die Umgebung im Auge behalten."

„Wird erledigt."

Einige Stunden später ist wieder Ruhe im Gebäude eingekehrt. Die meisten Polizisten sind der muffig-heißen Luft entflohen, die eigenen Terrassen oder den nächstliegenden Biergarten ansteuernd. Nur die Kollegen vom KDD und vom Dezernat 1.1 sind noch anwesend. Im ersten Stock, direkt neben Braschs Büro im großen Besprechungsraum, wurde ein Meeting aller am Storbitzkifall beteiligten Beamten einberufen. Neben Brasch und Steiner sind noch Daniela Kämmerer, Wächter und natürlich Hans Flechtinger, die beiden mit der Überführung des Gefangenen beauftragten Kollegen Remscheid und Bucher sowie der Polizeipsychologe Eisenberg anwesend. Soeben öffnet sich die Tür und herein tritt Staatsanwalt Stoll.

„Guten Abend, Herr Staatsanwalt", eröffnet Brasch die Runde. „Nachdem nun alle eingetroffen sind, schlage ich vor, so schnell wie möglich zu beginnen. Sinn dieses Treffens ist es, im ersten Schritt die unterschiedlichen Wissensschnipsel zusammenzutragen, um alle Anwesenden auf den gleichen Stand zu bringen. Anschließend werden wir beraten, was in dieser überaus heiklen Situation zu tun am ratsamsten ist. Am Ende dieses Treffens hoffe ich eine Strategie für die nächsten Tage gefunden zu haben, eine Strategie, die es uns erlaubt, dem Flüchtigen einen Schritt voraus zu sein, indem wir seine nächsten Handlungen antizipieren. Dazu jedoch müssen wir so viel wie möglich über Storbitzki herausfinden – je mehr wir wissen, desto größer sind unsere Chancen ... ich schlage vor, dass Kriminalkommissar Wächter uns zuerst von Storbitzkis Vernehmung berichtet."

Wächter, eben noch den Worten seines Vorgesetzten lauschend, zuckt zusammen. Schnell schiebt er sich auf seinem Stuhl höher, um durch einen aufrechten Oberkörper Sicherheit und Souveränität auszustrahlen – ganz so, wie er es auf der

Polizeischule gelernt hat. Ein kurzes Räuspern, seine Hände spielen mit einem schwarzen Plastikkasten, der vor ihm auf dem Tisch liegt; dann beginnt er mit seiner Schilderung. „Den ersten Teil der Vernehmung Storbitzkis führte Kriminalhauptkommissar Steiner durch. Ich hatte die Rolle des unbeteiligten Zuschauers übernommen. Durch geschickte Vernehmungstaktik lenkte Herr Steiner den Verdächtigen in die Nähe eines Geständnisses, doch dann gewann der Trotz die Oberhand zurück und Storbitzki machte wieder dicht."

„Ich bitte die Unterbrechung zu entschuldigen, aber Herr Wächter: Bitte keine ausufernden Berichte, keine unnötigen Ausschmückungen. Bleiben Sie bei den Tatsachen, so knapp als möglich und präzise wie notwendig!"

Stolls eindringlicher Blick verunsichert Wächter noch mehr. Kurz schielt er zu seinem Chef hinüber, der aber verzieht keine Miene. Ganz auf sich allein gestellt, nimmt er vorsichtig die Worte wählend seinen Bericht wieder auf. „Steiner beschloss also, eine kurze Pause einzulegen, um Storbitzki die Möglichkeit in Ruhe nachzudenken zu verschaffen. Während der Pause wurde Kriminalhauptkommissar Steiner dann ... abberufen ... so dass ich die Vernehmung alleine weiterführte. Nachdem ich Storbitzki noch einmal die Ausweglosigkeit seiner Situation vor Augen geführt hatte, versuchte ich ein für ihn bedrohliches Szenario entstehen zu lassen. Dazu führte ich einen Zeugen ins Feld. Ich erklärte ihm, dass es einen absolut integren Belastungszeugen gibt, der uns sehr glaubwürdig einiges berichtet hat, was nur auf Storbitzki als Täter schließen lässt. Daraufhin schreit Storbitzki plötzlich laut auf: „Dieses Schwein! So eine miese Sau!" Entschuldigung. Ich wusste nicht, was auf einmal mit ihm los war. Ich wollte Storbitzki eigentlich mit den Beobachtungen des Gerbig konfrontieren, der ja eine Person, deren Äußeres genau dem Storbitzkis entspricht, auf dem Weg Richtung Ladurners Hütte beobachtet hatte. Storbitzki jedoch ließ mich nicht zu Wort kommen. „Kappes!" rief er immer wieder. „Kappes, die Sau! Hätt mir denken können, dass der mich in die Pfanne hauen will. Glauben Sie dem ja kein Wort! Der lügt doch wie gedruckt!"

Ich fragte Storbitzki, wie er das denn meine und er erwiderte, dass der Kappes ihn doch angeheuert hatte, der wollte, dass er Druck auf den verrückten Alten ausübe, damit der seinen Dreckshaufen – so hat er diese Gartenhütte genannt – an Kappes verkauft. Auf einmal sprudelte es nur so aus dem Storbitzki heraus, seine Worte haben wir hier aufgezeichnet."

Wächter drückt eine Taste des schwarzen Gerätes, das er immer noch in den Händen hält. Gleich darauf ist, blechern abgetönt, aber gut verständlich Storbitzkis Stimme zu vernehmen. „Ich bin dann also hin zu dem Alten und hab ihn ein bisschen erschreckt, ja? Hab so einen auf Schläger gemacht und so und versucht ihm Angst einzujagen ... der ist dann aber immer näher zu mir hergekommen, hat auf mich eingeredet. Lauter verrücktes Zeug hat der von sich gegeben. Von wegen Gesellschaft und Krieg, ach was weiß ich. Der hat sich nicht einschüchtern lassen. Also hab ich ihm dann einen kleinen Schubs gegeben – wirklich nur einen kleinen! Und da ist der gestolpert, ja? Und hingefallen. Ist mit dem Kopf auf irgendwas drauf geschlagen, glaub ich – und ganz ruhig liegen geblieben. So eine Scheiße, hab ich gedacht, ey. Und dann bin ich so schnell wie möglich auf und davon ... das wollt ich doch gar nicht! Es war doch nur ein kleiner Schubs, davon stirbt doch keiner! Echt, da war nicht mehr. Ich schwör's! Das war ein voll dummer Unfall!"

Wächter stoppt die Aufzeichnung. „Genauso plötzlich wie er angefangen hatte zu reden, war Storbitzki dann auch wieder still. Sein Gesicht hat er mit seinen Händen verdeckt. Ich war erstmal total baff. Was erzählte der denn da von einem Kappes? Den Namen hatte ich noch nie gehört! Es ging doch hier um den Gerbig; der hatte ihn doch beobachtet! Ganz unvermutet hatte ich plötzlich wieder die Bilder der verunstalteten

Leiche in mir. Da nahm ich Storbitzki die Hände vom Gesicht und konfrontierte ihn mit dem Zustand von Ladurners Kopf. Ich erklärte ihm, was er ja längst wusste, dass nämlich mit unfassbarer Gewalt auf diesen wehrlosen alten Mann eingeprügelt worden war und zwar mit einer Metallstange oder dergleichen. Ich glaube, am Ende schrie ich ihn förmlich an, denn da stand plötzlich die Frau Kriminaloberkommissarin neben mir und schob mich von Storbitzki weg. Dieser starrte mich aus weit aufgerissenen Augen an. „Das stimmt nicht. Das ist nicht wahr“, sagte er leise und fast flüsternd setzte er hinzu: „Der Kappes war's – ja genau! Der Kappes!“ Dann war er still. Sagte kein einziges Wort mehr, bis er von Remscheid und Bucher aus dem Zimmer geführt wurde.“

Daniela ergreift als Erste das Wort. „Ich habe alles aus dem Nebenzimmer durch die Spiegelwand beobachtet. Exakt so ist die Vernehmung gelaufen. Auch für mich kam das Geständnis von Storbitzki zu diesem Zeitpunkt absolut überraschend. Wie aus dem Nichts. Ich habe ihn genau beobachtet. Die gesamte Zeit über. Aber ich konnte keine Anzeichen von Lügen oder Unsicherheit erkennen. Es sah wirklich so aus, als ob er die Wahrheit sagte. Er muss sich diese Geschichte genau zurechtgelegt haben.“

„Oder “, schaltet sich Eisenberg ein, „oder er steckt in einer schweren Psychose, kann Realität von Wahn nicht mehr unterscheiden. Das allerdings kann man erst nach präzisen Untersuchungen und anamnestischen Gesprächen mit Herrn Storbitzki feststellen. In einem gebe ich Frau Kämmerer allerdings recht: Der Verdächtige hat nicht den Anschein erweckt eine Lügengeschichte zu erzählen.“

„Danke erst mal für Ihre Beobachtungen. Ich denke, sie sind für uns alle sehr nützlich ... und Herr Kriminalkommissar Wächter: Meinen Respekt für die Vernehmungstaktik bei Storbitzki!“ Während dieser noch versucht seine geröteten Wangen zu bedecken, fährt Brasch schon fort. „Nun würde mich jedoch brennend interessieren, wie es zur Flucht des Verdächtigen kommen konnte."

An dieser Stelle schaltet sich auch Stoll wieder ein. „Fürwahr. Das ist für die Staatsanwaltschaft von herausragender Bedeutung, vor allem, wenn es nach der Verhaftung des Delinquenten darum gehen wird, ein Strafmaß festzusetzen. Herr Remscheid, Herr Bucher, wären Sie so freundlich?"

Die Angesprochenen sehen sich kurz an, taxieren, wer von beiden die undankbare Aufgabe übernimmt, von ihrem Scheitern zu berichten. Alle Blicke sind auf sie gerichtet: Danielas und Wächters mitfühlend, Eisenbergs interessiert, Steiners und Stolls neutral aber aufmerksam, Braschs distanziert, klar, kalt.

Es ist Polizeiobermeister Kurt Bucher, der beginnt. Ein nicht mehr ganz junger Mann, dünner Oberlippenbart, selbst jetzt mitten im Sommer helle Gesichtshaut, wässrige Augen, streng gescheiteltes Haar. Dunkle Flecken breiten sich von der Achsel kommend auf seinem Hemd aus, kleine Tropfen stehen auf seiner Stirn. „Uns wurde mitgeteilt, dass Frau Kriminaloberkommissarin Kämmerer einen Transport für eine Person ins Untersuchungsgefängnis bestellt hatte. Eine Routinesache, eigentlich. Von dem Verdächtigen ging angeblich keine übermäßige Bedrohung aus. Gewaltbereitschaft normal, keine Anzeichen von Selbstverstümmelungsgefahr – was bedeutet, dass zwei Personen als Wachschutz und Handschellen für den zu Überführenden ausreichen sollten ... Anfangs lief auch alles glatt. Wir betraten das Vernehmungszimmer. Storbitzki streckte uns unaufgefordert die Hände entgegen, ich schloss die Handschellen und Kollege Jens Remscheid versicherte sich, genau wie vorgeschrieben, mit einem kurzen Ruck am Achter, ob er auch festsitzt. Als wir Storbitzki in unsere Mitte nahmen und baten mitzukommen, folgte er uns bereitwillig. Wir verließen die Kriminalpolizei durch den Hinterausgang, überquerten den furchtbar heißen Parkplatz und erreichten ohne Vorkommnisse den Einsatzwagen.

Als ich die hintere Flügeltüre öffnete, geschah es: Jens hatte uns den Rücken zugewandt, schon auf dem Weg nach vorne zur Fahrerkabine. Plötzlich knallte die linke Wagentüre gegen meinen Kopf. Ich taumelte, versuchte mich abzustützen. Storbitzki ergriff meine Hand, fing mich im Straucheln ab. Verwundert, halb benommen sah ich ihn an. Sofort packte er meinen Arm fester, drehte ihn auf den Rücken, so dass er mich im Polizeigriff hielt. Er mich! Da fiel mein Blick auf seine andere, freie Hand und Entsetzen packte mich. Nutzlos baumelte die Schließe daran. Gerade wollte ich den Jens alarmieren, als ein Schlag gegen meine Schläfe alles schwarz werden ließ. Ich hatte keine Chance zu reagieren, alles ging so verdammt schnell."

Remscheid, der bisher kopfnickend zugehört hat, setzt den Bericht fort. „Ein Geräusch ließ mich herumfahren. Vor mir stand der Kurt, irgendwie im Griff Storbitzkis. Es dauerte einen Moment, bis ich die Situation erfasste: Storbitzki hielt den Kurt gepackt! Ich fragte mich, was da los sei. Absurde Gedanken schossen durch meinen Kopf. Kurz dachte ich an einen Kollaps aufgrund der Hitze, dann meinte ich, mir das alles nur einzubilden. Diese Situation war so absurd! Als mich die Wahrheit mit voller Wucht überkam, ging alles ganz schnell: Storbitzki hat sich befreit, sagte eine Stimme in mir! Reflexartig zuckte meine Hand nach unten zur Waffe, sprang ich einen Schritt zurück, in Kampfposition. Der Ausdruck von Storbitzkis Gesicht jedoch ließ mich innehalten. Langsam schüttelte er den Kopf. Da erst sah ich die Waffe. Er hielt sie dem Kurt an den Kopf! Ich musste meine Waffe langsam auf den Boden legen. Dann befahl er mir, ihm den Rücken zuzuwenden und die Arme aufs Autodach zu legen. Kurz dachte ich, dass er mich jetzt erschießen wird und meine Knie wurden weich ...

Doch es kam anders: Ich sollte langsam bis tausend zählen, wenn ich wollte, dass meinem Kollegen nichts passierte. Ich war ungeheuer erleichtert und begann sofort zu zählen ... Ich hatte sicher nicht vor, mich vor Erreichen der Tausend umzudrehen

… ich weiß, dass dies nicht dem Verhalten eines Polizisten entspricht und ich mich für meine Feigheit schämen sollte … aber: Ich bin einfach nur glücklich noch am Leben zu sein … Und der Kurt …" Weiter kommt Remscheid nicht. Tränen laufen an seinen Wangen herunter, er krümmt sich nach vorne auf den Tisch.

Betretenes Schweigen erfüllt den Raum. Keiner der Polizisten weiß so recht, wie er sich verhalten soll. Fieberhaft wird in Unterlagen geblättert, werden die Kerben auf der Tischplatte intensiver Betrachtung unterzogen, ganz so, als ob dort drinnen die Antworten auf diesen Fall zu finden seien. Es ist Eisenberg, der die Situation rettet und viele dankbare Blicke dafür erntet. „Ich finde Ihre Gefühle keineswegs fehl am Platz, Herr Remscheid. Am Ende der Besprechung kommen Sie bitte mit in mein Büro. Dort können wir uns ungestört unterhalten und über die nächsten Tage nachdenken."

„Dann ist es wohl am besten, wenn ich den weiteren Ablauf aus meiner Sicht darstelle?", schaltet sich Kurt Bucher wieder ein. „Also, ich spürte, wie ich rückwärts gerissen wurde. Von dem Schlag war ich immer noch sehr benommen und strauchelte vor Storbitzki her, der mir meine Waffe in den Rücken drückte. Wir verließen das Gelände der Polizei, bogen in die Hertzstraße und dann gleich wieder rechts in die Kärcherstraße. Nachdem wir noch zweimal abgebogen waren, stieß er mich in der Nibelungenstraße in einen Hinterhof und verschwand über eine Mauer nordwärts. So schnell ich konnte, rannte ich zurück. In der Hertzstraße traf ich auf Remscheid. Als dieser sah, dass ich unverletzt war, löste er über Funk den Alarm aus."

„Und bis jetzt haben Sie keine Spur von Storbitzki gefunden?", hakt Stoll nach.

„Nichts. Obwohl eine Hundertschaft nach ihm sucht und alle öffentlichen Verkehrsmittel kontrolliert werden, Hundestaffeln unterwegs sind und die Streifen durch die Bereitschaftspolizei verstärkt wurden – nichts! Die Bilder der Überwachungskameras werden noch ausgewertet."

Falls Steiner frustriert ist, lässt er es sich zumindest nicht anmerken. Gefasst fährt er fort: „Ich bin davon überzeugt, dass irgendjemand Storbitzki Unterschlupf gewährt, andernfalls hätten wir ihn schon lange gefunden. Als Erstes müssen wir uns unbedingt um diesen Kappes kümmern. Nach unseren Recherchen kann es sich nur um den Immobilienmakler Wilhelm Kappes handeln, und es ist unschwer zu erraten, dass Storbitzki diesen Kappes im Visier hat. Wir versuchten auch schon Kontakt zu ihm aufzunehmen, allerdings war Kappes weder im Büro noch in seiner Wohnung anzutreffen. Zumindest werden beide Häuser mittlerweile von Streifen überwacht. Sobald Kappes oder Storbitzki auftauchen, werden wir aktiv. Zusätzlich sollten wir aber noch überlegen, ob ein Strategiewechsel angebracht wäre."

„Strategiewechsel? Wie soll der denn aussehen? Von Haustür zu Haustür gehen und nachschauen, wo er sich versteckt?" Braschs Stimme trieft vor Ironie, doch Steiner lässt sich nicht verunsichern. „Ungefähr in diese Richtung habe ich gedacht. Ich meine, wir sollten die Öffentlichkeit informieren und um Hinweise aus der Bevölkerung bitten."

Nun ist es an Stoll, empört nachzufragen. „Herr Steiner! Das kann doch nicht Ihr Ernst sein! In die Öffentlichkeit gehen? Mit der Meldung, dass uns ein geständiger Verbrecher entwischt ist? Die Medien zerreißen uns. Da werden Köpfe rollen!"

Brasch nickt zustimmend. Steiner grollt in sich hinein. Da sitzen sie, die Schreibtischhengste. Jeder nur mit den Gedanken an seine Karriere beschäftigt. Ihr Gesicht zu verlieren, ist ihre größte Angst, dabei ... „Wenn wir jetzt nichts unternehmen, wird es zu spät sein. Auch ich finde die Vorstellung an die Öffentlichkeit zu gehen nicht gerade beruhigend. Man weiß nie, wie die Bevölkerung auf so etwas reagiert, ob Panikhandlungen, Denunziationen oder Ähnliches ausgelöst werden. Trotzdem müssen wir es riskieren."

„Mir ist absolut nicht wohl bei dieser Vorstellung, Steiner!"

„Mir auch nicht, das können Sie mir glauben. Aber was mir am meisten Sorgen bereitet, ist, dass ein verzweifelter Mensch da draußen allein umherstreift – unberechenbar und bewaffnet."

*

Zur gleichen Zeit sind vor dem Café in der Nottinghamanlage alle Bierbänke belegt, selbst die angrenzende Wiese und die einfassenden Mäuerchen werden belagert. Eine ausgelassene Menge zelebriert den Feierabend, freut sich an der ersten Kühle des frühen Abends, schwatzt und lacht und lärmt, dass die Ohren nur so klingeln.

Inmitten dieses Treibens: ein glatzköpfiger Mann. Still. Unbeteiligt. Ganz alleine sitzt er da, von den anderen Menschen gemieden. Eine Aura der Unnahbarkeit umgibt ihn, hält sie von ihm fern. Aber das stört ihn nicht – im Gegenteil. Er braucht die Ruhe inmitten des allgemeinen Trubels, will nicht in seinen Gedanken gestört werden. Hochkonzentriert blickt er geradeaus auf die gegenüberliegende Straßenseite der Kaiserallee. Dort steht ein wunderschönes, gelbes Jahrundertwendehaus. Allerdings ist es nicht die imposante Architektur, die es Mike Storbitzki angetan hat; sein Blick gleitet die Fensterreihen im zweiten Stock entlang, immer auf der Suche nach einem Schatten. Bisher sind seine Bemühungen erfolglos geblieben; die Räume hinter den hohen Doppelflügelfenstern scheinen verlassen. Aber Storbitzki hat Zeit, viel Zeit.

Vor einigen Stunden sah das noch ganz anders aus: Nachdem Storbitzki den Polizisten im Hinterhof von sich gestoßen hatte und über die Mauer geflohen war, rannte er erstmal Richtung Klinikum. Das war sein erster Gedanke! Unter Leute! So schnell wie möglich! Sich im Gewühl verstecken. Sobald er das Klinikgelände betreten hatte, verlangsamte er seine Schritte. Nur nicht auffallen. Kurz sah er sich um, registrierte, wohin die meisten Leute gingen und schlug die gleiche Richtung ein. Zum Glück ist nachmittags Besuchszeit.

Er betrat ein großes Gebäude, in dessen Erdgeschoss eine geräumige Cafeteria eingerichtet wurde. Die Gerüche von Desinfektionsmittel, Krankheit und frisch aufgebrühtem Kaffee überlagerten sich zu einem unangenehmen Wirrwarr. Obwohl er eine leichte Übelkeit verspürte, zwang er sich in die Cafeteria zu gehen und sich in die Schlange an der Selbstbedienungstheke zu stellen. Immer schon hasste er Krankenhäuser, egal ob als Besucher oder Patient. Eine kaum bezwingbare Angst hielt ihn während dieser Aufenthalte fest in ihren Klauen, Stunden später rieselten ihm freudige Schauer der Erleichterung über den Rücken; Erleichterung darüber, diesen Stätten der Krankheit und des Todes entronnen zu sein.

All seine Willensstärke aufbietend, zwang Storbitzki sich zur Ruhe, bezahlte mit den letzten Münzen seinen schwarzen Kaffee, verlangte einen Pappbecher zum Mitnehmen, verließ die Cafeteria und wandte sich dem Hinterausgang zu. Gerade als er die Glastüre öffnen wollte, erblickte er auf dem Gehweg davor zwei Hundestaffeln der Polizei, keine zehn Meter von ihm entfernt. Zum Glück hatten sie ihm gerade den Rücken zugewandt. Schnell zog er sich in den Schatten einer Nische zurück. Panik erfasste ihn, seine Hände zitterten. Fieberhaft begann er zu überlegen, wohin er fliehen könne. Wenn die Hundestaffeln draußen in den Parkanlagen patrouillierten, hatte er keine Chance, ungeschoren vom Gelände herunterzukommen. Aufs Äußerste gespannt, schaute er sich um. Hinterausgang, Flur, Cafeteria, Hauptausgang, Empfang, Fahrstühle, Feuertreppe ... Feuertreppe! Plötzlich erinnerte er sich an ein Erlebnis vor einigen Jahren. Er hatte sich den Knöchel angebrochen und musste im Rollstuhl sitzen. Ein Pfleger brachte ihn zum Röntgen und weil es draußen in Strömen regnete, schob er ihn durch die unterirdischen Verbindungsgänge, die von einem

Gebäude des Klinikums zum nächsten führen. Wenn er das Kellergeschoss benutzte, könnte er seinen Verfolgern vielleicht entkommen! Er musste es versuchen. Sofort!

Schnell eilte er zur Treppe, schlug als Einziger den Weg ins Untergeschoss ein, verharrte kurz, um sich zu orientieren und entschied nach links zu gehen. Dieser Gang musste Richtung Norden führen, also weg vom Polizeiquartier. Storbitzki rannte los. So schnell er konnte. Bog zweimal nach links, dann nach rechts. Kurz blickte er zurück, um sich zu vergewissern, dass ihm auch niemand folgte. Da schoss plötzlich ein stechender Schmerz in seine Hüfte. Metall krachte gegen Beton, ein lauter Aufschrei zerriss die Stille. Storbitzki stolperte vorwärts, stützte sich auf das große Bett, das unvermittelt quer zum Flur im Weg stand, fluchte, rappelte sich wieder hoch und stieß das Hindernis mit aller Wucht von sich weg gegen die Wand. Der Pfleger auf der anderen Seite gab einen Laut der Überraschung von sich, doch noch ehe dieser recht begriff, was gerade geschehen war, verschwand Storbitzki um die nächste Ecke.

Nach ein paar weiteren Metern war Schluss: Der Gang verbreiterte sich zu einem rechteckigem Raum, in dem noch ein paar Betten abgestellt waren. Eine große Türe führte zu einer Rampe, die Storbitzki zurück ans Tageslicht brachte. Er atmete auf; er hatte sich also nicht getäuscht und war am nördlichen Ende des Klinikgeländes angelangt!

Irgendwo hinter ihm erscholl Hundegebell. Er hastete weiter, schnell durchquerte er den letzten Grünstreifen vor der Knielinger Allee, bog in die Franz-Lust-Straße, um an deren Ende auf dem Gelände des ehemaligen Flughafens zu verschwinden. Eine Pause gönnte er sich nicht. Die Hundestaffeln waren immer noch in unmittelbarer Nähe. Er rannte wie noch nie in seinem Leben. Die Lungen brannten, stechende Schmerzen in den Seiten krümmten den Oberkörper nach vorne, sein Herz raste. In der Erzberger Straße sah er eine Straßenbahn.

Er beschleunigte noch einmal, erreichte mit letzter Kraft die Haltestelle, während sich die Türen gerade schlossen. Kurzerhand sprang er dazwischen, zwängte sich ins Innere und ließ sich japsend und keuchend auf den hintersten Zweiersitz fallen.

Nur zwei Stationen gönnte er sich zur Erholung, dann stieg er wieder aus. Das Risiko in eine Fahrkartenkontrolle zu geraten und dabei aufzufallen war einfach zu groß. Weit war es nun nicht mehr bis zu seinem Ziel knapp vor dem Mühlburger Tor. Dort tauchte er auf dem Platz vor dem Puppentheater inmitten von zahllosen Müttern und deren herumtobenden Kindern unter, froh um die unfreiwillige Deckung, die sie ihm boten.

Noch einmal schweift sein Blick über die Fenster des gegenüberliegenden Gebäudes, dessen Konturen im milchigen Dämmerlicht an Schärfe verlieren. Da! Eine kaum wahrnehmbare Bewegung! Storbitzki springt auf, hält aber sofort wieder inne. Ruhig! Ganz ruhig! Nur keine übereilten Aktionen. Von früheren Treffen weiß er, dass Kappes abends noch einen Sprung im Büro vorbeikommt, um die Unterlagen für den nächsten Tag vorzubereiten. Vorsichtig streicht er über seine ausgebeulte Jacke, fühlt das Metall der Pistole auf seiner Haut. Ja, dem Kappes wird er einen kleinen Besuch abstatten müssen in dessen wunderschönem Büro. Gerade will er die Kaiserallee überqueren, da entdeckt er in einem Auto vor dem Gebäude zwei Gestalten, kaum wahrzunehmen in dem diffusen Abendlicht. Noch einmal schaut er genau hin, vergewissert sich. Scheiße! Die wissen also Bescheid! Sofort bleibt er stehen. Langsam dreht er sich um, geht zurück und schlendert durch die Grünanlage südwärts. Storbitzki ist sich sicher: Kappes wird bezahlen! Wenn nicht heute, dann morgen. Storbitzki kann warten. Über die Zeit, dieses flatterhafte Ding, kann er jetzt gebieten.

16. August

Daniela Kämmerer atmet dreimal ein und aus. Dann traut sie sich endlich ins Auto einzusteigen. Da drin sitzt schon Uwe Steiner, hält mit beiden Händen das Lenkrad. Er sieht nicht zu ihr hin. Nur einen winzigen Moment blickt Daniela zu ihm hinüber – das reicht. Alt sieht er aus, alt und böse. Abwesend. Weit weg, in einem Land der Finsternis.

Daniela seufzt; sie versucht kein Geräusch dabei zu machen. So eine Stimmung hat es zwischen den beiden in acht Dienstjahren nicht gegeben. Sie wagt es kaum zu denken, aber das ist wohl das Ende. Das Ende einer Dienstbeziehung, wie sie nur ganz selten einmal vorkommt.

Es steht klar vor ihr: Sie wird zu Brasch gehen – ausgerechnet zu Brasch, der auf einmal so gut zu sprechen ist auf diesen Uwe – und um ihre Versetzung bitten. Oder doch wenigstens darum, in ein anderes Team zu kommen.

„Ja, warum denn nur?" wird Brasch fragen und dabei wahrscheinlich noch blöder dreinblicken als gewöhnlich. „Och, wissen Sie", wird sie versuchen möglichst unbeteiligt zu wirken, „acht Dienstjahre, da verschleißt man ein wenig. Ich brauch mal eine neue ... äh Situation." Und dann wird Brasch mit dem Finger auf sie zeigen und furchtbar listig und gekünstelt auflachen: „Ha, Sie haben sich gestritten, stimmt's?" Und was soll sie darauf bloß sagen ...

Gestern Mittag war sie so wütend auf Uwe, dass sie nicht einmal heulen konnte. Was hatte der nicht alles zu ihr gesagt! Wie ein Vieh hatte er sie behandelt, schlimmer als ... ja, noch viel schlimmer als Enrico, der sie geschlagen hat. Aber damals war sie zwanzig und hat dem Schwein immer wieder verziehen. Jetzt ist sie bald doppelt so alt, da lässt man sich nichts mehr gefallen. Nicht einmal von einem ... Lieblingskollegen. Einem ... ehemaligen Lieblingskollegen.

Uwe Steiner steuert den Wagen ungewohnt defensiv durch die Stadt. Vor gelben Ampeln hält er an. Das hat er noch nie getan. Kein einziges Mal blickt er zur Seite, was gar nicht so leicht ist beim Rechtsabbiegen. Hoffentlich nehme ich jetzt keinen Radfahrer mit, denkt er, als er in die Hilda-Promenade einbiegt.

Nur keine unnötigen Bewegungen, das ist wichtig jetzt. Uwe benötigt alle Kraft, um diesen Vormittag zu überstehen. Er wird drunterdurchtauchen unter diesem Vormittag und sich dann unter irgendeinem Vorwand zu Klumpinger absetzen, nach Heidelberg. Und da wird er bei der Maria, im Gasthaus zur Bergstraße, sitzen bleiben, dort, wo ihn keiner kennt, bis er nichts mehr spürt von dieser ... Trauer. Dieser unerhörten Trauer.

Gestern Nacht war er viel zu erschöpft, um sich besaufen zu können. Er saß nur da, in seiner Küche, rauchte – und starrte geradeaus. Es gab eigentlich nichts und niemanden, auf den er nicht wütend gewesen wäre. Zuallererst auf die Frauen im Allgemeinen, die so unzuverlässig und berechnend und hanebüchen dumm und falsch und hinterhältig und verschlagen sind, dass es einen gruseln muss. Ja, sie sind eine Strafe, so schwer, dass man fast wieder an den Gott des Alten Testaments glauben möchte: Hart hat er uns geschlagen in seinem Zorn ...

Dann begann Steiner plötzlich, die brennende Zigarette gegen seinen Arm zu halten, mal schauen, wie lang man das aushält. Ein Uwe Steiner hält so was verdammt lange aus, keine Frage. Und verdient hat er die Schmerzen allemal: Wie konnte er sich nur so gehen lassen? Wäre es nicht viel souveräner gewesen, die Indiskretion seiner Kollegin zu ignorieren? Was musste er sie auch so wüst beschimpfen!

Andererseits, sie hat ihn aufs Unsensibelste an einem Punkt getroffen, wo er gar nicht anders kann ... Acht Jahre gemeinsam unterwegs, da könnte man doch ein wenig Rücksichtnahme verlangen, oder? Ein bisschen Respekt. Aber nein, Daniela muss natürlich in der Wunde bohren. Muss ihm Breitseite um Breitseite ihrer angesammelten weiblichen Naivität vor den Bug knallen. Kein Wunder, dass man da ausflippt.

Als er sich endlich entschloss, ein paar Bier aus dem Keller raufzuholen, ist er im Flur über seinen Schlappen gestolpert. „Du Arschloch!“, hat er seinen Schlappen angeschrieen und mit voller Wucht gegen die Wohnzimmertür geschossen. Da ist jetzt ’ne Macke drin.

„Herr Steiner? Ist was passiert?“, hat die Vermieterin kurz darauf durchs Treppenhaus getönt.

Steiner hat keine Antwort gegeben. Nur ein wenig mit ein paar leeren Flaschen geklimpert, damit sie nicht noch mal fragt.

Als Uwe das Dienstauto vor dem repräsentablen Sandsteingebäude in der Kaiserallee parkt, wartet er, bis Daniela Kämmerer ausgestiegen ist und die Tür zugeworfen hat. War das Absicht, dass der ganze Wagen gezittert hat, als die Tür ins Schloss fiel? Wahrscheinlich. Vorsicht, Daniela, noch so eine Aktion, und er wird sie sich mal zur Brust nehmen und all das in ihr immer so furchtbar erstauntes Gesicht hineinbrüllen, was dieser Scheißkuh noch nie jemand zu sagen wagte. Er am wenigsten.

Knirschend folgt Uwe Steiner der Kollegin, die bereits geklingelt hat und im muffig riechenden Treppenhaus verschwunden ist. Natürlich hält sie ihm die Haustür nicht auf, das schwere Ding schlägt Steiner gegen die Schulter. „Pass nur auf, ich hau dir eine rein“, flüstert er vor sich hin.

Daniela hat irgendwas gehört. Etwas Bitteres, Hingezischtes. Wild fährt sie herum. Und fixiert den Kollegen, der soeben die erste Treppenstufe erklimmt, mit ihrem vernichtendsten Blick. Natürlich, der gibt ihr ein bitteres Grinsen zurück, das augenblicklich einer Miene weicht, die sie nicht anders als bedrohlich interpretieren kann. Wer weiß, wozu dieser Schläger imstande ist! Schon heute Nachmittag wird sie sich an Brasch wenden, scheißegal, was dann passiert ...

Weder Daniela noch Uwe sind so richtig bei der Sache, als sie auf den Besucherstühlen im Büro von Wilhelm Kappes Platz nehmen. Mehrmals unterbrechen sie einander; jede Frage ist spitz formuliert, klingt eisig, sezierend.

Kappes wird es ganz anders hinter seinem Schreibtisch. Bislang ist er mit der Polizei meistens ganz gut ausgekommen; das sind aber zwei harte Kriminalbeamte, die ihm da gegenübersitzen! Was haben die bloß? Für den Augenblick verliert Kappes seine stoische Gefasstheit – Steiner bemerkt ein leichtes Zittern der Hände, als sich der Makler einen Zigarillo anzündet.

„Das stört Sie doch nicht, oder?"

„Herr Kappes", hakt Daniela ein, „wann haben Sie Mike Storbitzki das letzte Mal getroffen?"

„Was? Wen? Ach Gott, ja, diesen ... naja, wie soll ich sagen ... dieses Raubein. Och, lange nicht!"

„Herr Storbitzki ..."

„Herr Storbitzki ..." Uwe kommt eine Zehntelsekunde später als Daniela, doch er redet weiter, als wäre sie gar nicht da. „Herr Storbitzki hat Sie schwer belastet. Im Mordfall Norbert Ladurner sollen Sie eine entscheidende Rolle gespielt haben."

„Bitte? Sie werden doch nicht ... Was für ein Mordfall? Das gibt's ja wohl nicht!" Es sieht so aus, als wolle sich Wilhelm Kappes erheben – dann bleibt er doch sitzen, eine Hand an den Schreibtisch gekrallt. „Zum einen sagt mir der Name überhaupt nichts, zum anderen werden Sie doch keinem Kleinkriminellen die Gelegenheit geben, honorige Bürger zu beschuldigen, das wäre ja unglaublich ..."

„Sie müssen verstehen", lenkt Daniela mit wärmerer Stimme ein (und spürt dabei, dass Steiner diesen Trick anerkennen muss), „Herr Kappes, dass wir jede Aussage überprüfen müssen, es tut uns natürlich leid, dass wir Sie damit belästigen."

„Ach so, ja ..." Kappes lächelt. Er entspannt sich sogleich, zieht am Zigarillo. „Das ist natürlich was anderes. Bitte, womit kann ich dienen? Äh richtig, Storbitzki ... Sie haben das gut recherchiert. Sicher, vor Jahren, ich kannte ihn ja nicht, habe ich mal auf seine Dienste zurückgegriffen. Da äh ... warten Sie mal, das ist doch noch länger her ... Genau, das war irgendwo in der Südweststadt, da gab es Mietsäumigkeiten, richtig – und eine Klage wegen Eigenbedarf, genau, und der Mieter, ein Schwerstalkoholiker, hat sich geweigert auszuziehen. Wissen Sie, das ist für uns auch nicht immer ganz einfach, der Spielraum ist hierzulande ja begrenzt. Ich habe diesen Storbitzki – das gebe ich zu – in der Tat beauftragt, ein wenig Druck auszuüben."

„Er hat dem Mieter das Jochbein gebrochen", fügt Uwe Steiner lakonisch an.

„Ja, furchtbar, nicht? Das konnte ich natürlich nicht wissen, dass das so eine Type ist! Ich habe den Kontakt selbstverständlich sofort abgebrochen und ihn nie wieder engagiert."

„Möckmühl, Hartmannstraße. Familie Schneider in Hagsfeld. Höttges, Bannwaldallee", liest Daniela Kämmerer vor. Und blickt Kappes fragend an.

„Meine Güte, das weiß ich doch alles gar nicht mehr. Bei all den Aufträgen! Wissen Sie, wie viele das sind pro Jahr? Ich kann Ihnen die Akten ..."

„Haben Sie in den genannten Fällen Mike Storbitzki beauftragt oder nicht?"

„Kann sein. Möglich. Aber wenn, dann war das ganz gewiss vorher, also vor diesem ... Übergriff in der Südweststadt, das können Sie mir glauben. Aber entschuldigen Sie, höre ich richtig: Hat Storbitzki jemanden umgebracht? Das ist ja schrecklich! Andererseits, es ist fast folgerichtig, dass so einer ..."

„Er sagt, er war's nicht", fällt ihm Steiner ins Wort. „Außerdem – das interessiert Sie vielleicht: Er ist ausgebrochen."

„Was!", fährt Wilhelm Kappes auf, bemüht sich aber sogleich um einen gemäßigten Tonfall. „Entschuldigen Sie, aber wie kann so was denn passieren?"

„Ich war nicht dabei", entgegnet Steiner kalt. „Sonst wäre er ja noch in Haft." An dieser Stelle riskiert er einen winzigen Blick Richtung Daniela. Uwe sieht, wie sie genervt zur Decke hochschaut. Typisch. Nichts anderes zu erwarten.

„Wie dem auch sei", räuspert sich Kappes, „dabei kann ich Ihnen leider nicht helfen. Wie gesagt, der Kontakt war flüchtig. Jahre her und ..." Abermals räuspert er sich. Wartet auf die nächste Frage. Doch die kommt nicht. Die beiden Beamten schauen schweigend vor sich hin. Seltsam. Dieses Verhalten verunsichert den Makler mehr als die Befragung zuvor. „Nun, also, wenn Sie dachten ... Also, der wird doch sicher wieder eingefangen. Oder?"

„Früher oder später", meint Uwe. „Wollen wir hoffen, dass er nicht zu viel Unheil anrichtet, in der Zwischenzeit." Mit aller Macht zwingt sich der Hauptkommissar zur Konzentration. Eines ist vollkommen eindeutig: Dieser Mann, dieser gepflegte, soignierte Herr aus besseren Kreisen hat Angst. Vermutlich vor Storbitzki. Uwe hat so ein komisches Gefühl; doch fürs Erste ist dem nicht beizukommen. Abwarten. Der wird vielleicht noch einmal aktuell. Vielleicht auch nicht.

Daniela scheint zu ähnlichen Resultaten gekommen zu sein. Uwe überlässt ihr die folgende Viertelstunde komplett. Als er merkt, dass sie ohne ihn besser zurechtkommt, verlässt er grußlos den Raum, zum Schein das Funkgerät ans Ohr gepresst.

Daniela lenkt die Befragung in Richtung der Vorkommnisse am Gleisdreieck. Doch Wilhelm Kappes hat sich wieder völlig in der Gewalt. Er gibt verbindlich Auskunft. Präzise, ruhig. Sagt nicht mehr als er muss. Bemüht sich um männliche Dominanz. Daniela hat im Augenblick keine Kraft, ihn noch einmal wirkungsvoll zu unterbrechen. Nur einmal, als er um Verständnis für seine Profession ersucht, fährt sie ihn an.

„ ... also ist das nicht Undank? Jeder will irgendwo wohnen, irgendwo bauen ... und wenn irgendwas schief geht, heißt es immer: Jaja, diese schlimmen Immobilienmakler! Verstehen Sie, meine Liebe ..."

„Lassen Sie das! Ich bin weder Ihre Liebe noch Ihre Sozialarbeiterin. Sie planen keinen Auslandsaufenthalt in den nächsten Wochen?"

„Entschuldigen Sie, aber nein, im Augenblick habe ich so viel zu tun. Ehrlich gesagt, wo das Wetter hier so schön ist, hätte ich auch gar keine Veranlassung ..." Kappes versucht ein Lächeln.

Doch Daniela blafft ihn noch einmal an: „Das tut gar nichts zur Sache. Es ist Ihnen hiermit untersagt. Sie bleiben vorerst in Karlsruhe." Damit packt sie ihr Material zusammen und erhebt sich. Nicht einmal die Tür lässt sie sich aufhalten. „Danke, ich finde schon raus. Eins noch: Wir lassen Sie ab sofort rund um die Uhr überwachen – zu Ihrer eigenen Sicherheit."

„Ah so, ja, natürlich. Danke auch. Auf Wiedersehen."

Daniela Kämmerer murmelt irgendwas, als sie das Büro verlässt. Es könnte „Auf Wiedersehen" heißen. Möglicherweise aber auch „Leck mich am Arsch!"

Erwartungsgemäß sitzt Uwe schon im Wagen, den Blick wiederum geradeaus gerichtet. Als Daniela einsteigt, lässt er den Motor an.

„Immerhin das klappt noch ..." flüstert er in seinen Bart. Hat sie genickt? Oder einfach ignoriert, dass er was gesagt hat? Egal. Sumpfkuh. Na warte, so eine Chance geb ich Dir nicht noch einmal ...

Regungslos, wie vereist mitten in der grölenden Hitze, fahren sie in die Hertzstraße zurück. Erwartungsgemäß bleibt Uwe sitzen, als Daniela aussteigt. Kaum ist sie in der Zentrale verschwunden, lässt er den Motor an und rast vom Hof. Kaum ist er auf der Ausfallstraße nach Ettlingen angekommen, verlässt ihn die Lust auf Heidelberg. Klumpinger muss heute auch nicht sein, was soll er ihm denn sagen? Trotzdem, Uwe beschleunigt. Irgendwo muss man ja hin. Er überholt ein paar Familienspießerwägelchen. „Torben an Bord". „Chloe auf großer Fahrt". Zum Kotzen! Uwe bleibt auf der linken Spur. Blendet auf, als die Autos vor ihm nicht Platz machen.

Verdammt! – Gerade noch rechtzeitig nimmt er den üblichen Stau zwischen Durlach und Bruchsal wahr. Biegt ab. Aber auch auf der B 10 Richtung Pforzheim kommt Uwe nicht weiter.

In Berghausen das gleiche Spiel. Zuckelverkehr. Nein, das hält er jetzt nicht aus. Warum ist es auch überall so verflucht eng, rings um Karlsruhe? Nirgends kommt man raus! Nirgends kommt man hin! Bei einer altertümlichen Tankstelle hält Uwe an. Bleibt vor dem Luftdruckmesser stehen. Was soll er hier?

Ohne einen einzigen klaren Gedanken fassen zu können, bleibt er hocken. Die Hände am Lenkrad. Bis eine der Susis von der Tankstelle auf ihn aufmerksam wird und auf ihn zukommt. Soll er sie plattfahren? Gute Idee. Ach, Scheiße. An der verdutzten Frau vorbei, kurvt Uwe Steiner zurück auf die Straße. Zurück Richtung Karlsruhe.

Hätte Daniela vorher nur irgendetwas gesagt auf seinen schüchternen Versuch hin, ein Gespräch in Gang zu bringen, er würde sofort zu ihr fahren. Er ist so aufgewühlt, dass er sie ... um Verzeihung bitten würde? Das vielleicht nicht gerade. Aber er würde so gerne mit ihr reden. Und dabei durchblicken lassen, was sie ihm bedeutet. Mehr als alle Beziehungen, die er je hatte. Viel zu viel, wie sich jetzt herausstellt.

Wo soll er denn hin? Nach Hause? Auf gar keinen Fall. Zu lange wohnt er schon in dieser bescheuerten Junggesellenwohnung, die vor Zeiten mal keine Junggesellenwohnung gewesen ist. Als ihn Janina damals verlassen hat, weil er die Sache mit dem Baccardi nicht mehr in den Griff gekriegt hat, ist er einfach drin geblieben. Dieser ganze Murks mit Wohnungssuche und Mietverträgen und so weiter ist ihm schon immer schwer auf den Senkel gegangen. Ist ja eigentlich gleichgültig, wo man wohnt.

Nach ein paar unnötigen Richtungswechseln landet Uwe schließlich in der Karlstraße. Bei der letzten WM hat er hier in so einer Mischung aus Bar und Bistro zwei, drei Spiele angeguckt. Das ist die Rettung: Heute spielt ja der KSC! Zwar erst in ein paar Stunden, aber was soll's. Die kriegt er schon rum.

Während alle anderen Gäste vor der Kneipe Platz genommen haben und auf die Riesenleinwand starren, wo ein paar spindeldürre Drecksweiber um die Wette singen, sitzt Uwe Steiner tief im Innern der „S-Bar" vor einem kleinen Bildschirm und bestellt Currywurst mit Pommes. Immerhin, drinnen ist klimatisiert.

„Scharf oder extrascharf?"

Der Wirt ist eine Ulknudel, das merkt Uwe gleich. Zu einem netten Plausch, der durchaus möglich wäre, verspürt er nicht die geringste Neigung. „Was ist denn extrascharf bei Ihnen?"

„Naja, kommt immer drauf an, was du aushältst."

„Nehm ich."

Das war natürlich ein Fehler. Die wie ein Kamm eingeritzte rote Wurst, großzügig übergossen mit roter Tunke, schmeckt ja gar nicht schlecht! Aber die Soße besteht zu zweihundert Prozent aus Chili. Der Rest ist Tabasco. Trotz der Klimaanlage läuft Uwe bald der Schweiß an den Schläfen runter. Dass er alle Viertelstunde ein Pils bestellt, wirkt sich auch nicht gerade schweißhemmend aus.

Vom Spiel bekommt Uwe nur dann was mit, wenn die Leute draußen aufschreien. Der KSC erwehrt sich des virtuosen Angriffswirbels von Bayer Leverkusen. Einmal Latte, einmal Außennetz. Das erste Tor nur eine Frage der Zeit. In der zwanzigsten Minute der erste Entlastungangriff. Klotzke passt auf Mijo Nujic, der nimmt gekonnt mit, überläuft sogar den Rechtsverteidiger, doch als er nach innen ziehen will, ist plötzlich ein Bein im Weg.

Uwe versinkt erneut in seinen Pommes. Wie ein Irrer schaufelt er die knusprigen Dinger in sich rein, das einzige Mittel, dieses fiese Brennen etwas abzutöten. Da hört er den Torschrei. Was, ehrlich? Erst in der Wiederholung erkennt er den Tathergang: Mario Loos hat die Ecke knallhart hereingeschlagen – war das nicht Winnie Schäfer, der gesagt hat, eine Ecke müsse sein wie eine Traumfrau: rattenscharf mit geiler Kurve? – und im Gewühl ist ein Leverkusener Oberschenkel dankbarerweise im Weg. Der Ball knallt dem Torwart ins Gesicht, fällt zu Boden ... und Florian Müller, noch so ein junges Eigengewächs, staubt ab.

Das 2:0 gleich zu Anfang der zweiten Hälfte verpasst Uwe Steiner auf dem Klo. Er hat Durchfall, kommt einfach nicht von der Schüssel runter.

Ab der 60. Minute schafft es der KSC nicht mehr aus dem eigenen Strafraum heraus.

„Mensch, die dürfe sich net so hinte neistelle“, befindet die rötlich gefärbte Bedienung, als sie Uwe den vierten Jack Daniels bringt. Wie Recht sie hat. Der Anschlusstreffer.

Dass der KSC ein sensationelles 2:1 nach Hause schaukelt, hat er im Wesentlichen dem hervorragenden Zusammenspiel zwischen Torwart, Pfosten und zahllosen Abwehrbeinen zu verdanken.

„Ein dreckiger Sieg“, vernimmt Uwe im Getöse draußen auf der Straße. „Auswärtssieg! Auswärtssieg!“ Wenigstens die haben gewonnen. Die Freude darüber bleibt Uwe heute leider verwehrt.

Kurz vor drei Uhr nachts, von Wirtin und Bedienung genötigt, doch endlich seinen Platz zu räumen, da hat er gerade eine SMS an Daniela abgewürgt, bugsiert Uwe Steiner sein Hinterteil vom Hochstühlchen herunter. Verflucht noch mal! Beinahe wäre er gefallen.

Draußen bricht ihm von neuem der Schweiß aus. Der Himmel ist merkwürdig hell. Gibt es denn gar keine Nacht mehr? Gibt es denn überhaupt nichts mehr, wo man sich verkriechen könnte?

Auf der Treppe hoch zu Brasch ist Daniela zusammengeknickt. Sie kauert auf einer Stufe. Hoffentlich kommt jetzt keiner! Daniela macht sich solche Vorwürfe: Warum hat sie denn um Gottes Willen nicht reagiert, als Uwe sie im Auto angesprochen hat? Weiß sie doch nur zu gut, welche Überwindung es ihren supertoughen Kollegen gekostet haben muss, überhaupt ein Wort an sie hervorzubringen ...

Nein, zu Brasch kann sie heute nicht. Sie muss nach Hause, Kraft sammeln. Und morgen, ja morgen wird sie den schweren Gang tun. Gleich zu Dienstbeginn. Nie wieder will sie neben Uwe Steiner im Auto sitzen und ... und das aushalten.

Manuel ist bei der Oma. Über Nacht. Ein Glück! Zuerst hat Daniela gedacht: Mist, jetzt hab ich nicht mal ihn bei mir! Aber dann wurde ihr schnell klar, dass es eine unerträgliche Belastung wäre, heute mit irgendwem reden zu müssen. Außer mit Uwe. Und das geht ja nicht.

Statt nach Hause zu fahren, parkt Daniela ihren Wagen hinterm Hauptbahnhof. Schließt ab. Läuft los. Egal wohin. Es ist heiß. Entsetzlich heiß. Sie hat keine Kopfbedeckung. Binnen Sekunden glühen ihre Haare. Ob sie gleich abbrennt? Eine Reihe von Platanen, die keine Kühle spenden. Ein Stückchen Alb, eingezwängt zwischen Bahntrasse und Südtangente. Keuchend schiebt sich Daniela eine schattenlose Fußgängerbrücke hinauf. Endlich: eine Unterführung! Nichts wie hinein.

Da hört sie diese sonderbaren Töne. Was ist das denn? Fängt sie jetzt an zu spinnen oder was? Nein. Lehnt doch tatsächlich ein Flötenspieler am Geländer über der schwarzen Alb, mitten in der düsteren Unterführung! Und schickt melodische Improvisationen auf die Reise. In gebührender Entfernung bleibt Daniela stehen. Lauscht mit offenem Mund. Hört die Alb plätschern, in den Pausen.

Was ist denn eigentlich los? Sie benimmt sich ja wie eine hoffnungslos Verliebte! Was für ein Quatsch! Sicher, Uwe ist ihr Lieblingskollege. Immer schon. Fast immer – in den ersten Tagen haben sie noch alle bemitleidet, ja genau, sie selbst war wild entschlossen einen Antrag zu stellen. Dann die ersten Fälle ... und es war nicht mehr zu leugnen: Sie funktionierten prachtvoll zusammen! Eine Serie von Erfolgserlebnissen, die der jungen Beamtin einen phantastischen Ruf einbrachten.

Damals hatte sich – ganz kurz – wie von selbst die Frage gestellt, ob Uwe noch was anderes sein könnte als der verlässliche Partner im Dienst. Aber es ergab sich nie der richtige Moment, besser: Jedesmal, wenn sie von einander etwas Privates mitbekamen, waren sie sich sicher, dass es doch das Beste wäre, ab und zu miteinander die Mittagspause zu verbringen, vielleicht auch mal abends was trinken zu gehen, aber dann meist in Begleitung anderer Leute – und das war's dann.

Daniela bemerkt, dass es still geworden ist. Der Flötenspieler ist längst verschwunden – hoffentlich hat sie ihn nicht vertrieben durch ihre Anwesenheit! Nur das Gegluckse der Alb und ab und zu das Gerausche eines vorüberfahrenden Autos sind zu hören. Und ein untergründiges Grummeln und Tuten und Hupen, ganz von ferne. Die Südtangente ...

Eine unerwartete, dörflich anmutende Birkenallee wandert Daniela Kämmerer hinauf, von Schatten zu Schatten. Von der Kuppe herunter erkennt sie die Türme der Bulacher Cyriakuskirche. Wie ist sie hier denn hingeraten? Nein, von dieser Seite ist sie noch nie in das alte Wäscherinnendörfchen hineingekommen.

Auf einer Streuobstwiese beklettern ein paar Kinder Apfelbäume. Am Ende der schattigen St.-Florian-Straße wendet sich Daniela nach links, passiert ein paar niedere Fachwerkhäuser mit doppelten Dächern und einen Schienenstrang, wo sie in ein Kleingartengebiet einbiegt. Langsam geht sie, betäubt von der Hitze ... und von diesem unnennbaren Kummer.

Ein Wäldchen nimmt sie auf. Wie lange war sie nicht hier! Zum letzten Mal mit Manuel, auf einem Fahrradausflug, wahrscheinlich. Unter einer Pappel steht eine beschattete Bank. Nein, jetzt nur nicht hinsetzen, dann steht sie nie wieder auf.

Über ein Feld von erstaunlicher Ausdehnung, das im vollen Sonnenglast flimmert, nähert sie sich Rüppurr. Sommergesirre. Kornduft. Was soll sie bloß machen? Ungezählte Male zieht sie ihr Handy hervor – hat sie nicht die Ankunft einer SMS überhört?

Unweit der Rüppurrer St. Nikolauskapelle findet Daniela Kämmerer eine schattige Stelle an der Alb. Unter Ächzen reißt sie sich die Schuhe von den Füßen, wirft sie wütend hinter sich. Und stellt die Füße ins Wasser. Es ist weniger kalt als erhofft. Aber doch, immerhin: Mit der Zeit senkt es die Temperatur in ihrem Körper. Die ganze Nacht, bis zum nächsten Morgen würde sie so sitzen bleiben. Wenn sie nicht so einen verfluchten Durst hätte ...

17. August

Als die Ladentür geöffnet wird, erklingt ein altmodisches Glöckchen, das mit seinem hellen Ton Bilder junger herumspringender Zicklein auf einer Frühlingswiese hervorruft. Das Halbdunkel in „Brunos Reste“ lässt die sonnenverbrannten Augen erst einmal im Ungewissen über die dort angebotenen Waren. Die Luft, mit Staub und Muffigkeit vieler Jahrzehnte angereichert, ist dennoch wohltuend kühl; ein angenehmer Kontrast zum seit vielen Tagen in der Stadt herrschenden Savannenklima.

„Komme!“, ertönt es aus dem hinteren Bereich des Ladens – und wirklich schält sich eine Gestalt langsam aus der Düsternis des langen Ganges am Ende des Verkaufsraums.

„Ah, der Gerbig.“

„Tag.“

„Dich hätt’ ich heut nicht erwartet. Ich dachte, du wärst auf der Beerdigung von deinem Freund Ladurner.“

„Der war nicht mein Freund.“

„Dann bin ich wohl falsch informiert – wobei, das kommt sehr selten vor. Immerhin ist Information mein Geschäft, wenn du so willst.“ Bruno grinst Gerbig an. Sein Gesicht, das von glatt gekämmtem, säuberlich auf die Seite gescheiteltem Haar eingerahmt wird, hält er dabei seltsam schief, seine Oberlippe, von einem akkurat getrimmten Bärtchen geziert, zieht er unnatürlich weit nach oben, alles darunterliegende Zahnfleisch entblößend. „Warst also nicht auf der Beerdigung ...“

„Doch! Dort komme ich gerade her. So gut bist du wohl doch nicht informiert.“

Das Grinsen friert fest, versteinert sozusagen; irgendwie sieht Bruno aus wie ein Fossil aus lange vergessenen Zeiten. Doch hier, in diesem Laden, der voll gestopft ist mit alten Möbeln und Gebrauchsgegenständen jedweder Art, vergilbten Büchern und gewellten Plattencovern, scheint er ein Zuhause gefunden zu haben. Sein ganz persönliches Museum. „Nun, was führt dich also zu mir?"

„Wollte fragen, ob schon eine neue Lieferung eingetroffen ist."

„Kannst es wohl gar nicht erwarten, wie? Ist dir langweilig, jetzt, wo dein Freund – entschuldige, dein Handelspartner – tot ist? Brauchst dringend Lesestoff?"

Gerbig übergeht die kleinen Provokationen. „Und? Hast was Neues?"

„Kommt ganz darauf an."

„Quatsch bloß nicht rum. Du weißt genau, was ich will: Den „Rekonstruktor" möchte ich."

„Hast Glück. Vorgestern Nacht habe ich aus Holland eine neue Lieferung erhalten. Allerdings nur ein paar Exemplare. Die haben neuerdings Probleme: Vor ein paar Wochen hat die Polizei ein ganzes Lager mit Material ausgenommen und den Vertriebsweg über Belgien lahm gelegt. Jetzt haben die auf die Schnelle neue Kuriere rekrutiert, aus dem Aachener Raum – die musst du allerdings erst mit kleinen Häppchen testen ... wie heißt's so schön? Vorsicht ist die Mutter der Porzellankiste." Er wendet sich zum Flur um, kramt einen großen Schlüsselbund aus der Hosentasche, öffnet eine Türe und verschwindet im dahinter liegenden Zimmer. Als er wieder kommt, hält er eine dicke Broschüre in der Hand.

„Hier. 14,90 Euro bitte."

Gerbig schaut verwundert. „Letztes Mal hab ich aber noch 9,90 bezahlt. Willst mich verarschen?"

„Nee. Aber die Preise steigen mit dem Risiko."

„Du spinnst doch! Ist ja total überteuert! Das zahl ich nicht."

„Na gut. Wenn du nicht willst ... Ich habe viele andere, die wären froh, wenn sie das Material überhaupt irgendwie bekommen könnten."

Gerbig stößt ein undefinierbares Grollen aus und fummelt zwei Scheine aus der Hosentasche. „Hier. Und jetzt gib her!" Auf der in altmodischem Duoton gehaltenen Titelseite posiert in martialischer Pose ein Mann. Sein im Profil abgebildetes Gesicht ist mit dunklen Schatten überzeichnet, seinen Nacken schützt ein nach hinten geschobener Helm. Schnell blättert Gerbig die Seiten durch, bis er im hinteren Teil der Zeitschrift, bei den Kleinanzeigen von Kauf- und Tauschgesuchen verschiedenster Sammlerstücke, angelangt ist. In höchster Konzentration runzelt er die Stirn, während er langsam Zeile für Zeile studiert. Immer wieder befeuchtet er seinen Zeigefinger, bevor er raschelnd eine Seite umblättert. Als er Brunos Blick über seine Schulter bemerkt, schlägt er rasch die Seiten zu und rollt die Zeitschrift zusammen. „Was stehst denn hier rum und schaust mir zu? Hast nichts zu schaffen?", blafft er den Ladenbesitzer an und verschwindet in der gleisenden Augustsonne.

*

Ohne rechte Freude verzehrt Wilhelm Kappes sein tägliches Marmeladenbrot. Es muss Johannisbeergelee sein, ein Qualitätsgelee, den er nur in diesem alteingesessenen Lebensmittelgeschäft gegenüber vom Karlsruher Hauptbahnhof erhält. Manchmal macht er eigens einen Schlenker auf dem Weg von der Arbeit nach Hause, um sich mit dieser rötlichen, süßlichherben Frühstücksspezialität einzudecken.

„Zwei Gläser Johannisbeergelee für Herrn Kappes", kommentiert die aufmerksame Ladenbesitzerin ein jedes Mal zutreffend.

Es freut den Immobilienmakler, dass er dem Traditionshaus namentlich bekannt ist. „Bin extra einen Umweg gefahren", gibt er grundsätzlich zur Antwort. Einmal hat ihn die freundliche Dame darauf aufmerksam gemacht, dass es einen Engpass geben wird; die Lieferung sei ohne Angaben von Gründen ausgeblieben. Da hat er ausnahmsweise einmal drei Gläser gekauft, auf Vorrat. Eine richtige Entscheidung, wie sich herausstellen sollte.

Exakt zwei Tassen Kaffee brüht sich Kappes allmorgendlich. Dallmayer, mittlere Röstung, sonst nichts. Seit über drei Jahrzehnten. Nach dem Frühstück räumt er das Geschirr in die Spülmaschine, wäscht sich die Hände, kontrolliert noch einmal sein Äußeres im Flurspiegel, den Sitz der Krawatte, die Reinlichkeit des Kragens, bürstet sich, falls nötig, über den silbergrauen Bart.

Nur heute geht ihm das alles nicht wie üblich von der Hand. Die Nacht war schlecht, dreimal ist er aufgestanden. Immer wieder ist er aus dem Schlaf hochgeschreckt – der Ärger von gestern Nachmittag, vermutlich.

Es war ja auch unerhört! Um 17.45 Uhr, wie immer, hatte er das Bürogebäude verlassen, hinter sich abgeschlossen und rasch die paar Meter durch die Hitze zu seinem reservierten Parkplatz zurückgelegt. Es war nicht zu fassen: Mit roher Gewalt hatte jemand seinen rechten Rückspiegel demoliert. Zersplittert, in Fetzen, hing das Ding seitlich herunter. Eine ungeheure Empörung hatte sich seiner bemächtigt; war das möglich? Ein Übergriff? Auf sein Auto? Dergleichen war noch niemals vorgekommen.

Mehrfach musste er den Volvo umrunden. Erst beim vierten Mal fiel ihm etwas auf, das noch schlimmer war: ein Kreuz. Ein grob in den Lack der Kühlerhaube geritztes riesengroßes Kreuz. Kein Hakenkreuz, kein Christuszeichen; die Art und Weise, wie die Zeichnung des unsäglichen Schandmals ausgeführt war, schien eher von einer Markierung zu zeugen. Man hatte sein Auto, ihn angekreuzt – wie einen Baum im Stadtgarten, der demnächst gefällt werden sollte.

Unverzüglich hatte Kappes seinen Wagen zur Werkstatt gebracht, wo er halbjährlich zur Generalinspektion vorfährt. Der Seniorchef war ebenso entsetzt über diese scheußliche Gemeinheit wie er selbst: „Noi, noi, noi ... Es wird doch ebe imma schlimma! Wo soll des denn emol noch ende?"

Die beiden vorrätigen Leihwagen lehnte Kappes ab. Sie entsprachen seinen Vorstellungen in keiner Hinsicht, vor allem wohl deshalb, weil sie eben nicht sein Wagen waren. Mit dem Taxi ließ er sich zum Koffler nach Rüppurr fahren – jetzt kam es auch nicht mehr darauf an. Die Sache mit dem Lack würde kostspielig werden, trotz der exzellenten Versicherung, die er abgeschlossen hatte.

Wie üblich löffelte er zuerst eine Rindfleischsuppe, gefolgt von einem Ratsherrentopf mit Klößen. Dabei nimmt er grundsätzlich keine Rücksicht auf die Jahreszeit; höchstens insofern, als er von Mai bis September statt Rotkraut einen kleinen Salatteller als Beilage wählt. – Ganz alleine, feuerköpfig saß er im Innenraum, während die anderen im lauschigen Gastgarten den Sommerabend genossen. Wilhelm Kappes ist eben grundsätzlich der Ansicht, warme Speisen sollten nicht im Freien gegessen werden.

Immer wieder spähte er nach draußen, während er Bissen um Bissen heruntermalmte. Was war nur los? Wer war da unterwegs? Der Entflohene? – Zu Hause gönnte sich Wilhelm Kappes drei Remy Martin, einen mehr als gewöhnlich. Um einschlafen zu können.

Vor dem Flurspiegel zuckt er zusammen. Beim Striegeln des Oberlippenbarts hat es furchtbar geziept. Bei näherem Hinsehen bemerkt der Makler, dass Soßenreste das Hindurchgleiten der Bürste verhindert haben. Alles aus den Fugen, nicht zu fassen ... Jetzt aber: Selbstdisziplin!

Als Wilhelm Kappes pünktlich 6.45 Uhr das Haus verlässt, hat er bereits beschlossen, kein unnötiges Geld für ein Taxi auszugeben. Ganz entgegen jeglicher Gewohntheit, besteigt er den Bus, der ihn zur Straßenbahnhaltestelle bringt. Noch gesteht er sich nicht ein, dass dies bereits ein Ablenkungsmanöver ist – um einer unnennbaren Bedrohung zu entgehen. Dennoch vermeint er schräg gegenüber zwei Gestalten in einem parkenden Wagen wahrzunehmen. Und dann – unterwegs – noch mal eine.

So kommt es Kappes sogar zupass, dass die Beförderung mit der Straßenbahn ausgesprochen kompliziert und langwierig vor sich geht; die Fahrt dauert zwanzig Minuten länger als er befürchtet hat. Mehrmals muss er umsteigen. Er wird also nicht erst noch im Büro vorbeischauen, sondern sogleich seinen Außentermin in Hagsfeld erledigen. Und dann von dort direkt nach Blankenloch weiterfahren.

Der kurze Termin war immerhin dafür gut, dass er seine Gedanken wieder aufs Wesentliche konzentrieren kann. Es geht jetzt um alles, er darf sich nicht mit solch einem Unsinn beschäftigen. Sich nicht verwirren lassen. Sei's drum, wahrscheinlich hat irgendein Prolet den Kratzer verschuldet. Ein Rowdy. Sonst ist da nichts, ganz gewiss nicht!

Doch kaum dem Nahverkehrszug entstiegen, fühlt sich Kappes wieder unbehaglich. Kein Mensch ist auf dem Provinzbahnhof zu sehen. Aber war da nicht noch einer mit ausgestiegen? – Blankenloch ... wie lange war er nicht hier! War das Dorf denn immer schon so ausgestorben? Kappes muss sich orientieren; in welche Richtung soll er sich wenden? Die betonierte Trostlosigkeit dieses Ortes gibt ihm keinerlei Anzeichen.

Blankenloch ... das war ihm eingefallen, mitten im Telefongespräch mit Alexander Geraldi.

„Ersparen Sie mir, dass ich mit dem Auto nach Karlsruhe reinfahren muss. Gibt es nicht irgendwas außerhalb, wo wir uns treffen können? So Richtung Mannheim?"

Hoffentlich ist Geraldi nicht enttäuscht, wenn er bemerkt, dass Blankenloch keineswegs in der Mitte liegt, sondern schon zur Karlsruher Banlieu gehört. Andererseits, das Hermannshäusle wird den verwöhnten Frankfurter mit Sicherheit beeindrucken. Für das letzte Geschäftsessen, gut und gerne dreieinhalb Jahre her, war dies der bestmögliche Rahmen.

Jetzt aber nichts wie weg von diesem Bahnsteig, wo föhnige Hitze durch den Schlauch zwischen den Lärmschutzwänden unbarmherzig auf Kappes einströmt. – Doch, er hat sich nicht getäuscht. Für einen Moment ist jemand zwischen den Fahrkartenautomaten aufgetaucht. Um sofort wieder zurückzuweichen. Kappes beschleunigt seine Schritte. Da ist die Unterführung. Eine Brücke über die Geleise wäre ihm bedeutend lieber gewesen. Die ersten Schritte die Treppe hinunter versucht er zu rennen; doch das Stechen in den Knien ist zu stark. Es geht nicht schneller. Verflucht aber auch! Im Handschuhfach hat er seit vielen Jahren eine geladene Schreckschusspistole liegen. Die wird regelmäßig kontrolliert. Sie ist aber nicht da, jetzt. Das wäre ein weitaus besseres Gefühl. Warum hat er das Ding nicht in den Aktenkoffer gesteckt ...

In der Unterführung hat sich die Schwüle der vergangenen Tage gesammelt. Der für solche Orte übliche Urindunst hat sich durch die Hitze intensiviert. Stechend, kaum auszuhalten, dringt betäubendes Ammoniak in alle Poren. Und hinter ihm, die Treppe hinab: tastende Schritte.

Auf dem Bahnhofsplatz bricht ihm der Schweiß aus. Kappes beschließt, das Karojackett abzustreifen und über den Arm zu legen. Die Krawatte zu lockern käme ihm nicht in den Sinn. Binnen Sekunden ist der Kragen durchfeuchtet. Der Makler sieht sich um – außer zwei leergetrunkenen Bierflaschen, die auf einem Blechmülleimer stehen, sind keine Spuren menschlichen Lebens zu entdecken. Immerhin, als er sich ein paar Schritte seitlich bewegt – nur weg hier, weg von diesem Bahnhof – kommt ihm die Erinnerung zurück: Richtig, er muss doch nur die Bahnhofsstraße ganz durch, dann links – oder rechts? – und schon ist er da.

Als Wilhelm Kappes am allerliebst renovierten Fachwerkbau des Hermannshäusles eintrifft, ist seine Anzugshose voller Schweißflecken. Das Weiß seines Hemdes: transparent geworden durch die Feuchtigkeit; überdeutlich zeichnet sich das klitschnasse Feinripp-Unterhemd ab. Er muss auskühlen, unbedingt. Aber nicht hier draußen. Wäre sowieso unmöglich. Kein Lüftchen labt den Erhitzten.

Kappes schaut auf die Uhr. Zum wer-weiß-wievielten Male an diesem Vormittag. Noch eine halbe Stunde Zeit, bis das Restaurant öffnet. Trotzdem, es muss sein: Kappes klingelt. Keine Reaktion. Kappes klingelt erneut. Nichts. Dann noch einmal, mehrmals, er klingelt Sturm wie ein Schiffbrüchiger, der an der Küste ein Gasthaus findet. Endlich öffnet sich eine Tür, offensichtlich der Lieferanteneingang. Ein junger Mensch in Kochkluft schaut ihn erstaunt an: „Wir öffnen erst 11 Uhr dreißig."

„Ich weiß, entschuldigen Sie bitte", ächzt Kappes. Überhöflich fügt er an: „Dürfte ich bitte trotzdem Ihre Toilettenanlagen schon einmal benutzen? Ich habe nachher eine wichtige Verabredung, hier bei Ihnen. Muss mich dringend frisch machen ..."

Der Kochlehrling seufzt. Und verschwindet im Haus. Nach einer Weile ist Schlüsselgeklimper zu hören. Just in dem Augenblick, als die Tür von innen geöffnet wird, erspäht Kappes auf der gegenüberliegenden Straßenseite eine gedrungene Gestalt: Storbitzki? Ist es wirklich Storbitzki? Wie sollte der wissen ... Wird er allmählich zum Opfer seiner absurden Angstphantasien?

„Ich danke Ihnen, recht herzlichen Dank!"

„Bitte, die Toilette befindet sich hier rechts."

„Danke nochmals, vielen Dank." Das ist dem Immobilienspezialisten auch noch nicht passiert: dass er vor einem Küchenjungen vor Dankbarkeit beinahe in die Knie geht ...

Minutenlang lässt Wilhelm Kappes kühlendes Wasser über

seine Handgelenke laufen. Das hat er noch von seiner Großmutter gelernt: die wirksamste Methode im Sommer, die Körpertemperatur zu senken. Aber es hilft nichts, das Unterhemd muss runter. Kappes schließt sich ein. Windet sich aus dem nassen Ding – und zieht das Oberhemd wieder drüber.

Er benötigt genau fünfundzwanzig Minuten, um einen präsentablen Zustand wiederherzustellen. Sehr gut – als er den zauberhaft dekorierten Gastraum betritt, ist noch kein Platz besetzt. Umgehend nimmt er einen Stuhl ganz im Eck in Beschlag. Der liegt im Schatten. Die dampfenden Strahlen setzten nur den Stuhl gegenüber in Flammen.

Geraldi kommt zu spät. Zehn Minuten, das ist zwar im Rahmen. Doch für Wilhelm Kappes eigentlich nicht zu tolerieren. Na ja, die jungen Leute.

„Mensch, Herr Kappes, da haben Sie mich aber durch die Pampa gehetzt, Mann oh Mann ..."

„Herr Geraldi, freut mich, dass Sie da sind! Na, was sagen Sie: ist das nicht hübsch hier?"

„Bin eigentlich nicht hergekommen, um mir Sehenswürdigkeiten anzugucken. Die Autobahn war knallvoll – und mein Navi hat dieses Blankenfels erst gar nicht gefunden!"

„Blankenloch."

„Mir doch egal."

„Ach, das tut mir leid, Herr Geraldi. Nun kommen Sie erst mal zur Ruhe. Machen Sie sich's bequem. Darf ich Ihnen etwas zu trinken bestellen?"

„Wasser."

Es nimmt einige Zeit in Anspruch, bis sich Alexander Geraldi von seinem Ärger erholt hat. Im Auto hat er geflucht wie ein Rohrspatz, am Ende ist er sogar in den Frankfurter Dialekt abgerutscht: „Der aale Drobbewichser da, was bildt der en sisch eischentlisch ei!" Und so weiter. Nun gut, die unaufgeregte, hochpräzise Darstellung des Maklers besänftigt Geraldi für den Augenblick. Im Nu muss er eine zweite Flasche Wasser ordern.

Das Wildkräutersalätchen mit gratiniertem Ziegenkäse erweist sich als überraschend würzig. Geraldi lehnt sich zurück. Er lässt Kappes reden. Immerhin, auf seinen Dienst kann man sich verlassen. Hat ja auch sonst nichts zu tun, hier unten im Süden. Die hängen ja den ganzen Tag im Biergarten rum, dann schälen sie sich aus dem Sitz und gondeln zu irgendeiner Liebschaft, weiß Geraldi.

Vorzüglich mundet das Meeräschengericht. Da schau an: fängt der alte Sack doch schon mittags an zu saufen! Kappes bestellt sich ein Viertel Auxerrois, aus Bruchsal. Na ja, schieben wir's auf die süddeutsche Lebensart. Wenn sich heutzutage einer im Bankenviertel in der ohnehin immer viel zu kurzen Mittagspause ein Gläschen gönnt, braucht er danach gar nicht mehr an seinen Arbeitsplatz zurückzukehren. Weil er dann keinen mehr hat.

Vollkommen überzeugt Alexander Geraldi der Sorbet-Teller: So was Herrliches, Frisches, Aromatisches hat er lange nicht bekommen. Aber was ist das? Nach der umfangreichen Schilderung der Verhandlungen mit Caroline Militzer, der Darstellung der neuesten Entwicklungen beim KSC, den Hintergrundinformationen zu den aktuellen Projekten von Brunner & Brunner, verdüstert sich auf einmal Kappes' Miene. Wagt es doch dieser Provinzprofi Bedenken, Vorsichtsmaßregeln, ja sogar Ängste zu äußern! Plötzlich sehr umständlich, erzählt Wilhelm Kappes von einem gewissen Gerbig, den er beständig als „alten Neurotiker“ bezeichnet. Der plaudre überall herum, das betreffende Gelände sei kontaminiert. Mit Giftmüll aus dem Zweiten Weltkrieg. Könnte sogar was dran sein, da seien auch anderweitig Hinweise aufgetaucht ...

Als Kappes dann noch von einem ausgebrochenen Gewaltverbrecher berichtet, auf den es ebenfalls achtzugeben gelte – hierbei ordert er sogar noch einen Aquavit (Schnaps saufen, in der Mittagspause!) – , unterbricht Geraldi den verdutzten Haudegen: „Hören Sie auf! Was soll das denn auf einmal? Das interessiert mich doch alles nicht! Das ist allein Ihre Sache! Mein Informant hat die Sache glasklar geschildert. Alles andere ist schnöde Praxis. Das machen Sie."

Wilhelm Kappes hält inne. Verflucht noch eins, er hat sich eine Blöße gegeben. Statt weiter beim rein Faktischen zu bleiben, ist er emotional geworden – was für ein dilettantischer Fehler. Schnell will er die Sache geradebügeln: „Nein, nein, Herr Geraldi, Sie haben mich missverstanden, ich bin keineswegs ..."

Aber der Manager aus Frankfurt lässt ihm keine Chance: „Stopp. Auf der Ebene reden wir gar nicht weiter. Wenn da irgendein Gerbig oder sonst ein alter Neurotiker, wie sie so schön sagen, die Sache gefährdet, dann muss der eben weg. Ist das klar?"

„Sicher, natürlich. Gar keine Frage." Kappes hat Mühe sich nicht am Aquavit zu verschlucken.

Eine halbe Stunde später verlassen die beiden das Spezialitätenrestaurant. Wilhelm Kappes hat sich vorsichtshalber ein Taxi rufen lassen. Geraldi gibt ihm kurz die Hand, ohne ihn dabei anzusehen. Und springt in seinen Sportwagen. Kappes hört ihn fluchen: Der Schatten ist weitergewandert, mindestens eine Stunde hat das Auto in der Sonne gekocht.

Im Taxi bemerkt Kappes, dass er mit den Zähnen knirscht. So eine Situation hat er noch nie erlebt. Es geht nun wirklich um alles. Er muss das Heft des Handelns unbedingt wieder in die Hand bekommen, so schnell wie möglich. Er muss seine Angst verlieren – und zwar sofort. Und er darf vor keinem Mittel zurückscheuen. Vor gar keinem.

18. August

Laut wummern die Bässe des roten BMW Cabrio über die verlassen in der Sonne liegenden Trainingsplätze westlich des Wildparks. Schade, dass die Mannschaft gerade geschlossen im schattigen Hardtwald ihre Runden spult, denn Caroline Militzer hätte für diesen Auftritt mehr Publikum verdient: In Rennfahrermanier rast sie die Zufahrtsstraße an den Tribünen entlang, die glänzenden Chromfelgen kontrastieren perfekt das satte Rot des Sportwagens, ihr brünettes Haar weht im Fahrtwind, ein beiges Tuch um den Hals vervollständigt den Eindruck, es hier mit einer Diva aus den wilden Zwanziger Jahren des vorigen Jahrhunderts zu tun zu haben. In einem eleganten Bogen zieht sie das Auto nach links in die Einfahrt zur Haupttribüne und steuert zielsicher den letzten freien Schattenparkplatz an.

Sie stellt den Motor ab, schnappt sich ihre Aktentasche vom Beifahrersitz, steigt aus dem Wagen, streicht mit einer einzigen fließenden Bewegung ihr Kostüm glatt und stützt ihren linken Arm am zusammengeklappten Verdeck ab. In dieser Haltung, halb antikes Musenstandbild, halb einschüchternde femme fatale, wartet sie auf ihre Verhandlungspartner.

Einige Minuten später erreicht Wilhelm Kappes den Wildpark. Da alle beschatteten Parkplätze belegt sind, stellt er seinen frisch aus der Werkstatt abgeholten Volvo vor dem Vereinsheim ab; so bekommt wenigstens die Motorhaube den ersehnten Schatten. Obschon es erst später Vormittag ist, steigt vom Asphalt heiße Luft auf. Als Kappes den Platz vor der

Haupttribüne erreicht, erblickt er Caroline Militzer. Der Eindruck ist einfach überwältigend. Kurz ist seine allseits bekannte Contenance erschüttert, ist er um Fassung bemüht. Dieses Miststück! Versucht die ihn mit ihrer Aufmachung zu beeindrucken; aber davon wird er sich nicht aus dem Konzept bringen lassen. Wenn es darauf ankommt, ist er hart wie Stein. Da kennt er kein Pardon mit seinen Kontrahenten, egal ob Mann oder Frau. Dafür ist er in Karlsruhe berühmt. Aus diesem Grund wundert es ihn noch mehr, dass nicht Brunner & Brunner selbst die Verhandlungen führen, sondern einer so jungen Frau diesen Auftrag anvertraut haben. Nun gut.

Im ersten Stock der KSC-Geschäftsstelle werden Militzer und Kappes vom Präsidenten und einigen anderen KSC-Vertretern empfangen. Während der Vizepräsident Kappes in den Besprechungsraum am Ende des Flurs führt, bedeutet der Präsident Caroline Militzer bei ihm hier stehen zu bleiben.

„Moment noch, Frau Militzer. Bevor wir mit Herrn Kappes in die Verhandlungen einsteigen, möchte ich noch einmal kurz die Bedeutung dieser Transaktion für den KSC hervorheben. Haben Ihre Chefs Sie gebrieft?"

„Die Brunners haben mir alle nötigen Details mitgeteilt – und mich übrigens auch mit uneingeschränkter Verhandlungsvollmacht ausgestattet." Den zweiten Teil betont Caroline besonders, nur für den Fall, dass dieser Herr auch wieder meint, sie von oben herab behandeln zu können.

Der Präsident lenkt aber sofort ein: „Ja, ja. Selbstverständlich. Lassen Sie mich aber bitte noch ein paar Fußnoten anfügen, damit Sie die volle Tragweite der Verhandlungen verstehen können. Für den KSC ist der Neubau des Wildparks unumgänglich. Das alte Stadion entspricht kaum mehr den Anforderungen, die an eine moderne Fußballarena gestellt werden. Das beginnt bei den Toilettenanlagen, geht weiter bei den teilweise schlechten Sichtbedingungen für Zuschauer in den unteren Plätzen der Kurven, der fehlenden Überdachung sowie einer bunt zusammengewürfelten Gastronomie ohne Gesamtkonzept."

„Ja, diese Vorwürfe an den Wildpark kenne ich ... wobei ich, ganz persönlich gesprochen, finde, dass gerade diese vermeintlichen Probleme den eigentlichen Charme des Stadions ausmachen. Dieser Ort erscheint mir in so einer Art Fünfziger-Jahre-Aura. Sympathisch."

„Sympathisch. Ja, das schon. Aber nicht mehr finanzierbar. Wenn Sie wüssten, welche Auflagen die DFL jedes Jahr den Vereinen gibt! Erneuerung hier, Modernisierung da. Ständig müssen wir etwas anpassen, seit Jahren ist der Wildpark eine Baustelle, die nie zu Ende kommt. Das Geld, das wir oben reinstecken, versickert, ohne dauerhaft erkennbare Spuren zu hinterlassen. Wenn ich die Ausgaben der letzten Jahre hochrechne! Da hätten wir schon ein halbes neues Stadion bauen können."

„Apropos: Darüber habe ich mich auch schon gewundert. Warum hat der KSC denn nicht einfach schon vor ein paar Jahren mit dem sukzessiven Umbau des Wildparks begonnen?"

„Weil der Umbau an diesem Standort die Probleme nicht löst. Wir haben hier mitten im Wald keine Anbindung an öffentliche Verkehrsmittel. Für die Besucher von außerhalb, die mit dem eigenen PKW anreisen, fehlen Parkplätze. Die Möglichkeiten, die Gästefans von den eigenen abzuschirmen, sind gering. Deshalb ist der Wildpark auch eines der teuersten Stadien, was die Polizeieinsätze betrifft. Des Weiteren bietet dieser Standort keine Möglichkeiten zu einer anderweitigen Nutzung. Der Neubau an der Autobahn hingegen mit seiner optimalen Verkehrsanbindung, der verbesserten Sicherheitslage, den Möglichkeiten der Vermarktung als Event-Arena wäre in der jetzigen Situation – und auch gerade als Zukunftssicherung des KSC – ein richtungweisendes Signal. Ganz nach dem Motto: Nicht nur in Stuttgart tut sich was."

Das alles weiß Caroline schon, denn sie hat sich sorgfältig in dieses Projekt eingearbeitet – und dazu gehört ihrer Meinung nach auch, alle verfügbaren Informationen über beide Seiten zu sammeln. Ein Insider aus der Stadtverwaltung hat ihr dabei zugesteckt, dass die Stadt die bereits bewilligten Zuschüsse nur bei einem Neubau an einem anderen Standort freigibt.

„Okay. Das bekommen wir hin. Machen Sie sich keine Sorgen. Der Kappes wird zu *unseren* Bedingungen verkaufen."

Der Präsident staunt nicht schlecht über die Sicherheit, die diese junge Architektin ausstrahlt. Er muss unbedingt bei Brunner & Brunner nachfragen, wie viel sie diesem Energiebündel bezahlen. So jemanden könnte der KSC gut gebrauchen ...

Als alle Anwesenden mit Kaffee und Erfrischungsgetränken versorgt sind, eröffnet der Präsident als Hausherr mit einer kurzen Vorstellungsrunde das Treffen. Nach einigen einleitenden Bemerkungen über den KSC, dessen Historie und Bedeutung für die Stadt Karlsruhe sowohl als Wirtschafts- wie auch als Imagefaktor leitet er zum eigentlichen Kern des Meetings über.

„In dieser Situation ist es natürlich unser aller Pflicht, die beste Lösung für Verein und Stadt beim Thema Stadionneubau zu finden. Herr Kappes, der KSC ist bei seiner Suche nach einem geeigneten Standort für eine neue Heimstatt auch auf ein Gelände gestoßen, das sich zurzeit in Ihrem Besitz befindet. Von Frau Militzer haben wir erfahren, dass Sie eine detaillierte Expertise zu diesem Gebiet erstellt haben. Wären Sie so freundlich uns Ihr Ergebnis vorzustellen?"

„Gerne." Kappes erhebt sich, schließt seinen obersten Sakkoknopf. „Wie Frau Militzer Ihnen mitteilte, habe ich mir das Gebiet am Gleisdreieck unter den Punkten der Bebaubarkeit mit einem Großprojekt angesehen. Dazu musste ich erst einmal den städtischen Bebauungs- sowie Entwicklungsplan zu Rate ziehen. Von dieser Seite gibt es keine Bedenken gegen jedwede Art von Großprojekt an dieser Stelle. Weder soll in absehbarer Zeit dort Gewerbe angesiedelt werden noch steht eine Erweiterung des Bahngeländes in diese Richtung zu befürchten. Private Bautätigkeit verbietet sich von selbst, da der Standort zwischen Autobahn und Gleiskörper schon rein aus lärmtechnischen Gründen als unbewohnbar ausscheidet ..."

Caroline hört dem aufgeblasenen Kappes nur mit halbem Ohr zu. Sie kennt die Expertise inzwischen fast auswendig, hat Stunden damit verbracht, mögliche Schwachstellen aufzuspüren, um diese dann, wenn es darauf ankommt, anzuführen. Während sie aus dem Fenster auf die Trainingsplätze schaut und die mittlerweile vom Waldlauf zurückgekehrten Profis beim schweißtreibenden Sprint über das Feld beobachtet, notiert sie sich hin und wieder ein kurzes Wort auf eine der Karteikarten, die sie zu diesem Zweck vor sich auf den Tisch gelegt hat. Das ist ein Trick, den sie sich bei Norman Foster abgeschaut hat. Diese Taktik des schweigsamen Zuhörens, des vermeintlichen Ignorierens, bringt den Redner dazu, förmlich um Aufmerksamkeit zu buhlen und immer, wenn er gerade meint, seine Zuhörer in den Bann seiner Ausführungen zu ziehen, notiert man sich ein Stichwort. Die Wirkung ist genau so einfach wie verblüffend: Die Konzentration des Redners wird für einen kurzen Moment unterbrochen, seine Gedanken von seinem Vortrag weggelenkt, da er sich unwillkürlich damit beschäftigt, was sein Gegenüber da wohl notieren mag. Je länger das Spiel dauert, desto größer wird die Verunsicherung des Vortragenden.

Der Dick, Fosters rechte Hand, hat damit einmal einen biederen Fondsverwalter so aus dem Konzept gebracht, dass dieser am Ende einen viel höheren Geldbetrag freigegeben hatte, nur um so schnell wie möglich den Saal verlassen zu können. Als Kappes von geologischen Gutachten spricht, klopft Caroline energisch mit dem Stift auf die Tischplatte.

„Ja, äh. Bitte?"

„Da Sie gerade von den geologischen Gutachten sprechen: Ich wollte – nur der Vollständigkeit halber – anmerken, dass Anfang der fünfziger Jahre eine eventuelle Kontaminierung des Geländes durch Abfälle aus der Rüstungsindustrie, wie ich mich zu erinnern meine, nicht ausgeschlossen wurde, weshalb auf eine weitere Bebauung des Geländes verzichtet wurde."

Kappes stutzt, kurz schießt Panik in ihm hoch: Gerbig! Hat er doch was weitergeschwätzt! Nun muss er Ruhe bewahren, darf sich auf keinen Fall etwas anmerken lassen. Bestimmt sagt er: „Das stimmt. Frau Militzer bezieht sich da wahrscheinlich auf eine Untersuchung des Instituts für Wasserwirtschaft, die nach dem Krieg in der Umgebung Karlsruhes auf die Suche nach neuen Standorten für Trinkwasserbrunnen ging. Aber da ja später die Genehmigung zum Bau der Schrebergartenkolonie „Frohsinn" erteilt wurde, scheinen sich die Befürchtungen nicht bestätigt zu haben."

„Trinkwasser wird in diesem Gebiet nicht gewonnen, oder?"

„Soweit ich weiß: Nein."

„Aber das hat ja auch nichts mit unserem heutigen Thema zu tun. Entschuldigen Sie, Herr Kappes, dass ich Sie unterbrochen habe." Caroline legt eines ihrer Kärtchen zur Seite und nickt Kappes aufmunternd zu. Dieser setzt seine Ausführungen noch ein paar Minuten fort. Zum Abschluss geht er zum Flipchart und schlägt das Deckblatt nach hinten. Auf dem darunter liegenden Blatt steht nur eine einzige Zahl, mit einem dicken Edding in sattem Blau aufgemalt; siebenstellig. Einige Anwesende ziehen geräuschvoll die Luft ein, andere schütteln unwillig den Kopf, Getuschel überall.

Der Präsident fängt sich am schnellsten. „Herr Kappes! Vielen Dank für Ihre Ausführungen." Er lässt seinen Blick über die Runde der Versammelten gleiten. „Hat dazu noch jemand eine Frage?"

Einer der Aufsichtsräte meldet sich zu Wort. „Sie scheinen sich wirklich intensiv mit diesem Standort beschäftigt zu haben, Herr Kappes. Diese Summe, die Sie da notiert haben, entspricht nach Ihren Berechnungen dem aktuellen Grundstückswert? Habe ich das richtig verstanden?"

„Nach Berücksichtigung aller bekannter Faktoren – ja!"
„Das ist eine stolze Summe"
„Ich möchte an dieser Stelle noch einmal auf meine einleitenden Worte hinweisen, dass nämlich eine faire Lösung für alle Beteiligten gefunden werden muss, gerade weil der KSC ein Aushängeschild Karlsruhes ist; ein hohes Allgemeingut sozusagen."
„Herr Präsident, da kann ich Ihnen nur beipflichten. Natürlich bin ich bereit vom Kaufpreis für das Wohl unserer Stadt ein wenig nachzulassen. Das versteht sich für einen gebürtigen Karlsruher doch von selbst. An so einem Projekt kann man nicht viel verdienen, man kann nur seiner Heimat einen Dienst erweisen. Deshalb ist auch meine gesamte mehrmonatige Recherchearbeit in dieser Summe mit keinem einzigen Cent bedacht. Aber auch Sie sollten daran denken, dass gerade für so ein großes Symbol wie dem Fußballclub einer Stadt nicht am falschen Platz gespart werden sollte."
Caroline Militzer ist überrascht von der Theatralik der Angebotseröffnung – und auch ein wenig von Kappes' Chuzpe, so hoch zu greifen. „Nun, Herr Kappes", beginnt sie. Sofort sind aller Augen auf sie gerichtet. „Da wären jedoch noch ein paar Details, die meiner Meinung nach bei der Expertise unberücksichtigt geblieben sind."
„Falls Sie Ihre Anmerkung aus unserem ersten Treffen, die Traufhöhe der Nebengebäude betreffend meinen, kann ich Sie beruhigen: Das habe ich alles mit der zuständigen Abteilung der Stadt abgesprochen. Der zukünftige Bauherr hat da wirklich nichts zu befürchten."
„Schön zu hören. Aber das meinte ich nicht. Vielmehr geht es mir um den Quadratmeterpreis, den Sie Ihren Berechnungen zugrunde legen."
„Dieser Preis ist unter Berücksichtigung aller herkömmlichen und Ihnen wohlbekannten Faktoren entstanden."
„Eine Mischkalkulation."

„Selbstverständlich. Da das Gebiet im Flächenwidmungsplan weder als Gewerbe noch als Bauland ausgewiesen ist, muss man eine Gewichtung vornehmen. Ich habe die Gewichtung sogar zugunsten des niedrigeren Preises vorgenommen."

„Wie zuvorkommend von Ihnen! Allerdings muss ich Ihnen bei Ihren Grundannahmen widersprechen, denn Sie können doch nicht ernsthaft einen Teil des Preises – den höheren wohlgemerkt – aus dem Quadratmeterpreis für privates Bauland ableiten, wenn Sie uns doch vor wenigen Minuten in Ihrem Vortrag selbst erklärt haben, dass jedwede private Bautätigkeit in diesem Gebiet durch die Rahmenbedingungen Autobahn und Gleiskörper unmöglich ist. Daher bleibt für Sie als zweite Bemessungsgrundlage nur, den deutlich günstigeren Quadratmeterpreis für Landwirtschaft heranziehen, was im Übrigen auch dem Gedanken des Schrebergartentums, für den dieses Areal immerhin freigegeben wurde, eher entspricht."

Caroline erntet zustimmendes Kopfnicken.

„Nun, unter diesen Gesichtspunkten habe ich das Projekt noch nicht betrachtet. Ich muss auch gestehen, dass ich noch nie von einer solchen Art der Berechnung gehört habe. Das wäre dann wohl so eine Art Präzedenzfall. Da bin ich momentan überfragt, ob sich das so machen lässt."

„Aber da Sie ja, wie Sie uns versichert haben, den KSC auf keinen Fall übervorteilen wollen, werden Sie dafür sicherlich eine Lösung finden."

„Ich werde das natürlich alles prüfen und dem Herrn Präsidenten eventuell sobald als möglich ein geändertes Angebot zukommen lassen."

„Das ist sehr ehrenwert von Ihnen, Herr Kappes, aber ich fürchte, dass selbst ein geringfügig geändertes", wirft der Präsident ein, wird aber sogleich von der jungen Architektin unterbrochen: „ ... ein geringfügig geändertes Angebot unseren Anforderungen nicht ganz entspricht. Dazu kommt, dass wir Ihnen nicht mehr allzu viel Zeit einräumen können. Sehen Sie,

Herr Kappes, ich will ganz offen sein. Es gibt einen zweiten Standort im Norden Karlsruhes, bei dem der Grundstückspreis deutlich niedriger angesetzt wurde. Allerdings gilt dieses Angebot nur noch zehn Tage. Das heißt, dass wir innerhalb einer Woche Ihr neues Angebot auf dem Tisch haben müssen, denn im Zeitalter der Sparzwänge sind Sie sonst aus dem Rennen. Ich habe hier auf dieser Karteikarte die Summe notiert, die nach meinen Berechnungen der angemessene Grundstückswert ist."

Alle Beteiligten beugen sich über den Tisch, um einen Blick auf die Zahl zu erhaschen. Nur der Präsident schaut sie verwundert an. Sie bedeutet ihm sich zurückzuhalten, erhebt sich und verabschiedet sich mit den Worten: „Ich denke, damit ist fürs Erste alles gesagt. Bitte geben Sie dem Büro Brunner & Brunner Bescheid, sobald das neue Angebot von Herrn Kappes vorliegt." Und an den Präsidenten gewandt, fügt Caroline noch hinzu, dass sie später am Tage ja noch einmal telefonieren könnten.

Wie erwartet, dauerte das Treffen nicht länger als eine Stunde. Trotzdem ist Caroline vollkommen erschöpft. Die Bluse klebt an ihrem Rücken, ihr Kopf dröhnt. Diese Situationen, in denen man innerlich kocht, aber nach außen keine Regung zeigen darf, findet sie scheußlich. Eigentlich hasst sie dieses Theater. Umso mehr Grund hat sie, stolz auf sich zu sein: Der Einfall mit dem anderen Standort kam ihr ganz spontan. Der Präsident hat vielleicht gestaunt. Fast hätte der alles kaputt gemacht. Sie konnte förmlich spüren, wie er ob der Höhe der Summe wie unter der perfekten Expertise Kappes' einzuknicken drohte. Ihr beherztes Eingreifen kam keine Sekunde zu früh. Ihre intensive Vorbereitung, die vielen geraubten Abendstunden der letzten Wochen haben sich gelohnt! Allein das verdutzte Gesicht Kappes' bei ihrer Neuberechnung des Quadratmeterpreises war das viele Büffeln wert. Dem Kappes hat sie schon bei ihrem ersten Treffen klar gemacht, dass er keine blutige Anfängerin vor sich hat. Trotzdem hat er sie erneut unterschätzt. Es ist schon seltsam mit diesen Männern: Immer muss man erst mal sein Terrain abstecken, verdeutlichen, dass man sich nicht unterkriegen lässt, dass man mindestens genauso gewieft und stark ist wie sie. Wie viel unnötige Zeit bei diesen Revierkämpfen verloren geht! Selbst wenn sie hundert Jahre alt werden sollte, wird sie nie verstehen, wie Männer ticken. Das Blöde ist nur, dass sie mitspielen muss, will sie in dieser von Männern dominierten Branche eine Chance haben.

Als Caroline Militzer aus dem Glasvorbau des Treppenhauses tritt, kann sie den Beat eines Schlagzeugs hören. Neugierig wendet sie sich nach rechts, um einen Blick ins Stadionrund zu werfen. Vier Jungs stehen auf dem Rasen vor der Haupttribüne, umgeben von einer Menge Kabel, Mikrofonen, Reglerpulten. Gerade wieder setzt der Drummer zu einem schnellen Lauf an, wobei die tiefen Töne aus der Basstrommel Caroline Militzer direkt in den Bauch fahren. Wow! Irgendwie kommt ihr der Typ bekannt vor ... Hm, die haben echt was drauf, denkt sie. Gerne würde sie länger hier bleiben, in Erinnerungen an ihr Jahr in London mit seinen verrauchten Pubs schwelgen, doch der nächste Termin in einer halben Stunde in Grünwettersbach drängt sie zur Eile. Mit einem Seufzer dreht sie sich um und verlässt das Stadion durch den Mittelgang.

Wilhelm Kappes ist weit weniger zufrieden. Diese Tussi hat ihm ganz schön die Suppe versalzen! Dabei war gegen seinen Vortrag eigentlich nichts einzuwenden: Guter Aufbau, klare Struktur, das Fachwissen erdrückend. Alle hingen sie an seinen Lippen. Alle, bis auf diese Militzer! Davon jedoch hatte er sich nicht aus dem Konzept bringen lassen. Am Ende war es dann so weit. Er konnte es förmlich spüren – das Präsidium war so gut wie weich gekocht ... Was anschließend schief lief? Er weiß es nicht. Fakt ist, dass er jetzt auf gut die Hälfte des Gewinns verzichten muss, wenn er nicht ganz außen vor bleiben wollte. Und das kann er sich nicht erlauben! Die Schulden der Nordstadtspekulation lasten enorm auf ihm. Es wurmt ihn, dass er nichts von dem Areal in Nord-Karlsruhe in Erfahrung gebracht hat. Warum das wohl so billig zu erwerben ist? Kann nur mit dieser verdammten Nordtangente zu tun haben. Damit hätte dieses Projekt nun schon zum zweiten Mal seine Pläne durchkreuzt ... Andererseits könnte er trotzdem zufrieden sein: Selbst mit dem abgespeckten Preis wäre er alle seine Schulden los und könnte zusätzlich noch eine satte Rücklage für schlechte Zeiten bilden.

Grund genug also, positiv in die Zukunft zu blicken. Wären da nur nicht seine zwei Probleme: Erstens der widerspenstige Gerbig. Dessen Parzelle muss er nun so schnell wie möglich klar machen – egal wie. Und zweitens das ekelhafte Gefühl, von Storbitzki verfolgt zu werden. Ganz verrückt kommt er sich schon vor. Wenn das alles vorbei ist, muss er sich wohl erst mal einen Urlaub gönnen, die Nerven zur Ruhe kommen lassen.

Als Joschi am späten Nachmittag mit seinen Jungs von „Backyard-Garbage“ durch den Hardtwald Richtung Schloss schlendert, fühlt er sich total ausgepowert. Den ganzen Mittag über haben sie im Stadion ihren neuen KSC-Song geprobt. Die Akustik musste getestet, die technischen Details der Beschallungsanlage erörtert werden. Dabei wurden sie vom immer gutgelaunten Stadionsprecher unterstützt, der im Laufe der Stunden allerlei Anekdoten aus dem Wildpark zum Besten gab. Was haben sie gelacht! Und trotzdem hart gearbeitet dabei. Immer wieder spielten sie ihren Song, stellten die Regler des Verstärkers so, dass auch noch der hinterste Platz der Gegentribüne einen optimalen Sound empfängt. Am Ende hatte die ganze Band ein Gefühl für die Besonderheiten des Stadions entwickelt, jeder seine eigene, ganz persönliche Beziehung zu diesem Ort geknüpft.

Obwohl alle Muskeln schmerzen und ein beständiges Ziehen im Gesicht an die noch nicht ausgeheilten Knochenbrüche erinnert, ist Joschi glücklich. Unbeschreiblich glücklich. Das erste Mal, seitdem er zusammengeschlagen wurde, hält ihn nicht die fürchterliche, jedes schöne Gefühl verdrängende Angst mit ihren Pranken umklammert. Das erste Mal seit jenem Morgen fühlt er sich wieder frei und unbeschwert. Fast, scheint es ihm, hebt er bei jedem Schritt ein wenig ab vom Waldboden und fliegt, für kurze Zeit der Schwerkraft entbunden, ganz wie die Astronauten auf den Bildern von deren Mondspaziergängen, die er als Kind immer bewundert hat.

Die Unterhaltung seiner Freunde dreht sich immer wieder um das unglaubliche Glück, beim nächsten Heimspiel ihren KSC-Rap aufführen zu dürfen. Wie viele gutmeinende Freunde hatten ihnen von ihrem Unternehmen abgeraten. Das könne ja nichts werden, das sei reine Zeitverschwendung: Die haben doch ihr Badnerlied, nie würde man beim KSC Interesse wecken, da müsse man schon Beziehungen haben – und die hatten sie ja nun wirklich nicht vorzuweisen. Trotz allem haben sie weitergemacht, auf ihr Können und das nötige Glück vertrauend.

Als der Song endlich rund war, wendeten sie sich zuerst an die Supporters, denn ohne die Unterstützung der Fans, das war ihnen klar, würden sie wohl nichts erreichen können. Zu ihrer aller Überraschung sagten die Supporters sofort zu, am nächsten Abend zu einer kurzen Performance im Proberaum der Backyard-Garbage zu erscheinen. Der Eindruck war überwältigend, die Zuhörer begeistert. Innerhalb weniger Tage wurde ein Treffen im Wildpark vereinbart, an dem das Präsidium des KSC, die Marketingabteilung, der Stadionsprecher und Vertreter kleinerer Fanclubs beteiligt waren. Schnell war man sich einig, dass das Engagement der jungen Band für den KSC nur Vorteile haben könne. Ein Imagegewinn für den Verein, eine Hymne für die Fans, ein Zeichen in die Region, dass sich etwas tut beim KSC, dass man offen für Neuerungen sei – und nicht zuletzt sei dieser Rap etwas, was den Verein von anderen Clubs abhebe, die außergewöhnliche Beziehung zu seinen Fans verdeutliche. Joschi war selbst überrascht, wie schnell das alles ging, dass sich die Gerüchte über eine zerstrittene Vereinsführung nicht bestätigten, sondern dass alle Beteiligten an einem Strang zogen, wenn es darum ging, etwas für den KSC zu erreichen.

Auf der von vielen Gruppen bevölkerten Wiese im Schlossgarten strecken die Bandmitglieder ihre müden Körper aus. Von den neben ihnen lagernden Studenten wird ihnen unaufgefordert Bier herübergereicht. Sofort ploppt und zischt es um Joschi, werden Flaschen aneinander gestoßen. Vor dem ersten Schluck hält er kurz inne: Schmerztabletten und Alkohol? Die auffordernden Blicke seiner Bandmitglieder lassen ihn seine mahnenden Gedanken jedoch verdrängen. Fort mit allen Zweiflern und Bedenkenträgern! Er will leben! Jetzt! Zufrieden legt er sich auf den Rücken ins noch warme Gras. Sein Blick wandert die Schlossfassade entlang nach oben. Dort auf dem Kuppeldach brechen sich die Strahlen der untergehenden Sonne, teilen die Welt in eine dunkle und eine helle Seite. Joschi will nicht mehr im Schatten bleiben, in fernste Höhen träumt er sich, wo der Himmel glühend blau der Nacht entgegenfiebert.

19. August

„Fahr doch endlich."

Das kann gar nicht wahr sein ... Daniela sitzt immer noch am Schreibtisch. Seit einer dreiviertel Stunde knallt die Abendsonne mitten in ihr Büro. Von Abkühlung keine Spur. Aber sie ist eingesperrt. Sie kann nicht weg! Unten, auf dem Parkplatz, direkt neben ihrem blitzblanken Auto, steht noch immer Uwe Steiners ungepflegte Chaise. Und darin? Der Superheld, der Oberangeber, der Vollprolet selbst. Was macht der da nur die ganze Zeit? Es ist zum Haare ausraufen! Passt er sie ab? Ist das ein Spielchen oder was? Na warte ... Das Wagenfenster ist heruntergelassen, der braune, haarige Arm liegt da wie ein festgeklebtes Reptil. Seit einer dreiviertel Stunde! Uwe weiß ganz genau, dass sie noch oben ist. Das grenzt an Psychoterror.

Heute Morgen hätte sie es beinahe geschafft. Beinahe wäre sie zum Brasch gegangen – aber dann quoll der Anrufbeantworter über, und die Faxe kamen rein. Und dann war Sitzung. Sie hat ihn aber angesprochen, schon in der Tür: „Herr Brasch, ich muss unbedingt mit Ihnen reden. Jetzt."

„Frau Kämmerer? Aber sicher! Aber immer gern! Nur nicht heute. Sie haben doch mitbekommen, dass ich gleich nach Freiburg muss. Morgen, ja? Gegen zwei?"

Der Rest des Tages: eine wüste Aneinanderreihung von Terminen. Innendienst, Außendienst, Innendienst, Außendienst. Keine Pause. Nur dieses eklige Stückchen im Gehen, das sie sich zwischendurch in einer dieser Schnellbäckereien gekauft hat. Tut sie nie wieder.

„Jetzt fahr doch endlich, verdammt noch mal!“

Daniela zwingt sich, nicht zur Uhr zu blicken. Kann es aber schließlich doch nicht unterlassen. Keine fünf Minuten herum. Schon fast halb neun. Sie will nach Hause! Manuel übernachtet schon wieder bei Andreas. Da kann sie sich ungestört in die Wanne legen. Lauwarmes Wasser. Auskühlen. Und danach?

Im Gang wäre es vorher beinahe eskaliert. Sie musste unbedingt aufs Klo, hatte aber die Akte Storbitzki noch in der Hand, das sah natürlich doof aus. Aber was soll's, keine Zeit verlieren. Und dann? Natürlich, musste ja passieren. Gerade als sie die Tür zum Waschraum aufreißen wollte, wurde sie von innen aufgestoßen. Mit Wucht. Uwe hätte sie beinahe getroffen. Nach einem unglaublich blödsinnigen, sagenhaft verwirrten Blick mitten in ihr Gesicht, entdeckte er die Mappe unter ihrem Arm. Das Grinsen war schon nicht mehr höhnisch. Verächtlich – ja, das trifft's. Wahrscheinlich denkt er: Die baut jetzt völlig ab. Es hat nicht viel gefehlt, und sie hätte ihm ins Gesicht geschlagen.

„Fahr endlich weg, du Idiot! Sonst passiert noch was. Sonst passiert was, scheiß egal ...“

Wie narkotisiert ist Uwe Steiner vorher aus seinem überhitzten Büro in den Gang gewankt. Ein paar Minuten hat er sich voll in den Windkanal des Riesenventilators der Putzfrauen gestellt. Das hat gut getan. Aber nur so lange, bis er das Ding wieder ausgeknipst hat. Sofort ist ihm danach der Schweiß ausgebrochen. Warum hat er auch bloß gegen sieben noch den Rest aus der Kaffeekanne getrunken? So ein Schwachsinn, bei der Irrsinnshitze!

„Wiedersehn, Herr Steiner! Und schönen Feierabend noch.“

Die Vertretung in der Pforte, so ein aufgesetzt überfröhlicher Fuchs aus Stuttgart, hat ihn richtig erschreckt. „Jaja“, hat Uwe geantwortet. Mehr nicht. Er hat es auch nur geflüstert. Ganz in Gedanken. Was soll er nun mit diesem verdammt ätzenden, kochend heißen Abend anfangen?

Der Schatten hatte zwar inzwischen sein Auto erreicht. Aber er musste trotzdem erst mal sämtliche Türen öffnen. Das schaffte die Klimaanlage nicht alleine. Nach einer Weile wagte er sich hinein. Verglichen mit seinem Büro war das hier schon beinahe kühl zu nennen. Uwe sank in den Fahrersitz, schloss die Augen. Nur für einen Moment. Einen kleinen Moment ...

War er eingeschlafen? Wahrscheinlich. Sein Herz klopfte überlaut. Verdammt noch mal, so fühlt es sich wahrscheinlich an, wenn man gleich einen Herzinfarkt bekommt. Und dann – auf Wiedersehn. Plötzlich fiel Uwes Blick auf das geöffnete Fenster im zweiten Stock. Daniela. Immer noch im Büro. Die spinnt ja! Wie kann man sich nur derartig aufopfern für so einen Job? Andererseits, er ist ja selber eben erst die Treppe runter. Oder wie lange ist das her?

Um sich abzulenken, schaltet Uwe Steiner das Radio ein. Vorberichterstattung zu dem Pokalspiel im Wildpark. Gegen die Bayern. Das gibt eine Klatsche, oje, oje ... Die Experten spekulieren über die Höhe des Bayern-Sieges. Selbst die KSC-Verantwortlichen wirken ziemlich defensiv. „Sich achtbar aus der Affaire ziehen ..." – „Möglichst lange ein Null zu Null halten ..." – „Versuchen, irgendwie mitzuspielen ..." Immer wieder ist der Begriff „Übermannschaft" zu hören, vor allem, seit diese Geldsäcke schon wieder zwei internationale Top-Stürmer auf einmal geholt haben. Und der KSC? Hat sich aus der eigenen Jugend verstärkt. Florian Müller, ein Super-Talent, keine Frage. Aber wehe, wenn der heute Abend ein Tor schießt, dann ist der weg, dann kann der gleich nach München mitfahren ...

Uwe schweift ab. Obwohl die Autoklimaanlage wie verrückt arbeitet, kriegt er es einfach nicht fertig, das Fenster hochzufahren. Sein Arm liegt dort, und dort bleibt er liegen. Im Baumschatten. Uwe schließt wieder die Augen. Er schweift weiter. Er ist irgendwo. Halbwegs wird ihm bewusst, dass er da im Auto auf dem Dienstparkplatz sitzt und nicht nach Hause fährt. Da oben, das fühlt er, ist Daniela. Vielleicht liegt es ja daran, dass er nicht losfährt. Es könnte ja sein, dass sie auf einmal ... Schwachsinn.

Hochschreckend bemerkt Uwe Steiner, dass das Spiel längst läuft. Ein enthusiasmierter Reporter berichtet hektisch von irgendeinem Tor. Kann das sein? Ist so was möglich?

„Das Eins-zu-Null durch Müller in der ersten Minute hat dem Bayern-Furor keinen Abbruch getan ..."

Was? Wie? Welcher Müller? Bayern-Furor? Uwe kommt nicht mehr klar. Wieso keinen Abbruch getan? Das hieße ja ... In der Tat: „Gelbe Karte für Florian Müller. Oh, das war deutlich übermotiviert, das muss er noch lernen. Aber war das wirklich Gelb? Vielleicht eine zu harte Entscheidung. Na ja, der Junge muss jetzt erst mal klar kommen mit der Tatsache, dass er sein drittes Pflichtspieltor gegen die Übermannschaft der Liga erzielt hat. Das ist schon der Wahnsinn ..."

Uwe erwacht gleich doppelt aus seinem Tran. Zum einen ist er erfreut über die frühe Führung seiner Mannschaft, wer hätte das gedacht! Gleichzeitig krampft sich sein Herz zu einem Klumpen zusammen. Denn die Tür zum Mutterbau hat sich soeben geöffnet – und Daniela kommt quer über den Parkplatz marschiert, direkt auf ihn zu. Nee, Quatsch, neben ihm steht ja noch ihr Auto. Warum ist er auch nicht weggefahren! Uwe schaut schnell weg. Peinlich! Was denkt die jetzt von ihm? Dass er auf sie gewartet hat? Um Himmels Willen ...

Kommt es ihm nur so vor, oder geht von Daniela tatsächlich eine mit Händen zu greifende Aggressivität aus? Kein Zweifel, sie ist geladen. Wie eine erboste Chefsekretärin stakst sie über den Asphalt. Die harten Schritte kommen näher. Uwe wappnet sich: Na, die soll sich mal trauen! Er kann rumstehen, wo er will. Ob mit oder ohne Auto.

Hier stoppt Daniela plötzlich ab. Sie steht zwischen Uwes und ihrem Auto. Da kann sie nicht stehen bleiben. Sie greift zu und reißt die Wagentür auf. Es ist nicht ihr Auto. Wie in Trance lässt sie sich in den Sitz fallen. Sie schaut Uwe nicht an. Sie bemerkt, dass auch er geradeaus blickt. Nur kurz hat er aufgeschaut, wahrscheinlich bitterböse. Egal jetzt. So leise wie möglich atmet Daniela aus. Am liebsten würde sie sofort wieder fliehen. Zu spät. Jetzt ist sie drin. Jetzt schließt sie erst mal die Augen. Geschafft.

Der Radioreporter schildert die Ereignisse auf dem Spielfeld mit überschnappender Stimme. Kommentiert jeden Spielzug. Er spricht schnell, temperamentvoll. Ganz anders als die im Fernsehen.

„Das Spiel wogt jetzt hin und her. Der KSC tut das einzig Richtige: Er hält dagegen. Ja, diese junge Mannschaft, beflügelt von dem frühen Tor, stellt sich nicht hinten rein, nein, sie hält richtig gut mit. Aber der FC Bayern fightet zurück. Klar, das lassen die sich nicht gefallen, könnte ja jeder kommen. Und jetzt greifen sie schon wieder an, über rechts, meine Güte, wie schnell sind die, dreißig, vierzig Meter in Sekundenschnelle überbrückt, schon tief in der Hälfte des KSC, da kommt die Flanke ..." Ein kollektiver Aufschrei ist zu hören. Und dann: „Kaum zu glauben! Zur Ecke abgewehrt! Na, das war ein Reflex, der kommt auch nicht alle Tage vor ..."

Es ist ein brodelnder Hochsommerabend. Nur im Schatten des einzigen Baumes auf dem Parkplatz vor dem Gebäude der Kripo Karlsruhe, unterstützt von einer hysterisch hechelnden Klimaanlage, lässt es sich einigermaßen aushalten. Daniela Kämmerer und Uwe Steiner sitzen die gesamte erste Halbzeit nebeneinander, ohne ein Wort zu reden. Ohne sich auch nur einmal anzusehen. Sie zwingen sich beide der Fußball-Übertragung zu folgen. Schweifen aber immer wieder ab. Trotzdem, besser so als vorher. Besser irgendwas als gar nichts.

Mit der Zeit fühlt Daniela eine vorsichtige Entspannung von sich Besitz ergreifen. Das liegt bestimmt daran, dass sie schon zu hunderten Malen auf diesem Platz gesessen hat. Eigentlich ist das ja ihr Territorium. Und was kann sie dafür, dass der

Mann da neben ihr so stinksauer auf sie ist. Dass er sie auf einmal abgrundtief hasst! So viel Fürchterliches hat sie ja nun wirklich nicht gesagt. Oder doch? Naja, eigentlich ... So langsam dämmert es ihr, dass sie diejenige sein müsste, die zuerst das Wort ergreift; den letzten Versuch hat ja Uwe gestartet. Vor ... gefühlten mehreren Wochen! Nicht zu glauben, einfach nicht zu glauben, das alles ...

Uwe hat das Gefühl, er habe schon fünf, sechs Bier intus. Dabei hat er heute noch kein einziges getrunken. Kein einziges! Dennoch, es ist ein beschickertes Dösen, welches die schärfsten Empfindungen lahmlegt. Erschöpfung und Ratlosigkeit und Verzweiflung und Müdigkeit vermischen sich zu einer unerwarteten Besänftigung.

„Und der KSC kommt über links, das müsste jetzt schneller gehen ... ah! der raumöffnende Pass, da steht Loos – super Ballannahme, klasse verarbeitet, Loos setzt Mijo Nujic gekonnt in Szene, doch der, was macht der? Oh mein Gott! In aussichtsreicher Position vertändelt dieser Stürmer der Extraklasse, dieses schlampige Genie, Herrgott aber auch ..."

Ohne Musikunterbrechung gehen die Reporter direkt über zu den Halbzeitinterviews. Der KSC führt völlig überraschend gegen den FC Ruhmreich. Jeder will jetzt Spezialist sein, jeder, der vor Spielbeginn noch in gewagten Metaphern die Aussichtslosigkeit der Heim-Equipe beschrieb, gefällt sich nunmehr in der Rückbesinnung auf optimistische Statements, die er vor ein paar Wochen, ja, schon vor Jahren abgegeben haben will. Sei's drum, die Prognosen fallen vorsichtig aus, warnend. „Man sollte jetzt nicht glauben, dass der FC Bayern das Spiel einfach so abschenkt." – „Vorsicht. Wenn ich Trainer wäre, ich würde meiner Mannschaft jetzt zur Vorsicht raten ..." – „Da hilft gar nix, da müssen sie jetzt durch. Und am besten noch ein Zweites nachlegen, darauf würde ich jetzt achten ..."

Und dann kommt doch noch Musik. Aber nicht vom Band. Sondern live, aus dem Wildpark-Stadion. Die neue Fan-Hymne wird vorgestellt! Eine Band mit dem schier unaussprechlichen Namen Backyard-Garbage präsentiert den neuesten Song. Zunächst nimmt niemand so recht Notiz davon. Zu wichtig sind die Halbzeitanalysen. – Doch nach und nach hören die Zuschauer zu, sogar Uwe und Daniela, denen langsam wieder heiß wird, weil der Druck, etwas zu sagen, allmählich ins Grenzenlose steigt, sogar die beiden lauschen auf einmal einträchtig der rasanten Melodienfolge, dem mitreißenden Text.

Baden ist schön, viel schöner als duschen,
Lauft nur davon, wir kriegen euch Luschen …

Bei der dritten Wiederholung, gefordert von einem immer hingebungsvoller mitsingenden, mitjohlenden, mitstampfenden Publikum, muss Daniela lächeln. Sie weiß, sie ist knallrot jetzt – und das kommt nicht nur von der Wärme. Ganz zart, mit ungewohnt hoher Stimme, wie ein Schulmädchen, piepst sie: „Ich glaub, den kennen wir. Oder?"

Mühsames Seitwärtswenden des Kopfes. Da ist immer noch der Uwe. Und wahrhaftig: Er nickt. Ganz langsam, ohne sie anzusehen. Aber er nickt! Eigentlich wäre er jetzt dran etwas zu sagen. Aber immerhin, er hat ja genickt, ja genau. Einen Satz traut sie sich noch: „Das ist doch der Dings, der … mit Vornamen heißt er Joschi …"

Und auf einmal sieht ihr Uwe Steiner direkt ins Gesicht. Daniela stößt einen sonderbar notvollen Laut aus, einen, der vielleicht besser zu dem Schulmädchen von eben gepasst hätte, zu dem Schulmädchen, das sie einmal war und das sie jetzt wieder sein darf für einen Augenblick, in dem sie heftig gegen Uwes Brustkorb prallt und sich an ihm festklammert, festsaugt, festhaftet wie ein Insekt, das sich an die Unterseite einer Vogelkralle heftet, um sich vor dem Schnabel zu schützen. Bis Daniela merkt, dass sie noch viel fester gedrückt wird als sie es selber könnte. Sie kriegt zwar keine Luft mehr, wirklich gar keine, aber das ist gut so, sehr gut ... Ja, das ist die einzige Möglichkeit.

„Die Mannschaften kommen nun wieder auf das Feld, offensichtlich hat es keine Auswechslungen gegeben, beide Trainer vertrauen den Spielern, die schon zuvor mächtig für Betrieb gesorgt haben – bei 56 Prozent Ballbesitz für den FC Bayern München, aber die Karlsruher haben mehr Torschüsse gehabt, genau sieben zu vier, das Eckenverhältnis ..."

Aber dann räuspert sich Uwe. Und sagt irgendwas.

„Was?", fiept Daniela; man kann sie nicht so gut verstehen, denn ihre Stirn ist in Uwe Hals vergraben.

Und dann kommt dieses unglaubliche Wort von Uwes Lippen, dieses Kinderwort, dieses Babygeräusch: „Elflein."

„Was?"

Ein weiteres Mal: „Elflein ... Häkhäm ... Joschi Elflein. So heißt er, glaub ich."

Und weil das so vollkommen unmöglich ist und absurd, dass ein Kerl wie Uwe Steiner so ein Wörtchen ausspricht, wird Daniela augenblicklich von einem Lachkrampf geschüttelt. Auch bei Uwe fängt es an zu beben. Und bald lachen sie um die Wette über diesen Aberwitz. Über die letzten Wochen. Und überhaupt – über alles.

„Weißt du", beginnt Daniela von neuem ... und ihr Gesicht ist kaum mehr wiederzuerkennen, „weißt du, ich hab mich die letzten Tage überhaupt nicht mehr leiden mögen. Also ich mich selber nicht."

Während sich Daniela wieder irgendwo versteckt, nach dieser Kraftanstrengung, verspürt Uwe die Notwendigkeit, unbedingt etwas anworten zu müssen. Da drin war er nie besonders gut, gerade in solchen Fällen nicht. Also faselt er etwas unfassbar Hanebüchenes zusammen: „Ich auch nicht. Also, wenn ich bei mir wohnen würde, ich hätte mir schon längst gekündigt."

Und das ist jetzt dermaßen bekloppt, dass sie beide minutenlang geschüttelt werden von immer neuen Lachanfällen, bis ihnen alles wehtut und sie nur noch um Luft ringen und irgendwann der reine Überlebenswille siegt.

„Aufhören! Aufhören", grunzt Uwe. Und jappst. Und lacht schon wieder, dröhnend wie ein Bergfaun.

„Hoffentlich ... hoffentlich ist jetzt niemand mehr auf der Dienststelle", schluchzt Daniela. „Sonst ... sonstsonstsonst liefern die uns beide ein!"

„Auch eine Möglichkeit. Vielleicht nicht die schlechteste."

„Ja."

„Äh, Daniela ..."

„Äh, Uwe ..."

Beinahe gleichzeitig beginnen sie komplizierte Entschuldigungen zu stammeln – für den „Neonazisympathisanten", für die „Sozialtusse", „für den tumben rechten Macho", für allerlei Ausdrücke und verletzende Blicke und wegwerfende Gesten und ... und dann geschieht etwas Ungeheuerliches. Eine Pause, da sie beide müde und verschwitzt und glücklich und völlig durch den Wind und ein bisschen blöde vor sich hin nicken, nutzt Uwe zu einer halbzeitlangen Lebensbeichte. Natürlich hat er das in keinster Weise vorgehabt. Aber er fängt einfach an zu reden und hört nicht mehr auf. Während er spricht und nicht mehr aufhört, trocknet sich Daniela immer wieder das Gesicht. Sie überlegt, ob sie diesen Mann da neben ihr, der so unglaublich schlimme Sachen erzählt, ob sie ihn liebt. Sie gibt sich keine Antwort. Aber geküsst hätte sie ihn eben gerade – wenn er nicht auf einmal so furchtbar ehrlich gewesen wäre.

„Wie soll ich dir das sagen, das interessiert ja sonst kein Schwein ... Aber du kannst nicht wissen, warum ich so ausgerastet bin, als du mich mit rechten Schlägern in einen Topf geworfen hast ... Bei uns haben sich ja alle geprügelt; in unserm Viertel war ich bestimmt nicht der Stärkste, auch wenn dich das wundern sollte. Als ich klein war, gab's jede Menge „Banden" – so haben wir das genannt –, da ging es ganz schön brutal zu, bei den Größeren auch schon mit Messern. Mich haben sie meistens benutzt, um Ältere zu erpressen, das heißt, unsern Oberhäuptling natürlich, den Matthias. Der war da bestimmt schon vierzehn. Kennst du Flottenmanöver?“

Fragend schüttelt Daniela den Kopf.

„Nee, wahrscheinlich nicht. Ist so’n Jungs-Spiel. Konnte man auf Rechenpapier machen. Gab’s damals aber auch zu kaufen, mit so kleinen Figürchen oder was das war. Die Dinger hat man ins Spielfeld gesteckt, um die Einschüsse zu markieren. Die waren aus grauem Plastik, die Dinger. Sie haben aber auch sehr gut in Fastnachtsrevolver gepasst. Die waren aus Eisen. Und wenn man sie durchbohrt hat – das hat der Matthias für uns gemacht –, haben die einen ganz schönen Druck gehabt. So ein Flottenmanöverding ist dann ganz schön weit geflogen, ich schätze mal fünfzig Meter. Wenn es dich auf fünf Meter erwischt hat, dann hast du Pech gehabt. Das gab schon ’ne kleine Wunde. Wenn es dich aus kürzester Distanz getroffen hat, dann ist das in dir stecken geblieben. Wir haben Western nachgespielt, verstehst du? Wir haben uns richtig duelliert. Dabei haben wir bald alle Sonnenbrillen getragen, nachdem einige Jungs Augen verloren hatten. Die Schmerzen dabei sind unglaublich. Hier, die Narbe, die stammt ja noch von damals. War extrem knapp, sonst hätte ich heute ’ne Augenbinde wie so’n Pirat.“

„Scheiße ...“, wirft Daniela ein. „Ja, aber Eure Eltern?“

„Wer?“ Uwe grinst verächtlich. „Hätte ich also ’ne Augenbinde heute. Wie damals der Thorsten. Der hat schon eine mit zwölf gehabt. Der Matthias hat ihm das rechte, nee linke Auge rausgeschossen, aus nächster Nähe. Ich war dabei. Der hat so geschrieen, das war fürchterlich. Danach haben wir uns kaum mehr rausgetraut. Na ja, auf jeden Fall, der Thorsten hat mich irgendwann abgepasst. Und mit in so ein Gartenhüttchen gezerrt, von seinem Onkel. Er hat sich an mir ausgetobt, ich weiß nicht wie lange.“

„Wie alt warst du da?“

„Zehn. Höchstens elf. Das Schlimmste waren aber diese Plastikscheißdinger. Die hat er mir in den Hintern geschossen. Ein paar. Mindestens vier. Durch die Hose durch. Ich hab ein Beißholz zwischen die Zähne gekriegt, aber ich war laut genug, dass es der Matthias draußen gehört hat. Der Thorsten hat ihm dann durch die Backe geschossen. Da hat sich der Matthias auf ihn gestürzt und ihn zu Brei gekloppt. – Also, das ging jahrelang so weiter. Du kannst dir vorstellen, dass ich keine Lust hatte, immer selber so Dinger in den Hintern zu kriegen. Hab ich auch nicht mehr. Weißt du, was ich gelernt hab? Dass es nur eine Methode gibt sich selbst zu schützen: grausamer sein. Immer noch ein bisschen grausamer sein als die andern. Das verschafft Respekt. Also war ich grausam. Ich hab mir so fiese Sachen ausgedacht, die kann ich dir gar nicht erzählen. Wehe, wenn's damals die SS noch gegeben hätte, du lieber Himmel ...

Na ja, wie ich zur Polizei kam, hab ich dir ja schon mal erzählt. Auch, dass ich mich anfangs immer freiwillig gemeldet hab, wenn es zu Stadioneinsätzen kam – wo die älteren Kollegen den Schwanz eingezogen haben. Dabei hab ich mal auf einen eingeprügelt, ich konnte einfach nicht mehr aufhören. Hab neulich erst wieder dran gedacht. Wenn mich die Kumpels nicht zurückgezogen hätten, der wäre tot gewesen. Auf jeden Fall. So ist aber auch nicht besser. Vor ein paar Jahren hab ich ihn mal besucht. Lebt in so 'ner Einrichtung. Bad Herrenalb. Wahnsinn! Der kann immer noch nicht reden. Nur so nuscheln. Fürchterlich. Als ich ihn besucht hab, ging's mir genau wie damals: Das hätte haargenau so gut umgekehrt laufen können. Dass ich Bulle geworden und nicht zu den ganz harten Hooligans abgedriftet bin, war ja mehr oder weniger Zufall. Und glaub nicht, mir hätte das nicht gefallen, die ganz harten Sachen. Nur der Nazimüll, der nicht so. Aber die schwarzen Symbole, Motorhead, Iron Maiden und so, das fand ich alles klasse. Verstehst du? Mich hat überhaupt nichts unterschieden von dem, den ich debil geprügelt hab!"

Uwe fährt sich mit der Hand über die Stirn. Aufs Lenkrad aufgestützt, bleibt er lange in derselben Haltung. Daniela streicht ihm über die Haare. Mehr bringt sie nicht fertig.

„Das Spiel ist aus! Nicht zu glauben, trotz eines Torchancenverhältnisses von sage und schreibe 21 zu 12 ist es dem FC Bayern nicht gelungen, den Ausgleich zu erzielen. Eine aufopferungsvoll kämpfende Karlsruher Mannschaft liegt sich in den Armen. Während die Roten fassungslos auf dem Rasen sitzen, laufen die ganz in blau gewandeten KSC-Spieler zum Fan-Block hinüber. Es ist ein ohrenbetäubender Lärm, nicht zu glauben, so etwas hat man hier lange nicht erlebt. „Berlin, Berlin, wir fahren nach Berlin!", skandieren die Fans. Nun ja, das ist in greifbare Nähe gerückt. In der nächsten Runde warten Greuther Fürth oder die SG Wattenscheid. Das dürfte doch wirklich zu packen sein, nach einer solchen Vorstellung wie heute allemal!"

Daniela und Uwe schmunzeln einander kurz an. Da haben sie doch die komplette zweite Halbzeit verpasst ... Doch plötzlich – typisch Uwe – setzt er sich gerade. Ohne auf die Sport-Übertragung einzugehen, meint er unvermittelt: „Dieser Gerbig geht mir auf den Sack. Was machen wir da?"

Daniela blickt ein bisschen verwirrt drein. Doch dann schaltet sie um von intim-privat auf engagiert-dienstlich; es gibt ja eine ganze Kladde von Notizen, die sie mit niemandem besprechen konnte, da ihr Partner so lange gefehlt hat. Sonst existiert ja niemand auf Erden, der in solche Details auch nur annähernd Einblick hätte. „Wo du das vorher gesagt hast von dem Nazi-Kram, ist mir noch mal eingefallen, was der Mönning neulich erzählt hat. Das von der Schatulle, mit den Orden drin. Ich bin die Liste ein paarmal durchgegangen. Das fehlt, das Ding. Glaubst du, diese Orden können was wert sein?"

„Quatsch. Die sind für die Tonne. Viel zu viel von denen im Umlauf. Das nimmt dir nicht mal irgendein Heimatmuseum."

„Hm. Und ... kennst du dich da wirklich aus? Ich meine, gibt's da nicht, wie bei Briefmarken, so Sonderausgaben oder so?“

„Nicht, dass ich wüsste“, zuckt Uwe die Schultern. Nichts in seinem Gebahren erinnert daran, dass er eben noch sein Leben vor Daniela ausgebreitet hat; er ist jetzt nur noch der wiedererstandene, seiner Kräfte gewisse Kriminalhauptkommissar. „Aber“, grübelt er, „was durchaus sein kann ... Ich weiß nicht mehr, wo ich's gehört hab, aber Fehlprägungen, die gab es natürlich.“

„Und ... die sind was wert?“

„Einige schon. Einige wenige. Na ja, wer die hat ... Das könnte was sein ...“

„Uwe, fändest du das blöd ...“ Jetzt setzt sich auch Daniela gerade. „Sollen wir nicht noch mal rausfahren, zum Gerbig?“

„Jetzt?“

„Ich weiß, es ist arg spät. Aber wir haben so viel Zeit verloren ...“

„Ausgerechnet nachts? Ob wir da jetzt was finden ...“

„Gerade!“ Daniela merkt, dass sie Uwe längst überzeugt hat. „Da kann er auch nix schnell noch wegräumen.“

Die Art, wie Uwe Daniela jetzt anblickt, erinnert an einen Grizzly, der die im Campingzelt versteckte Salami doch noch gefunden hat: „Daniela? Das hast du doch von Anfang an vorgehabt, stimmt's?“

Daniela grinst und zuckt die Achseln: „Lässt du mal den Motor an?“

*

Das schräg durch die Fenster in die Stube fallende Dämmerlicht wischt die Schärfe von den Konturen der Möbel und taucht den Raum in altertümliches Sepia. Walter Gerbig genießt diese Stunde des Übergangs, des langsamen Verebbens der täglichen Geschäftigkeit. Seine feste Gewohnheit um diese

Uhrzeit einen Zigarillo anzuzünden stammt noch aus seiner Zeit an der Ostfront. Damals hatten einige Kameraden seiner Kompanie eingeführt, eine viertel Stunde vor der Essensausgabe sich im Windschatten einer der Baracken zu treffen, um etwas von dem erbeuteten Tabak zu rauchen. Da dieser ein hoch gehandeltes Gut war, konnte der junge Gerbig sich glücklich schätzen, diesem Kreis anzugehören. In all den unmenschlichen Anstrengungen und Entbehrungen war dieses Ritual des stillen Kreisens einer Selbstgedrehten die einzige Möglichkeit, zumindest für einen kurzen Moment der permanenten Anspannung zu entkommen. Mit dem ersten Zug ging ein Glücksempfinden einher, das mit keinem Wort dieser Welt auch nur annähernd beschrieben werden könnte. Jeden Abend seit nunmehr über sechzig Jahren kehrt Gerbig in Gedanken an diesen Ort zurück, fühlt noch einmal die schneidende Kälte des Ostwinds, die nie zu füllende Leere in seiner Mitte, die Angst Körper und Seele heil wieder nach Hause zu bringen. Er weiß, welch großes Glück er hatte, den Rückzug überlebt zu haben; von der gesamten Kompanie erreichte Deutschland gerade mal ein gutes Dutzend.

Gerbig lehnt sich gegen die Rückwand seiner Eckbank, schließt die Augen, führt den Stummel in seiner Hand zum Mund und inhaliert tief. Er liebt den scharfen Geschmack des Zigarillos auf seiner Zunge, das Brennen des Rauches in den Bronchien ist ein ersehnter, wohliger Schmerz. Obwohl das schwindende Licht und der dick in der Luft hängende Rauch die Stube fast gänzlich verdunkeln, macht Gerbig kein Licht an. So lange wie möglich will er diese Ruhe, die dem Tag so schwerlich abgerungenen Momente des Waffenstillstands zwischen sich und der ihn umgebenden Welt aufrechterhalten. Licht würde den Bann brechen, die Welt mit all ihrer Hässlichkeit erneut ins Zentrum setzen.

Langsam erhebt er sich, schiebt den massiven Eichenholzstuhl quer durchs Zimmer vom Esstisch weg an die dem Fenster gegenüberliegende Wand. Anschließend steigt er auf die Sitzfläche, stellt sich auf die Zehenspitzen, um das knapp unter der Decke über die ganze Wandbreite verlaufende Regalbrett zu erreichen. Dort oben befinden sich, schön geordnet in Reih und Glied, diverse Pokale, Zinnteller, rustikale Bierkrüge mit Deckel. Zwei goldgerahmte, verblichene Fotografien zeigen einen jungen Gerbig in Uniform. Auf dem linken Bild hält er einen Pokal freudestrahlend in die Höhe, auf dem rechten wird ihm auf seine vorgereckte Brust von einem ebenfalls in Uniform gekleideten Mann eine rundes Abzeichen mit einem kaum zu erkennenden Symbol angesteckt.

Gerbig greift nach einer Metallschatulle direkt neben dem Bild, holt sie herunter und lässt sich mit seiner Beute wieder auf der Eckbank nieder. Die Bedachtsamkeit, mit der er den Deckel dieser unscheinbaren Schatulle öffnet, erinnert an ehrfürchtige Zeremonien. Vorsichtig greifen seine Finger hinein und ziehen eines der vielen Ehrenabzeichen heraus. Während er den Orden sorgfältig von allen Seiten untersucht, befeuchtet er sich immer wieder die vor Aufregung trockenen Lippen. Ein schwarz-weiß-rotes Stoffband verbindet die Spange mit dem eigentlichen Abzeichen, das von einem stark geprägten Eichenkranz eingefasst wird und in dessen Mitte eine schlanke Frauenfigur im Niedersinken die Arme schräg nach oben streckt, einem behelmten Männerkopf entgegen. Zufrieden nickt Gerbig, legt das Stück auf den Tisch und greift erneut in die Schatulle.

Da stoßen seine Finger an eine Kante auf dem Boden des Behälters. Kurz hält er überrascht inne, doch schon im selben Moment weiß er, welches alte Stück Papier da vor ihm liegt. Obwohl er den Inhalt kennt, liest er den Brief erneut. Er besteht nur aus wenigen Zeilen, aber diese Zeilen haben es in sich. Sprengstoff für den Kappes und sein Projekt. Dieser Fatzke! Wenn der sich noch mal blicken lässt, wird ihm Dieter einen heißen Empfang bereiten.

Als hätte der Schäferhund nur auf sein Stichwort gewartet, springt er plötzlich auf und beginnt ein böses Bellen. Erschrocken sieht Gerbig aus dem Fenster. Der Garten liegt bereits im Dunkeln, so dass er nichts erkennen kann. Schnell lässt er Brief und Abzeichen in der Schatulle verschwinden, klappt den Deckel zu und schiebt sie unter die lose Sitzauflage der Bank. Dann steht er auf. „Aus! Kusch, Dieter!"

Das Bellen des Hundes geht in ein tiefes Knurren über.

„Ja was ist denn los? Ruhig jetzt, du blödes Vieh!" Gerbig versucht noch einmal etwas durch das Fenster zu erkennen, drückt sein Gesicht gegen die Scheibe. Nichts. Da das Knurren hinter seinem Rücken anhält, hängt er sicherheitshalber die Türkette in den Verschluss. Vorsichtig drückt er die Klinke herunter. „Ist da wer?", blafft er durch den Türspalt in die Dunkelheit. Von draußen ist kein Geräusch zu hören. „Hallo? Falls sich da irgendwer in meinem Garten rumtreibt: Ich zähle jetzt bis zehn, dann lass ich den Hund raus! Also sehen Sie zu, dass Sie sich vom Acker machen!" Wieder bleibt alles still. „Hierher, Dieter!" Der Hund kommt zu ihm, schmiegt sich an sein Bein und wird wieder still. „Brav. So ist's fein ... und jetzt raus mit dir in den Garten! Such!" Gerbig löst die Kette und öffnet die Türe ganz. Sofort springt Dieter hinaus ins Dunkel und läuft schnüffelnd durch den Garten. Nach einem letzten Rundumblick kehrt Gerbig ins Haus zurück. Die Sicherheitskette baumelt noch ein-, zweimal hin und her. Dann verklingt das metallene Geräusch und in der Stube herrscht Ruhe.

Das dumpfe Bellen eines Hundes reißt Kappes aus seinen Gedanken. Zögernd steht er am Gartentor vor Gerbigs Grundstück. Die Angst vor einem erneuten Zusammentreffen mit diesem aggressiven Köter lässt ihn innehalten. Dabei war er noch bis vor wenigen Augenblicken voller Entschlusskraft, dem verrückten Kauz noch einmal ein gutes Angebot für sein wertloses Stück Land zu unterbreiten. Daraufhin bliebe dem Alten gar keine andere Möglichkeit als zu verkaufen. Das letzte Hindernis für Kappes' big deal mit dem KSC wäre aus dem Weg geräumt, endlich könnte er den hart verdienten Gewinn in diesem sich immer komplizierter entwickelnden Geschäft einstreichen, endlich könnte er einen Schlussstrich unter seine kleine Pechsträhne ziehen. Und anschließend: Spekulationsschulden bezahlen und ab in den Süden auf seine lang ersehnte Mittelmeerkreuzfahrt!

Doch nun steht er hier, eine Hand auf dem Tor, traut sich nicht weiter. Die Hütte am anderen Ende des Gartenwegs ist nur als dunkle Silhouette vor dem unbeleuchteten Hintergrund des Autobahnwalls zu erkennen. Hin und wieder dringt das sonore Brummen eines Lastwagens durch die Sträucher am Fahrbahnrand, sonst ist alles ruhig. Kein Mensch scheint heute Abend in diesem vergessenen Winkel Karlsruhes unterwegs zu sein. Unwillkürlich fragt er sich, was er hier eigentlich treibt? Warum sitzt er nicht gemütlich auf seinem Sofa zu Hause und schaut die Abendnachrichten? Zweifel steigen in ihm hoch: Was, wenn der Alte am Ende doch nicht verkaufen will? Wenn er es sich anders überlegt haben sollte und er, Kappes, sich erneut zum Deppen machen lässt? Seine mühsam aufgebaute Selbstsicherheit ist von einem Moment zum anderen verflogen.

„Ist da wer?"

Gerbigs unfreundliche Stimme lässt ihn zusammenfahren. Instinktiv nimmt er seine Hand von der Klinke, macht einen Schritt rückwärts.

„Hallo?" kann er den Alten rufen hören, dessen Stimme fast genauso wie das Bellen seines bösartigen Hundes klingt. „Falls sich da irgendwer in meinem Garten rumtreibt: Ich zähle jetzt bis zehn, dann lass ich den Hund raus! Also sehen Sie zu, dass Sie sich vom Acker machen!"

Das lässt sich Kappes nicht zweimal sagen. So schnell es ihm möglich ist, ohne dabei laute Geräusche von sich zu geben, zieht er sich einige Schritte zurück. Dann dreht er sich um und beginnt zu laufen. Linkerhand säumt eine Buschreihe den Fahrweg, deren Äste sich ihm entgegenzustrecken scheinen. Ein Schauder durchläuft ihn. Abrupt bleibt er stehen, lauscht in die Dunkelheit. War da nicht etwas? Knirschten etwas weiter hinter ihm Steine auf dem Asphalt? Blitzartig fährt er herum, sucht nach einem Verfolger. Aber seine Blicke werden schon nach wenigen Metern von der Dunkelheit verschluckt.

Einer spontanen Idee folgend, springt Kappes zur Seite und schlägt sich ins Gebüsch. Dort verharrt er bewegungslos – nur für den Fall, dass doch noch jemand den Weg entlang kommt. Hat es sich der verrückte Gerbig eventuell doch anders überlegt und sieht selbst nach dem Rechten? Vielleicht sogar bewaffnet? Von seinem Posten im Gebüsch kann Kappes sehen, wie ein Schatten in den Garten huscht und sich schnell entlang des Zauns bewegt. Der Hund ist draußen. Zum Glück innerhalb des Gartens. Er kann hören, wie eine Türe ins Schloss fällt. Gerbig hat es also doch vorgezogen drinnen zu bleiben.

Noch zweimal huscht der Schatten des Hundes vorüber, ist das leise Tappen der Pfoten auf dem Steinweg zu hören. Dann nichts mehr. Angestrengt lauscht Kappes in die Nacht. Absolute Stille. Am besten wäre es, nach Hause zu fahren und bei Tageslicht wieder zu kommen. Morgen ist immer noch früh genug, um eine Unterschrift zu erhalten. Um diese Uhrzeit kann er beim besten Willen nicht mehr bei Gerbig läuten. Wenn der sich gestört fühlt, wird er nie zustimmen. Oder vielleicht doch? Kappes versucht seine Chancen einzuschätzen. Da! Blätterrascheln, ganz nah. Gänsehaut überzieht seine Arme. Was geht hier vor? Die Haare im Nacken stellen sich auf. Panisch dreht er sich herum, dann noch einmal. Nichts zu sehen. Da spürt er einen kühlen Luftzug im Gesicht. Schnell wischt seine Hand darüber. Gleich darauf rascheln die Blätter erneut, etwas weiter links diesmal, und schon fährt eine neue Böe durch das Blätterwerk, lässt die Zweige schlagen. Kappes flucht in sich hinein. Verdammt noch mal! Was ist er doch nur für ein Idiot. Kauert hier im Gebüsch und versteckt sich vor weiß Gott was, dabei geht nur ein kühles Lüftchen. Freuen sollte er sich über die angenehme Kühle. Wütend schiebt er die Äste zur Seite, stapft zurück auf den Weg. Alles nur wegen diesem verrückten Gerbig mit seinem blöden Gebrabbel von Verseuchung und dergleichen.

Kappes kann die Wut in seinem Inneren förmlich als blendenden Feuerball spüren; heiß und nicht mehr einzudämmen drängt sie nach draußen. Und von einem Moment zum anderen erscheint ihm alles klar: Er muss die Gunst der Stunde nutzen und eine Entscheidung erzwingen. Den Hund wird er beseitigen müssen, dann ist der Weg zu Gerbig frei; die Frage ist nur: Wie? Zufällig tritt er mit seinem Fuß gegen einen Stein. Er hebt ihn hoch, wiegt ihn abschätzend in seiner Hand. Eine noch frische Erinnerung steigt in ihm hoch, die er sofort beiseite drängt. Der Stein müsste reichen. Es ist gut, allein hier draußen in der Dunkelheit zu sein.

Aber Kappes ist nicht allein. Seit Stunden, seit Tagen schon folgt ihm ein Schatten, unauffällig, hartnäckig. Ein Schatten, der nur auf den richtigen Moment wartet, seine Bestimmung zu erfüllen: Rache. Und nun, hier draußen im Niemandsland, steht sie kurz bevor. Die Anspannung prickelt unter seiner Haut, jede Faser des Körpers ist gespannt. Er genießt die Macht, seiner Beute sicher zu sein.

Langsam nähert sich Kappes dem Gartentor. Er drückt die Klinke nieder, lautlos schwingt die Tür nach innen auf. Kappes schaut sich um: Alles scheint ruhig. Aus der Hütte fällt Licht durch das Stubenfenster nach draußen, erhellt einen kleinen Streifen des Gartens. Wo bloß der verdammte Hund geblieben ist? Beim letzten Vorbeihuschen verschwand er auf der linken Gartenseite. Einem spontanen Impuls folgend, beschließt er, dort nachzusehen. So kann er sicher sein, nicht im ungünstigsten Moment von dieser Bestie überrascht zu werden. Schritt für Schritt schleicht er in die Richtung, in der er den Hund vermutet. Den Stein hält er dabei fest mit seiner rechten Hand umklammert, damit er, wenn es darauf ankommt, sofort zuschlagen kann.

Bald hat er das äußerste Eck des Gartens erreicht; von dem Tier ist nichts zu hören. Oder doch? War da nicht was? Irgendwo hinter ihm knackt ein Zweig, gleich darauf ist ein scharrendes Geräusch zu vernehmen. Nervös dreht er sich um die eigene Achse, doch in der Dunkelheit ist nichts zu erkennen. Kappes versucht sich zu beruhigen, vernünftige Begründungen für diese Geräusche zu finden: Hier draußen, in diesem Stück wilder Natur, leben natürlich viele Tiere. Allein Dutzende von Mäusen werden hier ihrem nächtlichen Sammeltrieb nachgehen. Eventuell umherschleichende größere Tiere klammert er in seiner Vorstellung lieber aus. Gerbigs Hund scheint sich jedoch nicht mehr draußen herumzutreiben, ansonsten hätte der wohl schon längst Laut gegeben. Schade. Sein Plan, den Hund draußen zu erledigen, um dann ungestört mit Gerbig reden zu können, ist wohl gescheitert. Da bleibt ihm also nur, seinen gesamten Mut zusammenzunehmen und zu den beiden hineinzugehen – irgendwie wird er schon mit ihnen fertig werden.

Er durchquert rechterhand der dunklen Tanne die Wiese, geht vorbei an Bank und Tisch, tappt unsicher vorwärts .... bis sein linker Fuß gegen etwas Weiches, Großes stößt. Er verliert das Gleichgewicht, stolpert über das Hindernis, stützt sich mit der freien Hand auf dem kühlen Gras ab. Was da liegt, kann er wegen der Dunkelheit nicht erkennen. Er greift neben sich, versucht das Hindernis zu ertasten. Seine Finger streichen über borstiges Fell. Der Hund, durchfährt es ihn. Erschrocken zieht er seine Hand zurück, springt hoch. Wie ertappt, wirft er einen Blick über seine Schulter. Aber da ist niemand. Erneut bückt er sich, untersucht den haarigen, reglosen Haufen. Mit dem Fuß stochert er darin herum, erhält keine Reaktion. Der Hund ist tot. Seine Angst überwindend, hebt er den Kopf des Tieres an. Dabei läuft etwas Warmes, Feuchtes über seine Hand. Blut. Sofort lässt er den Kopf wieder fallen, eilt die wenigen Schritte zur Hütte und stößt die Türe auf.

Drinnen sitzt Gerbig in aller Seelenruhe am Tisch, eine erkaltete Zigarre liegt vor ihm auf einer Untertasse.

„Guten Abend, Herr Gerbig."

„Sie? Was wollen Sie?"

„Wir müssen reden. Sofort. Die Sache duldet keinen Aufschub."

„Was soll der Unsinn? Es gibt nichts zu besprechen!"

„Seien Sie still, Gerbig, und hören Sie zu."

„Dieter! Ja wo ist denn der blöde Köter?"

„Sparen Sie sich die Mühe. Ihr Hund ist im Garten."

„Nicht mehr lange. Dieter!"

„Er wird nicht kommen, denn er kann Sie nicht hören ... nie mehr."

„Ist er ...was? Nein, nicht mein Dieter!" Mühsam erhebt sich Gerbig, versucht hinter dem Tisch hervorzukommen.

„Sie bleiben sitzen und hören mir zu!"

„Nix da. Ich gehe jetzt zu meinem Hund."

„Gar nichts werden Sie tun. Sie bleiben hier. Zwingen Sie mich nicht ..."

„Sie wollen mir drohen? Sie Hänfling? Lächerlich!"

Kappes ist sprachlos. Der Alte bockt. Doch diesmal wird er sich nicht von diesem alten Mann zum Narren halten lassen. Diesmal spielen sie nach seinen Regeln. Mit voller Wucht lässt er die Hand mit dem Stein auf den Tisch krachen. Gerbig hält überrascht inne. „Na so was. Scheint doch fast etwas von einem Mann in Ihnen zu stecken", murmelt er. „Nun gut. Sie haben drei Minuten Zeit. Also machen Sie hinne."

„Na also. Kurz und gut: Ich habe noch mal über unser Gespräch letztens nachgedacht und mich nun doch entschlossen

Ihr Grundstück zu kaufen. Mit allem, was darauf ist. Sofort. Einen vorgefertigten Vertrag habe ich bei mir."

„Wie viel?"

„Das Dreifache. 30.000 Euro. Wenn Sie wollen, auch in bar. So eine Chance werden Sie nie wieder bekommen."

Gerbig kneift die Augen zusammen, legt den Kopf schief. „Eine schöne Summe. Aber was soll ich in meinem Alter mit dem ganzen Geld? Ich habe es mir überlegt – ich will nicht mehr verkaufen."

„Aber seien Sie doch vernünftig!" Kappes Stimme klingt lächerlich hoch in seiner Aufgeregtheit.

„Ich bin vernünftig, sehr vernünftig sogar." Gerbig erhebt sich, doch Kappes springt vor, stößt ihn auf die Bank zurück. Mit einem Stöhnen kracht der alte Mann gegen die Lehne der Eckbank.

„Jetzt reicht's mir. Sie Dickkopf! Sie werden unterschreiben! Sofort! Es ist doch nur zu Ihrem Besten!"

Den seltsamen Ausdruck, der sich auf einmal auf Gerbigs Gesicht schleicht, kann Kappes nicht deuten. Was starrt der Alte denn so intensiv an ihm vorbei ins Leere? Warum schaut er ihn nicht an? Die Erkenntnis kommt eine Sekunde zu spät. Hinter ihm kracht die Türe ins Schloss, fast zeitgleich spürt er kaltes Metall an seinem Genick.

„Schnauze, Hackfresse!" Die Stimme erkennt Kappes sofort. Schlagartig wird ihm eiskalt. Ein kräftiger Hieb auf den Rücken lässt die Luft aus seinen Lungen entweichen, ein zweiter trifft seine Schulter. Der Schmerz ist so heftig, dass er die Hand öffnet und der damit festgehaltene Stein zu Boden fällt. Um nicht zu Boden zu gehen, krallt er sich an der Stuhllehne fest. Nur nicht fallen! Dann ist es aus! Wenn er erstmal wehrlos auf dem Boden liegt, hat er keine Chance mehr. Eine starke Hand drückt ihn auf den Stuhl, dreht diesen herum, so dass er seinem Peiniger direkt ins Gesicht sieht.

Vor ihm steht Storbitzki. Schnell atmend, nassgeschwitzt.

In seinen Augen leuchtet bedingungsloser Hass, so intensiv, dass sich Kappes instinktiv kleiner macht.

Als Uwe den Bahnhof passiert, entschließt er sich spontan, die Abkürzung über den Bruchweg einzuschlagen. Um diese Uhrzeit dürften kaum noch Radfahrer auf dem schmalen Weg entlang der Bahntrasse unterwegs sein, so dass er ordentlich Gas geben kann. Als er in den Waldweg einbiegt, wirft ihm Daniela einen fragenden Blick zu, den er mit einem knappen „Abkürzung" quittiert. Nach wenigen Minuten haben sie die Weggabelung, an der Gerbigs Hütte steht, erreicht. Als die Scheinwerfer erlöschen, herrscht absolute Dunkelheit. „Wir nehmen mal besser die Taschenlampe mit. Ist das dunkel hier draußen! Ich dachte, es ist fast Vollmond."

„Liegt an den Wolken. Vielleicht gibt's doch noch Regen heute Nacht. Ein bisschen Abkühlung würde ja nicht schaden." Daniela nickt gen Himmel.

„Hier, nimm!" Uwe reicht Daniela die Lampe. „Wäre doch peinlich, wenn wir uns den Fuß verstauchen, abends im Gelände. Den Hohn unserer Kollegen, was wir zu dieser Nachtzeit zu zweit im Dunkeln hier draußen zu tun hatten, möchte ich mir gern ersparen."

Sie betreten den Garten. Steinplatten bilden einen Weg zur Hütte. Auf einmal stößt Uwe Daniela in die Seite. „Halt! Leuchte mal hier rüber." Der Lichtstrahl bewegt sich nach rechts, gleitet weg vom Weg, beleuchtet einen Streifen Wiese, tastet sich vorwärts Richtung Tanne. Kurz vor dem Sitzplatz liegt ein Haufen Fell im Gras. Sie nähern sich vorsichtig. „Der Hund", bemerkt Daniela. „Der rührt sich nicht."

Uwe lässt das Licht über den liegenden Körper gleiten. Auf Kopfhöhe verharrt er. „Hier: Blut."

Die beiden schauen sich den Kopf des Tieres genauer an.

„Wie ist denn der zu dieser Verletzung am Kopf gekommen?"

„Allein hat er sich die nicht zugezogen. Vielleicht hat der

Gerbig bei einem seiner Liebesbeweise zu fest zugeschlagen.“

„Ach, hör doch auf! Der Gerbig mag seinen Hund, der würde dem nie wirklich wehtun.“

Uwe schaut Daniela zweifelnd an. „Da wäre ich mir nicht so sicher ... am besten, wir fragen Gerbig persönlich. Mal sehen, was er dazu zu sagen hat.“

„Du Uwe, ich hab so ein ungutes Gefühl. Lass uns vorsichtig sein.“

„Ach, komm schon.“

Laute Stimmen dringen durch die Tür. Sofort verstummen die beiden Polizisten.

„Der ist nicht allein“, flüstert Uwe.

„Hört sich nach Streit an.“

„Vielleicht ist dein Gefühl doch richtig.“

„Hier rüber. Zum Fenster.“

Uwe weiß nicht, was er von dieser Situation halten soll. Vorsichtig schleichen sie seitlich an der Wand entlang zum Fenster. Die Stimmen drinnen werden lauter, einzelne Wortfetzen sind zu verstehen. „Möchte nur wissen, wer sich freiwillig um diese Uhrzeit mit dem Gerbig trifft?“, raunt Uwe seiner Kollegin zu. „Mach vorsichtig. Ich halt dir den Rücken frei – nur für alle Fälle.“

Daniela duckt sich unterm Fenster durch, schiebt ihren Kopf am Fensterrahmen vorbei, bis sie sehen kann, was drinnen vor sich geht. Ein Mann steht mit dem Rücken zu ihr. Ein anderer sitzt vor ihm auf einem Stuhl. Als sie ihren Blickwinkel verändert, kann sie den Sitzenden erkennen. Heiß durchfährt es sie. „Mensch, Uwe“, zischt sie ihrem Kollegen zu, „da drinnen sitzt Kappes!“

„Was?“

„Kappes!“

„Scheiße! Was hat der hier zu suchen?“ Durch das undichte Fenster können sie genau verstehen, was drinnen gesprochen wird.

„Spuck's schon aus! Was hast du mit Ladurner gemacht?"

Uwe zuckt zusammen. Storbitzki! Irrtum ausgeschlossen. „Das ist Storbitzki!", flüstert er Daniela zu.

Fast wäre sie hochgeschossen, hätte sich mitten vor dem Fenster aufgerichtet. „Storbitzki! Sicher?"

„Ganz sicher!"

„Scheiße! Dann hat er Kappes also gefunden!"

„Scheint so." Uwes Verstand arbeitet auf Hochtouren. Worst case! So schnell wie möglich müssen sie handeln. Auf der Suche nach einer Zugriffsmöglichkeit hetzt sein Blick hin und her.

„Wir brauchen Verstärkung! Ruf sofort das MEK!" reißt ihn Daniela aus seinen Gedanken.

„Bis die hier sind, ist es zu spät."

„Alleine schaffen wir das nicht."

„Doch. Wir gehen da jetzt rein und krallen uns den Storbitzki."

„Spinnst du? Was soll das?"

„Überraschungsmoment. Bis der merkt, was hier los ist, hab ich ihn in der Mangel."

„Du bist total verrückt. Ruf das MEK. Du kannst da jetzt nicht reingehen."

„Mit dem Storbitzki bin ich schon einmal fertig geworden. Der ist doch ein Bübchen."

„Damals war er aber nicht bewaffnet ... außerdem sind da noch Kappes und Gerbig."

„Dann sind ja alle versammelt. Wir legen los!"

Daniela schnappt sich Uwes Arm, hält ihn mit aller Kraft fest. „Nein!" Die Autorität in Danielas Stimme beeindruckt Uwe. „Gar nichts machen wir. Wenn wir da jetzt reingehen, gibt es Tote. Der Storbitzki ist bewaffnet und absolut unberechenbar. Und den Kappes kann ich auch nicht einschätzen."

Uwe will keinen Krach mit seiner Lieblingskollegin – jetzt schon gar nicht, wo sie sich doch gerade erst versöhnt haben.

Widerwillig wirft er einen Blick durchs Fenster. Der Raum ist klein. Eng beieinander stehen Kappes und Storbitzki. Da kann er nicht so ohne weiteres dazwischen. Und falls Storbitzki schießt ... „O.K. Wir holen das MEK." Uwe wendet sich ab, telefoniert leise. Dann macht er sich zu einem Erkundungsgang rund ums Haus auf. Daniela ist überrascht. Sie hatte nicht geglaubt, ihren Kollegen umstimmen zu können. Hoffentlich, denkt sie, behält Storbitzki die Nerven, bis die Verstärkung hier ist.

„Ich habe gesagt, du sollst es ausspucken! Red endlich!"

Kappes hat sich von seinem ersten Schreck erholt. Die Schulter schmerzt ein wenig, aber sonst scheint alles in Ordnung. Er ist nicht schwer verletzt. Kurz schielt er zum Gerbig. Der sitzt wie versteinert am Tisch, starrt zwischen ihm und Storbitzki hindurch. Von dem ist keine Hilfe zu erwarten. Verdammt! Wie hat der Storbitzki ihn bloß gefunden? Und was weiß er vom Ladurner? Das Wichtigste ist: erst mal die Ruhe bewahren. Der Storbitzki ist ein Hohlkopf, mit dem wird er schon fertig; ist er immer geworden. Nur die Aggression in seinen Augen macht Kappes Angst. Er muss versuchen, ihn zu beruhigen. Mit ausgesuchter Höflichkeit wendet er sich an den jungen Mann. „Was wollen Sie, Herr Storbitzki?"

„Lass dieses steife Geschwafel! Herr Storbitzki! Was soll der Scheiß? Hast du schon vergessen, dass ich der Mike bin?"

„Entschuldige bitte. Äh, Mike ... was willst du von mir?"

„Das weißt du ganz genau! Ich möchte wissen, was mit dem Ladurner passiert ist."

„Aber – das weißt du doch."

„Gar nichts weiß ich."

„Du warst doch bei ihm. Die Polizei hat mir erzählt, dass er tot ist. Er wurde umgebracht."

„Klugscheißer! Das weiß ich auch. Ich will wissen von wem?"

Kappes versucht so unschuldig wie möglich dreinzuschauen.

„Die Polizei hat mir gesagt, dass du es gewesen bist. Ein Zeuge hat dich gesehen."

„So eine Scheiße! Halt's Maul!" Storbitzki schießt nach vorne, packt Kappes am Kragen; dem bleibt kurz die Luft weg.

„Lass mich los!", keucht er mühsam, „ich krieg keine Luft!"

„Wär auch kein Schaden." Trotzdem lockert er den Griff, tritt einen Schritt zurück und wendet sich Gerbig zu. „Was glotzt du eigentlich so dämlich?" Der Angesprochene reagiert nicht. „Hallo, ist jemand zu Hause?", probiert es Storbitzki erneut und wedelt mit der Hand vor ihm auf und ab. Gerbig gibt ein undeutliches Gestammel von sich, in dem einzig das Wort Hund zu erkennen ist. Storbitzki schneidet eine Grimasse, zuckt die Schultern, will sich wieder Kappes zuwenden. Der aber hat den kurzen Moment der Unachtsamkeit genützt, ist aufgesprungen, schlingt seine Arme von hinten um Storbitzkis Hals. So fest er kann, drückt er zu. Er drückt, dass ihm der Schweiß aus allen Poren tritt. Sogar als Storbitzki sich wie wild im Kreis dreht, ihn abzuschütteln versucht, drückt er weiter. Plötzlich stößt sich Storbitzki ganz unvermutet nach hinten ab. Zwei, drei Schritte taumeln die zwei ineinander Verschlungenen, dann krachen sie gegen die Rückwand. Ein Pokal kippt von dem Regalboden über ihnen, fällt zu Boden und springt entzwei. Kappes ist zwischen der Wand und seinem Gegner eingequetscht. Er versucht zur Seite zu rutschen, diesem unmenschlichen Druck auf seine Brust zu entfliehen, doch er steckt fest. Langsam lassen seine Kräfte nach. Er spürt seine Füße schwach werden, Schwindel erfasst ihn. Panisch stemmt er sich mit seiner letzten verbliebenen Kraft von der Wand ab. Storbitzki gerät ins Wanken – und Kappes kann hinter ihm hervorrutschen. Hastig rappelt er sich hoch, läuft Richtung Türe, da trifft ein Fuß sein Knie und er stürzt zu Boden. Sofort ist sein Gegner über ihm, reißt seinen Kopf an den Haaren nach hinten, schlägt ihm ins Gesicht. Dann dreht er einen seiner Arme auf den Rücken, schleppt ihn zurück auf den

Stuhl.

„Scheiße! Das lässt du bleiben! Klar?“ Storbitzki keucht, befühlt seinen Hals.

Uwe hat das Poltern in der Hütte gehört. Mit der Waffe in der Hand läuft er zurück zur Vorderseite. Fassungslos schaut er auf die Szene, die sich im Innenraum der Hütte abspielt. „Verdammt! Der macht den kalt!“

„Der ist ausgerastet.“

„Wir müssen rein!“

„Aber wie?“

„Durch die Tür. Mit Schmackes!“

„Und dann?“

„Storbitzki außer Gefecht setzen.“

„Er hat eine Waffe! Eine Waffe, verstehst du?“

„Die hab ich auch.“

„Du kannst da nicht reingehen und ihn abknallen, Uwe.“

„Lieber darauf warten, dass er den Kappes killt? Sollen wir etwa dabei zusehen?“

„Shit, nein ... Das MEK ...“

„Lass mich mit dem MEK in Frieden!“

„Fünf Minuten, Uwe! Dann komm ich mit rein. Versprochen!“

„Keine Sekunde länger.“ Uwe beginnt zu zählen.

„Jetzt reicht’s. Los: Was ist mit dem Ladurner geschehen?“

„Ich weiß es nicht.“ Kappes Stimme ist kaum zu vernehmen.

„Red lauter!“

„Ich weiß es nicht! Ich kann nichts dazu sagen.“

„Du Schwein! Du hast ihn auf dem Gewissen, gib’s zu!“

„Ich schwöre es: Ich habe nichts damit zu tun.“

„Zeig mir deine Hände. Los komm schon.“

Kappes streckt zögernd seine Hände nach vorne. Storbitzki nimmt sie, dreht sie hin und her, legt sie vorsichtig auf den

Tisch. „Deine Hände sind beschmutzt. Da klebt Blut dran." Und dann, ganz schnell, in einer einzigen Bewegung, dreht er die Pistole in seinen Händen herum, so dass der Griff nach vorne zeigt, holt aus und lässt sie mit voller Wucht auf Kappes ausgestreckte Finger sausen. Kappes schreit auf. Sofort schwellen seine verletzten Finger dick an, Blut tritt aus der aufgeplatzten Haut, der Fingernagel des Ringfingers steht grotesk in die Höhe. Kappes schreit weiter. Der Schmerz in seiner Hand ist entsetzlich. Das kann man nicht aushalten. Unmöglich. Das steht keiner durch. „Halt! Ich brauch einen Arzt! Schnell!"

„Kommt ganz auf dich an. Erst wird geredet, dann sehen wir weiter."

„Ich halte das nicht aus! Bitte, hol jemanden!" Flehentlich sieht er zu Storbitzki hoch, doch der holt erneut aus.

„Nein! Nicht schlagen ... Ich sag ja alles!"

Storbitzki lässt den Arm sinken. Er wischt sich mit dem Ärmel den Schweiß von der Stirn. „Wurde auch Zeit. Fang an, oder soll ich ..."

„Nein. Ich red ja schon! Es war so: Ich hab dich doch zum Ladurner geschickt, um ein bisschen Druck zu machen ... Und dann bin ich hinterher ... nur so, mal schauen, ob du ihn weich kriegst. Ich hatte Eile. Alles hing von diesem Verkauf ab. Ich sah euch reden, dann hast du ihn gestoßen und bist weg."

„Danke. Das weiß ich selber alles. Was ist danach passiert? Ich hab dem Alten nicht sein Gesicht zertrümmert! Und von dem Schubser ist der auch nicht gestorben."

„Als du weg warst, bin ich zu ihm hin. Ich dachte – o Gott, diese Schmerzen! –, jetzt ist der richtige Moment. Nun ist er weich, hat Angst. Er lag auf dem Boden, schaute hoch. Ich stand über ihm, reichte ihm aber nicht die Hand, um ihm hochzuhelfen. Im Gegenteil: Langsam hab ich mich hinuntergebückt, hab ihn in seiner unbequemen Position gelassen. Ich sagte ihm, dass es endlich an der Zeit wäre zu verkaufen, dass er sich von dem Geld ein neues Häuschen kaufen, sich an einem sichereren Platz niederlassen könnte." Kappes ächzt, wagt nicht auf seinen Finger zu sehen.

„Und wie hat der Alte reagiert?"

„Gar nicht zuerst. Hat mich nur angesehen ... dann plötzlich ist er in schallendes Gelächter ausgebrochen. Verstehst du das? Der hat mich ausgelacht ... Ich habe ihn gefragt, was es da zu lachen gäbe und ob er nicht begriffen hätte, dass seine Lage gar nicht amüsant wäre. Doch der hat nur den Kopf geschüttelt und weiter gelacht. Er meinte, dass ich derjenige bin, der nichts begreift. Ich wäre in der schlechten Position ... Da hat mich die Wut gepackt! Ich hab ihn von mir weg gestoßen, mit dem Fuß nach ihm getreten. Doch der Ladurner hat immer weiter gelacht. Ich schrie ihn an, er solle sein Maul halten ... und dann sah ich diese Eisenstange auf dem Boden liegen. Ich hob sie auf und schlug sofort zu. Immer wieder, ich konnte nicht mehr aufhören. Auch als der Ladurner keinen Mucks mehr von sich gab, schlug ich weiter. Dann war mein Zorn plötzlich verraucht. Ich sah auf den blutenden Mann vor mir und geriet inPanik. So schnell als möglich bin ich fortgelaufen!"

Kappes beugt seinen Oberkörper schluchzend nach vorne. Das Grauen seiner Tat hat voll von ihm Besitz ergriffen. Die scheußlichen Schmerzen in seiner Hand tun ein Übriges. Kappes kann nicht mehr. Alles war umsonst, sein Traum ist zerstört. Storbitzki steht schwer atmend über Kappes. Fassungslos schaut er auf den von Schluchzern geschüttelten Rücken unter ihm. Er fragt sich, was er mit diesem Wurm anfangen soll? Ihn zur Polizei schleppen? Auf gar keinen Fall – die würden ihn, den Storbe, doch nur sofort wieder einbuchten; irgendwas hängen die ihm bestimmt wieder an. Die Flucht genügt ja wahrscheinlich schon. Wut rumort noch immer in seinem Bauch, mit fahrigen Bewegungen wischt er sich ein ums andere Mal übers Gesicht.

Uwe und Daniela sind völlig perplex.

„Scheiße auch. Das war ein Geständnis."

„Der Kappes ... dieser biedere Typ?"

„Alles Schein, kannste mal sehen ... immerhin hat sich das Warten gelohnt. Aber jetzt ist Schluss: Wir machen dem jetzt ein Ende. Wer weiß, was sonst noch passiert!"

„Scht – ich hör was!"

Zehn Mann in Kampfanzügen kommen lautlos auf sie zu. Der Vorderste befiehlt den anderen mit einer Handbewegung, sich um die Hütte herum zu verteilen. Schnell schleichen sechs Kollegen ins Dunkel davon. Die restlichen bauen sich zu beiden Seiten der Tür auf. Kommandant Kröner stellt sich neben seine Kollegen von der Kripo. „Wie sieht's aus da drinnen, Steiner?"

„Drei Personen im Raum. Der mit dem Rücken zu uns ist Storbitzki. Bewaffnet."

„Womit?"

„Polizeipistole." Kröner blickt auf, sagt aber nichts. „Auf dem Stuhl sitzt Kappes. Unbewaffnet, aber unberechenbar. An der Hand verletzt, nach Streit mit Storbitzki. Der alte Mann ist Gerbig, Besitzer der Hütte. Sitzt seit einiger Zeit apathisch am Tisch."

„Okay, der scheint das geringste Problem zu sein. Sonst noch was?"

„Auf der Rückseite gibt's ein Küchenfenster. Sonst ist alles dicht, aber ..."

„Aber?"

„Behaltet den Alten im Auge. Der Schein trügt, das ist ein ganz harter Brocken."

„Keine Sorge. Mit dem kommen wir schon klar." Kröner flüstert etwas in sein Headset, erteilt die letzten Anweisungen. Dann wendet er sich noch einmal kurz an Daniela und Uwe: „Ihr haltet euch zurück, bis die Situation geklärt ist."

Uwe lächelt säuerlich.

Plötzlich ist Gerbig zu hören. „Der Ladurner war mein Kamerad. Du hast meinen Kameraden auf dem Gewissen“, wirft er Kappes mit rauer Stimme entgegen, die wie rostige Metallspäne tief eindringt, böse Wunden hinterlassend. Er räuspert sich, schaut von einem zum anderen. „Abschaum! Alle beide! Ich hab genug jetzt. Raus, und zwar sofort! Für so ein Gesocks habe ich keine Zeit, muss mich um meinen Hund kümmern.“

„Maul halten, sitzen bleiben!“ Storbitzki wendet sich Gerbig zu, ein gefährliches Funkeln in den Augen. „Was den Hund angeht: Der ist tot. Dafür hab ich gesorgt!“

„Tot?“

„Mausetot! Hab ihm den Schädel eingeschlagen.“

„Du Schwein!“, flüstert Gerbig, „du dreckiges Schwein!“ Langsam nimmt er seine Hand vom Tisch, greift nach unten, zieht die Schublade auf, tastet, findet den gesuchten Gegenstand und schließt seine Hand fest darum. Als er sie wieder nach oben zieht, glänzt etwas Metallisches darin. „Dafür wirst du büßen ...“

„Scheiße, der hat ’ne Waffe!“, brüllt Uwe und stürmt zum Eingang. Dann überschlagen sich die Ereignisse.

„Zugriff!“, befiehlt Kröner. Mit einem gezielten Tritt bricht das MEK die Tür nach innen auf. Krachend knallt sie gegen die Seitenwand. Gleichzeitig zerbrechen die Fensterscheiben des Wohnzimmers, Glas klirrt zu Boden. Aus der Küche dringt Geschrei. Vermummte Gestalten stürzen in den Wohnraum. „Polizei! Lassen Sie die Waffen fallen!“ Da peitscht ein ohrenbetäubender Knall durch den Raum, lässt Uwe rückwärts taumeln. Wie in Zeitlupe sieht er drei Kollegen Storbitzki niederreißen. Während zwei andere Kappes in die Mangel nehmen, kippt Gerbig langsam auf der Bank zur Seite.

Gerbig fühlt den harten Boden unter sich. Stimmen schlagen über ihm zusammen, Befehle werden brüllend weitergereicht. Sollen sie marschieren? In Deckung gehen? Er gibt sich

Mühe, die Anweisungen zu verstehen, schafft es aber nicht. Zu laut pfeift der Wind in seinen Ohren. Hektisch eilen schemenhafte Gestalten mal hierhin, mal dorthin. Chaos macht sich breit. Wenn bloß der eisige Wind nicht wäre! Doch der lässt nicht locker; wenn er dich erstmal in seinen Klauen gepackt hält, gibt es kein Entkommen. Gerbig rollt sich zusammen, macht sich ganz klein. Er versucht so wenig wie möglich Angriffsfläche zu bieten. Erneut setzt das Stimmengewirr ein – leiser diesmal. Das raue Wehen aus dem Osten übertönt alles. Was hat das zu bedeuten? Ist der Feind endlich da? Wir greifen an? – Nein, im Gegenteil! Zurück! Die Linien sind durchbrochen – rette sich wer kann! Wer aber vermag dieser sibirischen Kälte zu entfliehen, die mit unbarmherziger Kraft über die baumlosen Weiten fegt? Diesem Wind kannst du nicht entkommen. Nie, nirgends!

Also verkriecht er sich hinter der Baracke, dem einzigen Schutz. Doch um ihn herum geht das große Toben weiter, unbarmherzig dröhnt der Wind. Er muss fort, doch alle Wege sind versperrt. Alle, bis auf einen. Es ist der Weg des Rückzugs in sich selbst. Dorthin kann ihm keiner folgen. Keine aufgeregten Schreie, kein menschenverachtender Befehl, kein noch so gnadenloser Sturm kann ihn dort erreichen ... und während er fühlt, wie sich etwas Heißes langsam in ihm vorwärts tastet, verwischt die Welt ins Dunkel. Bis nur noch eines bleibt: Stille. Endlich.

22. August

Die Größe des Raumes entspricht ungefähr dem begehbaren Kleiderschrank einer russischen Großfürstin vor der Revolution. Kriminalhauptkommissar Heil hat die Schiebetür nur für einen kurzen Moment geöffnet. Daniela Kämmerer und Uwe Steiner blicken fassungslos auf die ungeheure Aktenmenge. Kollege Heil von der Kripo Frankfurt, der absolute Spezialist für Wirtschaftskriminalität, hat mit dieser Geste erreicht, was umfangreiche Erklärungen kaum zustande gebracht hätten: Das Karlsruher Gespann ist unmittelbar davon überzeugt, welch unsäglichen Aufwand es bedeuten würde, hier einen Einzelfall zu verfolgen – bei so schwacher Datenlage.

„Und das ...", bemüht sich Daniela um Fassung, „ist nur das Archiv für Wirtschaftsdelikte?"

„Für dieses Jahr, exakt. Teilweise haben wir das Vorjahr noch mit drin, wenn das sinnvoll ist", erläutert Heil nonchalant. „Der Rest wandert in die Zentralkartei. Ist ja elektronisch erfasst."

Uwe hat seine Frage gerade noch heruntergeschluckt; er hatte angenommen, die hier versammelten Schriftstücke reichten zurück bis in die unmittelbare Nachkriegszeit ...

„Kommen Sie bitte mit rüber in meine Privatgemächer. Ich schau noch mal in der Übersicht nach; aber machen Sie sich keine Hoffnungen. Hab's am Telefon ja schon gesagt."

Daniela sieht ihren Lieblingskollegen vielsagend an – und seufzt. Ja, in der Tat: Es ist Uwes Sturheit zu verdanken, dass sie diesen Spontanausflug nach Frankfurt unternommen haben. „Ich will das sehen", hatte er Mönning angeraunzt, als der es wagte, mit dem Ergebnis seine Aufwartung zu machen, in Frankfurt sei der Name Alexander Geraldi unbekannt. Kappes' Beschreibungen im Verhör klangen doch präzise, in jeder Hinsicht glaubhaft – da sprach nichts für ein Gespenst.

Andererseits ... (Daniela weiß das, und Uwe weiß, dass Daniela das weiß), es handelt sich zu Teilen zumindest um ein Ablenkungsmanöver; wenn schon so vieles schief gelaufen ist am Ende dieses ausgeuferten Falles, dann soll wenigstens der eigentliche Strippenzieher an die Angel!

Nun, was ist schlimmer? Die erwartungsgemäße Ergebnislosigkeit der „Nachrecherche", wie Uwe dergleichen immer nennt – oder diese eingeübte, nachsichtige Freundlichkeit, mit der Rüdiger Heil die beiden Provinznasen behandelt. Würde der wenigstens arrogant auftreten! Uwe hätte ihm bestimmt Kontra gegeben, von Anfang an. Aber diese leisetreterische Höflichkeit, diese geradezu therapeutische Übervorsicht, das raubt einem den letzten Nerv.

Auch an seinem Computer in einem Großraumbüro, wo an die fünfzig Mitarbeiter bis zum Horizont auf Tastaturen eintippen, bleibt der Wirtschaftsfachmann der Kriminalpolizei Frankfurt bei diesem geduldig bedauernden Kopfschütteln.

„Tut mir ja leid, dass Sie die weite Reise extra auf sich genommen haben. Aber wie gesagt: Wenn der Name Geraldi hier irgendwo aufgetaucht wäre, dann hätten wir das über Amtshilfe selbstverständlich sofort weitergemeldet. „Ja", Heil bemerkt Steiners unzufriedenen Blick, „wir haben selbstverständlich auch alle ähnlich lautenden Namen überprüft, die Profile wurden samt und sonders abgescannt. Nada. Niente. Nüscht."

Der Frankfurter geleitet Uwe und Daniela behutsam wie zwei Patienten, denen soeben die Diagnose „unheilbar krank" mitgeteilt wurde, zur Tür. Achselzuckend fügt er an: „Sehen Sie, wir müssten wahrscheinlich beträchtlich erweitern, wenn wir auch noch Räumlichkeiten für die Dunkelziffern zur Verfügung stellen wollten; Sie glauben ja gar nicht, was hier los ist.“ Durch eine Glasscheibe zeigt er auf die Bürotürme der Skyline. „Da sitzen zigtausend junge Leute, die alle was werden wollen, vielleicht sogar müssen. Der Druck ist aberwitzig; die Chance, wirklich durchzukommen bis nach da oben, wo ihre Träume sind, minimal. Da wächst die Versuchung, auf Umwegen zu den Statussymbolen zu gelangen, die absolute Voraussetzung sind, um vor ihresgleichen Geltung beanspruchen zu können. Setzen Sie sich mal in eine Kneipe, meinetwegen zur „Mutter Ernst“, und lauschen Sie ein bisschen. Das sind alles manisch depressive Naturen! Die schwanken von Suizidvorstellungen zu Allmachtsfantasien innerhalb von Minuten. Alle! Verstehen Sie? Mit einem neuerdings wieder sehr gebräuchlichen Begriff nennt man das die Elite der Gesellschaft. – Vielen Dank, war nett. Guten Heimweg.“

Selbst Uwe Steiners letzten Versuch, noch irgendetwas Weiterführendes zu äußern, kontert Kriminalhauptkommissar Heil präventiv: „Na klar, wenn wir irgendwas hören sollten – die kleinste Kleinigkeit –, wir melden uns sofort. Tschüssikowski.“

In einem Tower der Frankfurter Innenstadt fährt Alexander Geraldi seinen Computer herunter. Er grinst selbstzufrieden. Kurz vor Börsenschluss ist ihm ein mächtiges Ding geglückt. Damit wäre diese lästige Karlsruher Geschichte egalisiert. Was heißt hier egalisiert! Im Vergleich zu dem eben getätigten Deal hätte der Reingewinn aus dem Verkauf dieses unwirtlichen Geländes an den KSC gerade einmal ein Drittel ausgemacht. Peanuts! Das kommt davon, wenn man auf „alte Freunde“ hört ...

Immer noch leicht benebelt, spazieren Daniela und Uwe die zartbesonnte Berger Straße hinauf. Kaum ein Haus, vor dem nicht Tische und Stühle ständen. Eiscafés, Lesecafés, Szenecafés; chinesische, türkische, mexikanische Restaurants; Weinläden mit offenem Ausschank, Blumengeschäfte mit Sektausschank, Metzgereien, die Bier und Würste an langen Theken feilbieten ... „Hach je!“, staunt Daniela. „Hier wüsst ich gar nicht, wo ich meine Mittagspause verbringen sollte.“

„Alles viel zu unübersichtlich“, muffelt Uwe. Aber er meint es nicht so. Alles, was man an anderen Städten bewundern könnte, empfindet er unwillkürlich als Kritik an „seiner“ badischen Residenz. Außerdem nagt der neuerliche Misserfolg der Nachrecherche an ihm. Und dann noch, gestern – dieser entsetzlich schwülstige Brief von der Littmann, der plötzlich auf seinem Schreibtisch gelegen hatte ... und Daniela war so dreist gewesen ihn auch noch zu lesen! War das alles peinlich. Eigentlich hatte Uwe sofort wieder heim gewollt. Aber nicht mit Daniela.

„Wenn ich schon mal mit dir unterwegs bin, will ich das auch ein bisschen auskosten. Ich hab Nachholbedarf.“

Das musste Uwe gelten lassen. Ja, er schwang sich sogar dazu auf, irgend so was wie „ich auch“ zu murmeln.

Im Frankfurter Stadtteil Bornheim hatte mal eine gute Freundin von Daniela gewohnt. Damals, in den Neunzigern, war Daniela Kämmerer dort öfter zu Besuch gewesen; hatte die Stimmung „auf der Berger“ sehr geliebt. Und jetzt wollte sie Uwe unbedingt noch eine dieser goldigen Apfelweingaststätten zeigen, die sie in Erinnerung hatte.

Am Ende des Abends haben sie es immerhin auf drei geschafft. Uwe hatte zwar mehrfach gemeutert: „Wie weit ist das denn noch?“, bis sie endlich beim Solzer eingelaufen waren. Im wuseligen Gastgarten hat Daniela einen Bembel Apfelwein und eine Flasche Wasser bestellt, dazu Schneegestöber und Fleischwurst. So hatte sie das damals gelernt. – Nach dem zweiten Glas vergaß Uwe bereits seinen Missmut ... sowie die Tatsache, dass er eben noch geschworen hatte, Most, Apfelwein, Cidre und den ganzen Kram von Herzen zu verabscheuen.

Im weiträumigen Garten der „Sonne“, während er gegrilltes Leiterchen futterte und Daniela die Grüne Soße mit gekochten Eiern überließ, verstieg sich Uwe gar zu einem Lob auf die alte Handelsstadt am Main. Und ganz spät, da saßen sie schon drinnen, im holzgetäfelten Festsaal der Eulenburg (bei immer noch Ebbelwei und diesmal Handkäs mit Musik), beschloss er, schon nicht mehr lippensicher, einen Versetzungsantrag zu stellen.

Wie sich das immer so fügt bei Uwe und Daniela, blieb auch dieser Ausflug, der sich zu einer Art Urlaubstag ausgeweitet hatte, nicht ungenutzt; schon auf dem „asig weiten Weg“ nach Bornheim-Mitte hinauf hatten sie die Ereignisse der letzten Tage Revue passieren lassen. Klar, es fuchste sie beide zusätzlich, dass der tatsächliche Urheber, wie auch immer sein Name lauten mochte, vermutlich in der Unzahl kriminell aktiver Manager und Banker und Büroangestellter untergehen würde. Aber immerhin, einen Profit hatte er aus seinem Karlsruher Engagement nicht gezogen ...

Im Falle Wilhelm Kappes sind sich die beiden einig, selten einem derartigen Konglomerat aus Korrektheit, Getriebenheit und brutaler Geldgier begegnet zu sein. „Ich sag’s ja immer“, kann sich Uwe einen kleinen Seitenhieb nicht verkneifen, „ein bisschen Unordnung ist die beste Gewähr für ein sittsames Leben.“ Danielas unweigerlich sich anschließende Grimasse ignoriert er grinsend. Allem Anschein nach gibt der Makler in der U-Haft den perfekten Gefangenen; seine Vorbildlichkeit selbst in Detailfragen, heißt es, gehe schon jetzt den Dienst habenden Beamten schwer auf die Nerven. – Ganz anders Storbitzki: Ausgerechnet er, der knallharte Zuschläger und rücksichtslose Kindskopf hat noch in Gerbigs Gartenhüttchen einen schweren Nervenzusammenbruch erlitten. Die Fachärzte für seelische Gesundheit in der Pfalzklinik Klingenmünster haben ihre liebe Not mit ihm. An eine Verhandlung in seiner Angelegenheit sei noch lange nicht zu denken ...

Als sie auf den alten Gerbig zu sprechen kommen, bemächtigt sich der Kriminalbeamten sogleich eine gewisse Schwermut. Sogar Uwe kommt nicht einmal auf den Gedanken amüsante Kommentare abzusondern; allzu deutlich liegt die Tragik dieser Persönlichkeit zutage. „Bei aller Skurrilität – der hat doch keinem was getan. Andererseits", Daniela atmet tief durch, „den Verlust von seinem Schäferhund hätte er ja doch nicht überlebt." Den Nachsatz „jetzt sind sie ja wieder zusammen" erspart sie Uwe ...

Zwar hat Daniela zum Schluss der Kneipentour nur noch Wasser getrunken, doch vor der Eulenburg verlässt sie die Orientierung. Mit dem Taxi sind sie zum Ausgangsort zurückgekehrt. Uwes Versuch, sich hinters Steuer zu klemmen, wehrt Daniela energisch ab; sie schiebt ihn beiseite, führt ihn wie einen Schwerkranken ums Auto herum und platziert ihn auf den Beifahrersitz.

Als sie hinterm Frankfurter Kreuz endlich freie Fahrt haben, schaltet Daniela das Radio ein. Sie spürt es, auch Uwe muss jetzt an neulich denken, als sie den KSC-Sieg gegen die Bayern (teilweise) im Radio verfolgt haben. Doch diesmal kommen nur blöde Lieder, die man schon hundertausendmal gehört hat. Dann die Nachrichten. Schon die erste Information veranlasst beide sich ruckhaft gerade zu setzen. Was war das da gerade? Wovon handelt diese erste Meldung, verlesen im üblichen Stakkato-Stil?

„Karlsruhe. Die Kontaminierung des Geländes nahe dem Gleiskörper der Deutschen Bahn erweist sich als weitaus schwerwiegender als zunächst angenommen. Wie Ulf Albrecht Martens, Experte für Umweltgifte an der Hochschule Karlsruhe, heute Nachmittag verlautbaren lässt, befinden sich gefährliche Mengen des hochgiftigen chemischen Stoffes Chrom VI im Boden. Dem Vernehmen nach handelt es sich um Rückstände aus der Zeit der zu erheblichen Teilen von Zwangsarbeitern in

Karlsruhe aufgebauten Rüstungsindustrie im Zweiten Weltkrieg. Eine Bedrohung des Grundwassers im Großraum Karlsruhe ist nicht auszuschließen. Auf dem fraglichen Gelände sollte in den nächsten Monaten das neue Fußballstadion des Karlsruher SC gebaut werden. Eine Sprecherin des Vereins erklärte daraufhin, das Projekt Stadionneubau sei bis auf weiteres ad acta gelegt."

Während die Nachricht aus dem Autoradio dringt, nutzt Daniela die allererste Gelegenheit und verlässt vorübergehend die Autobahn. In einer Parkbucht unweit Egelsbach steht das Auto mit dem Karlsruher Kennzeichen. Daniela Kämmerer schaltet das Radio aus. Die beiden sehen einander an – Daniela fassungslos, Uwe begriffsstutzig. Dann atmen sie gleichzeitig durch. Puh! Nicht zu glauben, das Ganze ... Allmählich beginnen sie, mechanisch und synchron, ihre Köpfe zu schütteln.

Zu derselben Stunde ahnt vor der „Oktave", einem hübsch gelegenen Café in der Karlsruher Oststadt, noch niemand, welche Entwicklungen sich im Falle des Stadionneubaus ergeben haben. Joschi Elflein und seine Kumpels haben gewartet, bis die letzten Eltern ihre Kleinchen vom gegenüberliegenden Spielplatz gepflückt haben. Dann sind sie ausgeschwärmt und haben drei Biertischgarnituren gestürmt. Wer hätte denn mit einem solchen Triumph gerechnet? Joschi am allerwenigsten, so sehr er sich's gewünscht hat ... Immer wieder grölen sie den Refrain, unterstützt von ein paar Passanten und anderen Gästen der Oktave. Alle haben Verständnis für die Jungs; keine Frage, die Band ist binnen kurzem zu einem regionalen Kultfaktor geworden. Man genießt die Anerkennung in vollen Zügen. Generös schiebt man einander die Hauptverantwortung für den Erfolg der neuen KSC-Hymne zu, während immer neue Lagen Weizenbier bestellt werden. „Aber ohne deinen Text ..." – „Nee, nee, wäre die Melodie nicht so fetzig ..." – „Also ich find ja, hätte der Bass nicht so den Drive reingebracht ..." Und so fort.

Seit ein paar Tagen muss Joschi keine Schmerzmittel mehr nehmen. Das beglückt ihn zusätzlich ganz außerordentlich. Diese Geschichte hätte man also überstanden. – Eine andere hingegen nicht. Wie zu erwarten war, ist die plötzliche Popularität der „Backyard-Garbage" auch Anna-Lenas Aufmerksamkeit nicht entgangen. Ausgelassen lachend und Joschis Text laut mitsingend und wie immer unglaublich süß sitzt sie mitten unter den Jungs. Aber nicht neben Joschi. Im letzten Augenblick, sozusagen, hat sie der Lupo, der Drummer, ihm weggeschnappt. Und dagegen helfen nicht einmal die wirkungsvollsten Schmerzmittel. Joschi wendet den Blick von ihr. Starrt hoch in die Bäume. Bedenkt die Verschlungenheit der Wege des Herrn. Trinkt sein Glas aus. Und schüttelt im Viervierteltakt den Kopf.

Dank

Unser erster Dank geht an Verleger Thomas Lindemann, der unser Projekt immer tatkräftig unterstützt hat. Selbstverständlich danken wir dem KSC für die gute zweite Saisonhälfte 2010, die Mut macht für die Zukunft. Dank auch an seinen Präsidenten Paul Metzger und dessen Team für die erneute Zusammenarbeit. Außerdem möchten wir uns ganz herzlich bei Reinhard Blankenhorn von der Stadt Karlsruhe für seine wichtigen und interessanten Infos zum Thema Kriegsaltlasten bedanken. Last but not least Dank all den begeisterten Leserinnen und Lesern unseres ersten KSC-Krimis „Strafraum“: Eure vielen positiven Rückmeldungen veranlassten uns, diese Fortsetzung zu schreiben.